PAOLO RIVA

Commissario
LUCA

FLÜSSIGES GOLD

Bella-Italia-Krimi

HOFFMANN UND CAMPE

2. Auflage 2024
Taschenbuch
Copyright © 2022 Hoffmann und Campe Verlag, Hamburg
www.hoffmann-und-campe.de
Umschlaggestaltung: © zero media, München
Umschlagabbildung: Landschaft: © Evelina Kremsdorf / Trevillion Images;
Olivenzweige/Flagge/ Struktur: FinePic®, München
Karte und Illustration auf Vor- und Nachsatz: Nina Heinke
Motto auf S. 5: Trotz umfangreicher Recherche konnte die ursprüngliche
Quelle des Textes und seiner Übersetzung nicht ausfindig gemacht werden.
Wir bitten die Rechteinhaber, auf uns zuzukommen.
Satz: Pinkuin Satz und Datentechnik, Berlin
Gesetzt aus der Minion Pro
Druck und Bindung: GGP Media GmbH, Pößneck
Printed in Germany
ISBN 978-3-455-01760-1

HOFFMANN
UND CAMPE

Ein Unternehmen der
GANSKE VERLAGSGRUPPE

A me un paese di sole
una casa leggera
un canto di fontana giù nel cortile.
E un sedile di pietra
e schiamazzo di bimbi.
Un po' di noci in solaio
un orticello
e giorni senza nome
e la certezza di vivere.

Ein Dorf in der Sonne,
ein einfaches Haus,
der Gesang eines Brunnens unten im Hof.
Und ein Sitz aus Stein.
Und Lärm von Kindern,
ein Garten und Tage ohne Namen
geben mir die Gewissheit zu leben.

David Maria Turoldo

Prolog

Die Zikaden sangen so laut, als wären sie zu Tausenden, als müssten die Bäume unter ihrer Last zusammenbrechen. Renzo Pellegrini wunderte sich, dass er sie in dieser lauen Nacht so deutlich wahrnahm. Normalerweise hörte er sie gar nicht mehr.

So war das, wenn man fast achtzig Jahre seines Lebens hier verbracht hatte, auf der hohen Ebene über Montegiardino. Doch heute Nacht, mit dem großen Mond, dessen dunkle Flecken so gut zu sehen waren wie selten, weil der Himmel sternenklar war, heute Nacht also lauschte er genau hin.

Er wollte in alldem ein Zeichen erkennen. Ein gutes Zeichen für die kommenden Wochen. Endlich, nach all den Jahren des Haderns und Sichverstellens, hatte er sich entschieden, dem Ganzen ein Ende zu setzen. Seitdem ging es ihm so gut wie zuletzt wohl nur, als er noch jung gewesen war.

Denn es war doch so: Je älter man wurde, desto verengter wurde der Blick aufs eigene Dasein. Desto schwerer wogen die Probleme – und auch die Ängste wegen des Wissens um die eigene Vergänglichkeit. Doch auf einmal, mit einer Entscheidung, hatte sich das alles aufgelöst. Es war richtig, was die Philosophen sagten: Man war nie zu alt, um das Ruder herumzureißen.

Seine Füße knirschten auf dem schmalen Sandweg, und sein Blick ging von Baumkrone zu Baumkrone, so bewusst und selbstgewiss, wie es die vielen Jahrzehnte in diesem Metier mit sich brachten. Er nickte zufrieden, als er die Früchte sah. Dieser Baum hier war so voll davon, dass ihm die Äste fast bis auf den Kopf hingen. Die Oliven hatten vor drei Tagen begonnen ihre Farbe zu verändern. Aus dem dunklen Grün war ein hellgrüngelbes Schimmern geworden. Die Früchte waren prall, und er konnte ihren Saft schon förmlich sehen, auch ohne sie zu berühren. Es würde ein herrliches Jahr werden, die Witterung war ideal gewesen.

Wer wusste schon, wann der Herr einen abberief – wenn dieses aber sein letztes Jahr auf Erden sein sollte, wäre es von einer besonders reichen Ernte gekrönt, das wusste er. Doch derzeit fühlte es sich so an, als hätte er den Herrn auf seiner Seite. Der wusste wahrscheinlich Entscheidungen zu schätzen, die aufgrund der eigenen Moral getroffen wurden.

Der alte Mann blickte hinunter ins Tal und auf die wenigen Lichter in den Häusern unten in der Stadt, es war kaum noch jemand wach zu dieser späten Stunde. Die Bewohner von Montegiardino feierten gern – und sie tranken und schwatzten gern. Aber sie waren auch fleißige Bauern und Kaufleute, die an Wochentagen pünktlich zu Bett gingen.

Renzo Pellegrini hatte seine Runde fast vollendet – so langsam wurde es kälter, und ihn fröstelte. Durch den Schatten der Bäume wollte er eben zum Haus zurückkehren, als er ein Geräusch hörte, eine Art lautes Knirschen.

»Hallo?«, rief er, doch es kam nichts zurück, also rief er noch mal: »Hallo, ist da jemand?«

Sicher nur ein Waschbär, dachte er, oder ein Fuchs. Dennoch beschleunigte er seine Schritte. Gerade als er auf die Lichtung trat, in deren Mitte der Brunnen des Anwesens stand, hörten die Zikaden mit einem Mal auf zu zirpen. Renzo stoppte. Um ihn herum herrschte absolute Stille. Es wunderte ihn zwar nicht, denn es gab diesen Effekt, wenn die Temperatur in der Nacht unter eine bestimmte Grenze fiel: Dann hörten sie einfach auf mit ihrer Dauerbeschallung. Aber er spürte die Gänsehaut auf seinen Armen. Er war in Panik. Von jetzt auf gleich. Wie konnte das sein? Sie würden es nicht wagen. Nicht ihn, er war das Zünglein an der Waage.

Renzo Pellegrini besann sich, atmete tief ein, riss sich los vom Blick in die Bäume, doch gerade als er weitergehen wollte, knirschte es hinter ihm erneut. Er drehte sich ruckartig um.

»Du?«, rief er ungläubig. »Was willst du denn hier?«

Mercoledì – Mittwoch

Un nuovo giorno
–
Ein neuer Tag

1

Leichter Nebel stieg von der tiefgrünen Wiese auf, weil in diesem Augenblick dort hinten, über der Bergkuppe, die Sonne aufging, deren Wärme die dicken Tautropfen auf den Blättern und Gräsern im Nu verdunsten ließ.

Commissario Luca blickte sich kurz um und griff dann, als er sah, dass die Luft rein war, in die Tasche seiner Uniformjacke, um sich gleich darauf die erste Zigarette des Tages anzustecken. So gern er darauf verzichten wollte, das war nun mal sein Laster und würde es wohl auch bleiben, solange sich die Freude über den würzigen Geschmack und sein schlechtes Gewissen die Waage hielten.

Er stieg aus dem offenen Citroën Méhari und trat an den Rand der kleinen Landstraße. Vor ihm erstreckte sich das Tal. Luca gähnte kräftig, dann schloss er die Augen und reckte und streckte sich ausgiebig. Warum war er nur wieder erst so spät ins Bett gekommen? Das Buch über die Geschichte des Frauenwahlrechts in England war einfach zu spannend gewesen. Und der

Rotwein, den er direkt aus dem Fass seines Freundes Tommaso abgefüllt hatte, der zugleich der beste Winzer der Stadt war, hatte sein Übriges getan.

Er blickte hinab ins Tal, und das Panorama erfüllte ihn mit purer Liebe. Die Schatten dort unten verfärbten sich von Sekunde zu Sekunde mehr von einem matten Grün zu einem strahlenden Gelb, während die Sonne immer weiter emporstieg, gleich würde ihr Licht die Häuser von Montegiardino erreichen. Die kleine Stadt ergoss sich über die Hänge ringsum, wo aus dem samtigen Gelbgrün der Landschaft immer wieder kleine Bauernhäuser und große Höfe auftauchten. Luca konnte jeden der Besitzer mit seinem Namen, seinen Produkten, ja selbst seiner Schuhgröße benennen: Dort vorne, auf der Hochebene, hatte die Rinderzüchterin Violetta ihren Hof, deren Kühe das ganze Jahr auf den satten Wiesen weideten; das Fleisch dieser Kühe wurde deshalb von den Köchen der feinen Restaurants in Florenz und Lucca immer schon sehnsüchtig erwartet. Ganz links, dort, wo die Sonne am Nachmittag am kräftigsten schien, hatte Tommaso seine Steilhänge, auf denen er wunderbare Merlottrauben zur Reifung brachte, aber auch die Vernacciatraube für den frischen und leichten Weißwein, von dem viele Bewohner Montegiardinos schon am Vormittag ein Gläschen in Fabios Bar tranken, ohne am Nachmittag arbeitsunfähig zu sein. Und dort, rechter Hand auf den weiten Ebenen, lagen wie zu einer Perlenkette aufgereiht die Höfe der Olivenbauern, die bis auf jenen der jungen Collagios und der Garaviglias schon seit Generationen von denselben Familien betrieben wurden.

Oben also lagen wie verstreute Inseln die einzelnen Höfe, doch dort unten im Tal wurde die Bebauung dichter, kleine Hütten schmiegten sich an höhere Bauten, und die beiden typischen toskanischen Baustile wechselten sich ab: Es gab die alten Feldsteinhäuser, die mit Lehmmörtel zusammengefügt waren, mächtige Trutzbauten mit dicken Wänden, in denen es im Sommer angenehm kühl und im Winter angenehm warm war. Und immer wieder stachen aus ihrer Mitte die bunten Bauten hervor, die jünger waren, verputzt und gestrichen in den mediterranen Tönen, einem sanften Gelb, einem zarten Rot, einem kräftigen Grün. Alle Häuser schienen auf die Stadtmitte zuzustreben: Unter der gebogenen Steinbrücke floss der Arno in kleinen Windungen immer stromabwärts, das Sonnenlicht verfing sich in den sanften Wellen, und Luca konnte sogar von hier oben die bunten Steine flimmern sehen, die im Flussbett vom Wasser überspielt wurden.

Auf der ans Flussufer grenzenden Piazza Santa Lucia rollten gerade die zwei hellgrünen Lieferwagen an, aus denen die Betreiber in der nächsten halben Stunde die hölzernen Bohlen laden würden, um die Stände für den Markt aufzubauen, der hier an jedem Montag-, Mittwoch-, Freitag- und Samstagvormittag stattfand, im Sommer für die Touristen auch am Samstagabend.

Direkt neben dem Marktplatz erhob sich die Barockkirche Santa Lucia mit ihrem Campanile in den Himmel, das einzige Gebäude der Stadt, das alle anderen überragen durfte. Sie war aus Süßwasserkalkstein gebaut, dem sogenannten Travertino Toscano, der im Westen der Provinz Siena gewonnen worden war, wo es große Steinvorkommen gab.

Luca liebte es, einmal am Tag für einige Minuten in diese Kirche zu gehen, still in der vorletzten der hölzernen Bänke zu sitzen und stumm und ergeben die vierhundert Jahre alten Deckenbilder zu betrachten, die wie ein Himmel unter der Kuppel der Kirche aufgespannt waren. All diese Heiligen, die Freud und Leid erfuhren, immer aber eine große Menschlichkeit ausstrahlten, die diejenige der Bewohner von Montegiardino zu spiegeln schien.

Eben trat Pater Vincenzo aus der Sakristei. In seiner Soutane bewegte sich der kleine und füllige Mann rasch über den Platz, er war noch gut zu Fuß, dabei war er so alt, dass der Kleinstadttratsch besagte, er kenne mindestens einen der zwölf Propheten persönlich. Sein Ziel war die *Bar Centrale* vis-à-vis der Kirche. Fabio, der Wirt, wischte gerade die Tische vor dem Eingang ab. Noch waren die Stühle auf der kleinen Terrasse leer, doch gleich würden die ersten Markthändler auf einen schnellen Espresso vorbeischauen und dann, wenn der Mercato endlich geöffnet sein würde, auch die Einheimischen, die sich dort so gerne auf einen Schwatz trafen, der durchaus bis zum Mittagessen dauern konnte.

Das hier war Lucas Heimat. Im Sommer, wenn die Bewohner vom ersten Sonnenlicht bis zum späten Abend, bis weit nach der blauen Stunde, ihre Tage draußen verbrachten, unter freiem Himmel aßen, liebten, stritten und ihrem Leben nachgingen. Und im Winter, wenn aus den Schornsteinen der Rauch der Kamine drang und die Markthändler in dicken Mänteln Winterkohl anboten und dicke Rinderknochen für kräftige Brühen sowie den ersten frischen Rotwein des Jahres.

»Du sollst doch nicht rauchen, Papa, dich kann man aber auch nicht einen Moment allein lassen!«

Schon stand Emma hinter ihm und sah ihn mit in die Hüfte gestemmten Händen an. Schnell trat er die Zigarette aus und steckte sie unter vorwurfsvoller Beobachtung in die leere Packung zurück.

»Wenn du bis Weihnachten aufhörst, dann räume ich das ganze nächste Jahr freiwillig mein Zimmer auf.«

»Das ist gemeine Erpressung«, sagte Luca und ergriff Emma, um sie zu umarmen.

»Siehst du? Und jetzt kann ich dir keinen Kuss geben, weil du nach Rauch riechst. Allein deshalb musst du aufhören.«

Sie hatte ja so recht, seine kluge Tochter.

»Hast du sie gefüttert?«

»Na klar, sie waren alle da, alle drei.«

»Aber nur zwei Äpfel, nicht mehr?«

»Zwei Äpfel für Sergio, zwei Äpfel für Matteo, zwei Äpfel für Silvio. Mehr nicht. Sonst kriegen sie Bauchschmerzen. Weiß ich doch, Papa. Und nun los, ich will nicht zu spät kommen.«

Schon war sie über die Tür in den offenen Wagen gesprungen und schnallte sich an, während Luca um den Méhari herumlief. Der war fast gänzlich weiß, bis auf die dunkelgrüne Banderole, die der Commissario mit einer selbst geschnittenen Schablone aufs Auto gesprüht hatte. *Polizia Municipale* stand dort aufgedruckt. Es war ganz sicher das einzige Polizeifahrzeug Italiens, das früher als Strandauto auf dem weißen Sand von Saint-Tropez unterwegs gewesen war – mit seinen runden Scheinwerfern und der herunterklappbaren Windschutzscheibe war es ein echter Hingucker. Luca hatte es Serge, dem alten Franzosen, abgekauft, der am Rande der Stadt einen Hof unterhielt, auf dem er Hunde für die Trüffelsuche züchtete. Der Commissario hatte immer ein Auto haben wollen, wie es Louis de Funès in seinen Filmen fuhr, und da das Wetter in Montegiardino stets sehr mild war, konnte er fast das ganze Jahr offen fahren, für den Dezember blieb ihm dann ja immer noch das Dach, auch wenn es nur aus einer Plastikplane bestand.

Er ließ den Motor an, und sofort erklang das Radio, das Emma hartnäckig auf RTL 102.5 zurückstellte, sodass laute Popmusik die Luft erfüllte. Der Commissario wollte es leiser drehen, doch als er sah, wie seine Tochter die Arme in die Luft streckte und zum schnellen Takt eines ihm unbekannten Songs bewegte, begann er zu lächeln, entkuppelte in den Leerlauf und ließ den Méhari immer schneller rollen und die weiten Kurven hinunter ins Tal nehmen. Auch er, der sonst nur klassische Musik oder die Nachrichten bei Rai 1 hörte, genoss das Zucken der Bässe. Die wilde Fahrt gab ihm das Gefühl, fliegen zu können. »Schneller!«, rief Emma zwischendurch, »schneller!«, und er ließ die Bremse ganz los und sah, wie die Stadt ihnen förmlich entgegenraste. Ihr Lachen und sein Lachen, was für ein Morgen!

Schon kam das Ortsschild in den Blick, von dem irgendein Witzbold die Buchstaben G, I, A und R abgekratzt hatte, sodass aus MONTEGIARDINO *MONTE DINO* geworden war. Er hatte die neuen Buchstaben vor einem Monat bei der Straßenbehörde in Florenz bestellt und seitdem bestimmt achtmal über eine halbe Stunde in der Warteschleife des Amtes gehangen, um herauszufinden, wo seine vier handgroßen Buchstaben denn blieben. Bella Italia eben.

Aber es war nun nicht gerade so, dass er in Hektik verfallen wäre angesichts dieses Problems: Niemand in diesem Städtchen verfiel jemals in Hektik. Der Stress der Großstadt war so weit weg wie Smog, Fabrikschornsteine und Menschen, die einen umrannten, weil sie mit den Augen auch im Gehen fest am Handybildschirm klebten. Es ging gemütlich zu in Montegiardino, gemütlich und idyllisch – und das hieß auch, dass sich Commissario Luca statt mit Mord und Totschlag eben mit Auffahrunfällen beschäftigte, mit Touristen, die allzu viel Bleifuß hatten, oder mit einer entlaufenen Bullenherde auf dem Monte Torrini oberhalb der Stadt. Damals, als er von hier in die große Stadt geflohen war, wäre ihm dieses Jobprofil ein Graus gewesen, heute aber konnte er es sich nicht anders wünschen – nach all dem, was geschehen war.

»Papa, wir sind im Ort, und du bist Polizist«, sagte Emma vorwurfsvoll und zeigte mit ihrem Finger auf den Tacho.

Er war wirklich tief in Gedanken gewesen. Sofort bremste Luca und ließ den Wagen bis ins Zentrum ausrollen. Kurz vor der Piazza Santa Lucia bog er nach links ab, wo es auf altem Kopfsteinpflaster durch die enge Via Aldo Moro eine kleine Anhöhe hinaufging. Oben befanden sich der Sportplatz der Fußballer, die Tennisplätze der Gemeinde und direkt daneben das moderne Gebäude, das in seinem rechten Trakt die Vorschule und im linken die Grundschule von Montegiardino beherbergte. An der Fassade wehte stolz die italienische Trikolore nebst der europäischen Flagge.

Vor der Schule winkten schon Emmas Mitschülerinnen, die den lauten Motor des Méhari sofort erkannten. Luca bremste direkt vor dem Portal.

»*Allora*, ich wünsche dir einen zauberhaften Tag, mein Schatz.«

»Danke, Papa, auch für unsere Schulwegdisco, das war lustig.«

»Bis heute Nachmittag.«

»*Ciao!*«

Sie stieg aus, griff nach ihrem Rucksack, warf ihn sich über die Schulter und winkte ihm noch mal zu, dann hüpfte sie mit wippendem blonden Pferdeschwanz davon. Sie sah ihrer Mutter so ähnlich. Die strahlenden dunkelblauen Augen, die Grübchen in den Wangen, die wilden Sommersprossen, die erschienen, sobald die ersten Strahlen des Frühsommers auf ihre Haut fielen.

Er schaute ihr noch eine Weile nach, wie sie ihre Freundinnen umarmte, bevor alle gemeinsam im Gebäude verschwanden. Dann wendete er in der Einfahrt und fuhr wieder hinunter in die Stadt. Das Rathaus befand sich in einem alten Palazzo auf der Piazza Lungarno am Ufer des Flusses, eins der ehrwürdigen Rathäuser, wie es sie in beinahe allen toskanischen Gemeinden gab – in Florenz natürlich in größerem Maßstab und in Montepulciano, San Gimignano und hier in Montegiardino eben in kleinerem: ein strenger Bau, der Wehrhaftigkeit ausstrahlte, mit trutzigen Zinnen und halbrunden Sprossenfenstern, obenauf ein Turm, dessen große Uhr zu Lucas immenser Verwunderung seit seinem Amtsantritt nicht einen Tag auch nur eine Minute hinterherhinkte. Hier also befand sich das Municipio mit dem Rat der Stadt, und genau hier hatte auch Commissario Luca sein Büro.

Er parkte das Auto auf dem für ihn vorgesehenen Stellplatz, schloss nicht ab, was sich bei dieser Bauart sowieso erübrigte, und wollte gerade das Gebäude betreten, als hinter ihm eine Fahrradklingel ertönte.

»Ah, Luca«, hörte er den Mann sagen, der längst von seinem Chef zu seinem Freund geworden war. »*Buongiorno*, mein Lieber, was machen die Esel?«

Luca wandte sich um und lächelte Vittorio Martinelli freundlich an.

»Dottore, *buongiorno*. Na, wenn wir nicht aufpassen, fressen sie uns die Haare vom Kopf.«

»Aber nicht dass Sie mich gleich nach einer Gehaltserhöhung fragen, Commissario.«

Der Bürgermeister lachte und ließ Luca den Vortritt, hinein ins Rathaus. Der Mann war eine Erscheinung, weil er den kurzen Weg von seiner Stadtwohnung zur Arbeit selbst in seinem fortgeschrittenen Alter auf dem Rennrad zurücklegte und weil er dabei dennoch die feinste Tradition der italienischen Modeschöpfer beherzigte: Egal ob in der Limousine, auf der Vespa oder auf dem Fahrrad – Hauptsache, der Anzug saß. Und bei Martinelli saß er wie angegossen: Das dunkelblaue Tuch harmonierte perfekt mit dem weißen Guglielminotti-Hemd und dem gleichfarbigen Einstecktuch, am Revers steckte winzig, aber wirkungsvoll die Trikolore.

»Nun, was steht heute bei Ihnen an, Dottore?«, fragte Luca, als sie zusammen die breite Marmortreppe emporstiegen. Martinellis Büro lag im linken Flügel der Beletage, während der Gemeindepolizist ein kleines Zimmer unterm Dach zur Verfügung hatte, mit offen liegenden Steinen und Balken und herrlichen Dachschrägen, die er längst lieben gelernt hatte. Dass es hier im Sommer unerträglich heiß wurde, kam ihn nur zupass, so hatte er die perfekte Ausrede dafür, seine Arbeitstage ab dem späteren Vormittag nach draußen zu verlegen – denn er war ohnehin am liebsten *nah am Bürger*, wie die Menschen des Städtchens sagten, egal ob in Fabios Bar oder auf dem Fußballplatz der Gemeinde, wo er mit den Herren Ü40 bei Montegiardino Calcio kickte.

»Ach, ich habe zwei Bürgergespräche wegen der Umgehungsstraße um die nördliche Siedlung. Anschließend werde ich kurz zum Markt gehen, denn es kursiert das Gerücht, es würde schon frische Steinpilze geben. Zu dieser Zeit im Jahr, das ist doch kaum möglich, oder, Commissario?«

»Es hat zweimal geregnet in der letzten Woche«, antwortete Luca. »Wer weiß, vielleicht hatte Maria tatsächlich schon Glück.« Er sah auf die Uhr und blickte durch die Buntglasfenster hinaus in den sonnigen Tag.

»Und dann muss ich am Nachmittag nach Siena fahren, eine weitere beschwerliche Sitzung mit den Herren von der Bahngesellschaft. Als würden wir in diesem Jahrhundert noch einen Bahnanschluss bekommen – nun, die Hoffnung stirbt zuletzt.«

»Dann wünsche ich Ihnen einen glimpflichen Tag, Dottore«, sagte Luca. »Wenn Sie etwas brauchen, lassen Sie es mich wissen.«

»Was haben Sie denn vor, Commissario?«

»Ach, nur das Übliche. Es ist Markttag, da gibt es viel zu tun.

Und ich wollte später mal die Bauern der Umgebung abklappern, um zu sehen, ob alles für die Herbsternte bereit ist.«

Außerdem war er gespannt, ob endlich die Buchstaben für das Ortsschild angekommen waren, aber das behielt er lieber für sich. Der Bürgermeister verabscheute die Sesselpupser in der großen Stadt, und Luca wollte nicht, dass Martinelli ein Donnerwetter durchs Telefon losließ, das es ihm dann schwerer bis unmöglich machte, jemals wieder irgendetwas von der Straßenverkehrsbehörde zu bekommen. Manchmal war Druck von oben gut, aber meistens war ihm die Diplomatie vorzuziehen, besonders im niemals zu gewinnenden Kampf mit italienischen Behörden. *Choose your battles wisely* – wähle deine Schlachten weise. Dieses Motto wusste Luca stets für sich zu nutzen.

»In Ordnung, Commissario, auch Ihnen einen guten Tag.«

Martinelli ging in den linken Flügel, und Luca stieg die Treppe weiter empor, aber nur so lange, bis der Bürgermeister aus dem Blickfeld verschwunden war und er eine Tür klappen hörte. Dann drehte er um, eilte wieder hinunter und trat hinaus auf den Vorplatz. Der Dottore war aber auch wirklich immer bestens informiert. Nur gut, dass er außerdem meist schwer beschäftigt war. Wenn die Neuigkeit von Marias frühem Steinpilzfund erst einmal durchs Städtchen schwappte, war es aussichtslos, auch nur noch einen Porcino-Krümel zu erwischen. So ging der Commissario schnurstracks am Fluss entlang, auf dem zwei Enten mit der Strömung spielten, indem sie sich immer schneller treiben ließen, um sich dann wieder in die Gegenrichtung zu drehen und mit aller Kraft gegen die kleinen Wellen anzuschwimmen. Es sah nach purem, zweckfreiem Spaß aus. Kurz vor der Brücke überquerte er die kleine Straße und betrat die Piazza Santa Lucia, die mittlerweile von einem idyllischen Dorfplatz zur Haupteinkaufsmeile von Montegiardino geworden war – einer sehr bunten Meile, zugegeben. Hier reihte sich Stand an Stand, hölzerne Böcke, überspannt mit roten und grünen Markisen, und schon zu dieser frühen Stunde drängten sich dazwischen vor allem die Damen des Ortes auf der Suche nach den besten Delikatessen für ein spätes Mittagessen.

»*Ciao*, Commissario!«, rief Alberto mit seinem tiefen Bass und winkte mit den tropfenden Händen, »ich habe herrliche Doraden reinbekommen, soll es heute Abend Fisch geben?«

Er hatte den ersten Marktstand am Platze. Am Gesicht des betagten Fischhändlers war gut zu erkennen, dass er noch vor wenigen Jahren selbst hinausgefahren war aufs nächtliche Mittelmeer. Nun aber, wo die Haare verschwunden, der dichte weiße Bart aber geblieben war, hatte er sich aufs Verkaufen des Fanges verlegt, den seine Tochter Frederica allmorgendlich drüben in San Vincenzo anlandete. Er selbst ging nur noch im Arno Welse, Karpfen und, wenn er Glück hatte, auch Lachsforellen angeln, die in der Stadt als besonderer Leckerbissen galten.

»Hm, heute muss ich passen«, antwortete Luca und lächelte den alten Herrn freundlich an. Er verehrte den Fischer für seine Freundlichkeit und seine Kennerschaft, was die frischesten Produkte des Meeres anging.

»Ha, ich weiß, wo Sie hinwollen, Commissario«, flüsterte Alberto augenzwinkernd und wies unter seinen Stand. »Ich war schon dort. Sie müssen sich beeilen.«

Luca beschleunigte seinen Schritt, winkte der Frau im Macelleria-Wagen nur flüchtig zu, sie war wohl eine Aushilfe, die gerade dabei war, ein dickes Schweinekotelett vom Knochen zu schlagen. Dann ließ er den Käsestand links liegen und beäugte fasziniert die längste Schlange des Marktes: Es waren Dutzende Käufer, die geduldig vor einem Tisch warteten, auf dem mehrere Flaschen Olivenöl standen, die ganz anders aussahen als die

Massenware aus dem Supermarkt, Flaschen aus durchsichtigem Glas mit einer bauchigen Form, durch die das satte Goldgrün des Öls besonders stark zur Geltung kam. Das Logo war sehr kreativ in Retrooptik gehalten, und das Produkt hieß so schlicht wie genial: *Superpower-Olio.* Hinter dem Tisch schnitt die junge Chefin frisches Ciabatta in kleine Stücke und reichte es den Kunden zum Probieren der Öle auf großen Tellern. Es war ein Phänomen: Seitdem Sara und Davide Garaviglia sich aus Mailand aufgemacht hatten, hier in Montegiardino biologisches Olivenöl zu produzieren, galten sie als absoluter Geheimtipp. Dabei hatte der Hof ihres lange verstorbenen Großvaters, den sie bewirtschafteten, ewig leer gestanden. Es war einfach ein Glücksfall für den Ort, befand Luca, der um die Schlange einen weiten Bogen machte und schnurstracks zu den Auslagen des Obst-und-Gemüse-Stands ging, der auf dem Markt den größten Raum einnahm. Es war ein wahres Paradies der Farben: Lila Artischocken leuchteten mit den gelben, grünen, roten und fast schwarzen Tomaten um die Wette, die roten Zwiebeln aus Certaldo lagen neben den riesigen Zitronen aus Amalfi, den hellgrünen Trauben und Feigen aus der Region und dem tiefgrünen Basilikum, das Maria in ihrem feinen Kräutergarten auf der Hochebene über der Stadt selbst zog. Doch so genau Luca den Stand auch maß – Pilze sah er keine. Er trat unruhig von einem Bein aufs andere, weil auch hier ein paar Menschen anstanden und die ihm unbekannte Dame, die eben an die Reihe kam, sich die Mühe machte, jedes Salatblatt einzeln zu prüfen. Auf sie folgte Signore Aleardi, ein Veteran des Zweiten Weltkriegs, der mit seinen fast hundert Jahren mühsam Centstück für Centstück aus dem Portemonnaie kramte, um am Ende Maria selbst das Geld zählen zu lassen. Als sie dann aber die Summe beisammenhatte, wollte der Signore doch lieber noch mal überprüfen, ob alles seine Richtigkeit hatte.

»*Scusi*, Commissario, aber Vertrauen ist gut, Kontrolle ist besser«, sagte er, als er sich umdrehte und mit seinen gläsernen Pupillen die Uniform des Polizisten begutachtete. »Sehr schick sehen Sie wieder aus. Nicht so adrett wie wir damals, aber immerhin, sie ist gebügelt.«

»Ich habe wohl geahnt, dass ich Sie heute treffe, Dottore«, sagte Luca verbindlich und wartete, bis der Alte seine Einkäufe verstaut und sich auf den Weg zur Macelleria gemacht hatte, wo er das gleiche Schauspiel aufführen würde. So war dieser Markt: ein wahres Theater der Bürger, an manchen Tagen eine Komödie, an anderen eine Tragödie. Selbstverständlich bevorzugte Luca die ersteren Tage.

»Mein Lieber«, begrüßte Maria ihn, und Luca ließ den Blick noch einmal über den Stand schweifen. »Was kann ich für dich tun? Der *Cima di rapa* ist ganz frisch, er ist saugut.«

Ja, Luca liebte Marias Stängelkohl, aber er war doch wegen der Pilze hier. Da sie ihm schon etwas anderes anpries, war er wohl wirklich zu spät. Traurig schüttelte er den Kopf, doch dann sah er, wie sie zu strahlen anfing und ihn anzwinkerte.

»Ich wusste doch, dass du auf jeden Fall herkommst«, sagte sie und senkte dabei ihre Stimme, um sicherzugehen, dass kein anderer Kunde ihr Gespräch mitbekam, »deshalb habe ich natürlich etwas zurückgelegt. Für den Bürgermeister – und für meinen besten Polizisten.« Sie griff unter die Theke und holte eine schlichte braune Papiertüte hervor, die randvoll gefüllt war. Sie reichte sie Luca, der sie öffnete. Augenblicklich strömte der Duft des Waldes heraus, und der Commissario blickte auf die prächtigen dunkelbraunen Pilze, die so groß und fest waren, wie es nur wenige Exemplare gab. Es war noch Erde an den Stielen, ganz anders als bei den nüchternen Steinpilzen, die irgendwo gezüchtet worden waren. Dies hier war pure Natur.

»Wo hast du die bloß um diese Jahreszeit her?« Er hätte zu gern ihr Geheimnis gewusst.

»Wenn ich dir das verrate«, antwortete sie lächelnd, »muss ich dich anschließend umbringen.«

»Aber dann gäbe es ja keinen mehr, der den Mord aufklärt.«

»Ich glaube, die Stadt würde dich rächen.«

»Nur nicht, wenn du allen Bewohnern Steinpilze als Schweigegeld zahlst.«

»Da könntest du recht haben«, sagte Maria lachend.

»Oh nein, ich bin zu spät, oder, Maria?« Luca hörte die Stimme hinter sich und war hin- und hergerissen zwischen Freude und Aufregung. Er war ganz und gar nicht auf dieses frühe Aufeinandertreffen vorbereitet. Doch er hatte keine andere Wahl, also wandte er sich um und begrüßte die Frau, die genau hinter ihm stand und deren von roten Locken gerahmte grüne Augen fröhlich zwinkerten, sodass er gar nicht anders konnte, als zu lächeln – sie machte ihm einfach immer gute Laune. Sie trug ein weißes T-Shirt zu einer dunkelblauen Jeans, ihre helle Haut zeigte Spuren von Sommersprossen.

»*Ciao*, Dottoressa«, sagte er und machte den Schritt auf sie zu, sie hielt ihm die Wange hin, und er küsste sie zur Begrüßung, links, rechts, die einfachste Sache der Welt, und doch hielt er bei ihr immer eine Millisekunde länger inne, um ihr leichtes Parfum zu riechen und sich für den Rest des Tages daran erinnern zu können.

»Commissario«, sagte die Dottoressa, und ihre Stimme hatte etwas Anklagendes, aber der Commissario hörte sogleich die kaum versteckte Ironie, »Sie haben mir doch nicht etwa die letzten Steinpilze weggekauft?«

»Pst«, zischte Maria, »nicht so laut, sonst rennen die Leute mir gleich den Stand ein. Chiara, ich wusste doch nicht, dass du kommst, ich dachte, du machst den ganzen Vormittag Hausbesuche.«

»Na klar, mache ich ja auch, aber mein erster Patient war Sergio, und der hat mir sofort erzählt, dass du gestern im Wald warst. Und da musste ich diesen Abstecher machen.«

»Meine Liebe«, sagte Maria traurig und hielt ihr die offenen Hände entgegen, »es ist alles weg. Aber ich gehe bald wieder, vielleicht regnet es ja die nächsten Nächte ein bisschen.«

»Na gut«, sagte Chiara und blickte zu Boden.

»Ach komm«, sagte da Luca, der ihre Enttäuschung nicht länger mit ansehen konnte, und hielt ihr seine Tüte hin, während Maria, die die Situation erfasst hatte, sich dezent dem nächsten Kunden zuwandte. »Lassen Sie uns doch teilen, dann haben Sie etwas zum Abendessen, Dottoressa.«

Noch immer siezten sich die beiden, was in Montegiardino absolut unüblich war. Doch obwohl sie sich seit Jahren kannten, war diese Barriere der Höflichkeit nie eingerissen worden.

»Das kann ich nicht annehmen, Commissario, es reicht doch gerade mal für Sie beide ...«

»Ich bestehe darauf«, sagte Luca und hielt ihr immer noch die Tüte hin.

»Kurz dachte ich, Sie würden mich zum Essen einladen, bei den Kochkünsten, die Ihnen nachgesagt werden – aber so ist es natürlich auch gut.«

Er betrachtete sie und überlegte, ob sie einen Scherz gemacht hatte; es durchfuhr ihn, und er sagte: »Aber natürlich, Dottoressa, Sie sind herzlich eingeladen ...«

»Nein, nein«, sagte sie strahlend und machte eine wegwerfende Geste, »das war doch nur ein Scherz ... also ...«, sie nahm ihm seine Tüte aus der Hand und füllte die Hälfte ihres Inhalts vorsichtig in eine kleine Papiertüte, die Maria ihr ganz nebenbei gereicht hatte. »So ist es genug für Sie und Ihre Tochter, und ich habe auch ein wenig von dieser Delikatesse. Herzlichen Dank, Commissario. Und nun muss ich weiter, der Vormittag ist vollgepackt. *Grazie*, Maria, *grazie*, und *buona giornata.*«

Und schwups war sie entschwunden, und Luca sah nur noch ihre roten Locken, die hier und da zwischen den anderen Marktbesuchern aufblitzten. Großer Gott, war diese Frau eine Wucht!

»Luca?«

»Äh, ja?«

»Möchtest du sonst noch etwas? Vielleicht doch etwas *Cima di rapa?*«

»Oh, verzeih, Maria, nein, das ist alles«, sagte er und griff zum Portemonnaie.

»Lass mal gut sein, das machen wir irgendwann. Wenn du verstehst, was ich meine.«

Natürlich verstand er. »Danke dir, Maria. *Buona giornata.*«

Luca ging zurück in Richtung Fleischerstand, nun brauchte er nur noch ein wenig Speck. Er hoffte, dass Signore Aleardi schon alles erledigt hatte, sonst würde es dauern. Luca atmete auf, als er sah, dass der Stand leer war – und mit zusätzlicher Erleichterung stellte er fest, dass wieder Bruno den Thekenplatz der ihm unbekannten Frau eingenommen hatte.

»Guten Morgen, Carissimo«, sagte er freundlich, doch der Fleischer nickte nur, als sei er in Gedanken, dann erst straffte er sich und fragte seltsam distanziert:

»Ja ... ähm, was brauchst du heute?«

»Den besten Speck, den du hast. Einen breiten Streifen. Hast du was Gutes?«

»*Come no*, Commissario! Natürlich. Vom besten Bauern Südtirols. Es kommt nicht viel Gutes aus dem Norden, aber Speck können sie dort. Hier ...«, er säbelte im Takt seiner Worte von einem herrlich fetten Stück einen Streifen ab und packte ihn in sein bedrucktes Papier.

»Nun lass mal das Geld stecken, es passt schon. Aber …«

Jetzt reichte es Luca mit dem Gestammel.

»Mensch, Bruno, nun sag schon, was los ist. Hast du aus Versehen deinen Gehilfen mit dem Bolzenschussgerät niedergestreckt?«

»Nein, nein«, wehrte der Fleischer erschrocken ab. »Nein, aber ich habe da etwas mitbekommen. Hast du das Gerücht etwa noch nicht gehört?«

Luca war verwundert. »Also, ich weiß, dass Maria in den Pilzen war.«

»Ach wirklich? Maria war in den Pilzen? Sie hat mir gar nichts davon gesagt.«

Mist, dachte Luca. Der Markt war eine echte Gefahr für alle schwatzhaften Menschen.

»Was meintest du denn?«

»Es heißt, es geschehe was mit dem alten Pellegrini.«

Luca musste einen Moment überlegen, so weit hinten lag diese Geschichte im Archiv seiner Erinnerung. Doch dann überfiel es ihn wieder, und er spürte sein Herz schneller schlagen.

»Was? Und was genau bedeutet das?«

»Das wusste der Kunde auch nicht. Und jetzt frag nicht, welcher Kunde. Na ja, es scheint, als hätten sich seine Werte über Nacht sehr stark verändert.«

»Zum Schlechten?«

»Keine Ahnung, Commissario. Da musst du die Dottoressa fragen. Es heißt, sie sei auf dem Weg zu ihm. Dabei dachte ich, sie eben noch hier gesehen zu haben. Jetzt hab ich schon Halluzinationen von hübschen Frauen.«

»Hast du nicht. Sie war hier.«

»Merkwürdig, es klang so besonders, diese Nachricht, dass ich mir vorgestellt hab, sie würde sofort hochrasen. Das ist doch Wahnsinn. Wie lange liegt er da jetzt ohne ein Wort? Sechs Jahre? Oder sieben?«

»Acht. Es sind acht Jahre.«

»Acht Jahre? Wirklich. Oh Gott. Acht Jahre ohne eine Regung, ohne ein Wort, ohne die Gewissheit, dass er noch irgendetwas mitbekommt von der Welt. Und diese offenen Augen. Ich war nur ganz am Anfang einmal bei ihm. Aber als ich ihn da gesehen habe, hab ich wirklich Angst bekommen. Mich haben keine zehn Pferde mehr da hochgekriegt. Es ist doch …«

Luca wusste schon, was jetzt kam.

»… als wäre der Teufel in ihn gefahren.«

Der Commissario rang sich ein mitfühlendes Nicken ab, bevor er einen schönen Tag wünschte und weiterging. Er wusste nicht, wie oft ihm diese Wendung hier schon begegnet war. Dass *der Teufel in den alten Renzo gefahren* sei. Er konnte sie nicht mehr hören. Obwohl: Es stimmte nicht, dass er lange nicht mehr an den Olivenbauern gedacht hatte. Vielmehr war die Geschichte dieser Nacht vor mehr als acht Jahren durchaus etwas, worüber er in stürmischen Nächten grübelte, wenn er wach lag und der Schlaf nicht kommen wollte. Was, um alles in der Welt, war damals geschehen, das dem alten Mann den Verstand geraubt hatte?

Er war zu der Zeit noch nicht der Gemeindepolizist gewesen, deshalb erinnerte er sich nur grob. Auch weil die Akte sehr lückenhaft geführt war. Der Fall war eben kein Fall gewesen – schließlich hatte es kein Verbrechen gegeben, nach allem, was Luca bekannt war. Doch es gab jemanden, der genauer Bescheid wusste. Und so hatte Luca heute – neben dem perfekten Espresso – noch einen Grund, Fabios Bar anzusteuern. Wie immer an

Markttagen waren alle Plätze auf der Terrasse besetzt, unter der Markise saßen die Bewohner Montegiardinos an den weißen Tischen, tranken Cappuccino oder einen geeisten Americano, ein Pärchen trank sogar schon den ersten Spritz im Schatten des roten Sonnenschirms. Der Commissario wollte Fabrizia zuwinken, doch die Olivenbäuerin war so vertieft in die aktuelle Ausgabe der hiesigen Tageszeitung *La Nazione*, dass sie ihn nicht bemerkte. So ging Luca schnurstracks hinein in die enge schlauchförmige Bar, über deren gesamte Länge sich der alte Tresen erstreckte, an dem schon Fabios Vater Fabio senior in den Sechzigern Kaffee serviert hatte. Die alten Logos der Firma *Manaresi* über dem Tresen verrieten, dass sich seither nicht einmal die Marke der Bohnen, die im Zentrum von Florenz geröstet wurden, geändert hatte.

Während vor dem Laden kleine Grüppchen saßen – Senioren, die miteinander plauderten, Paare, Geschäftsleute, die ihre Konferenz vor die Bar verlegt hatten –, standen hier am Tresen ausschließlich einzelne Männer herum und tranken ihren Espresso: darunter der Anwalt des Ortes, Avvocato Urbino, der Handwerker Giuseppe, den man immer dann rief, wenn irgendetwas nicht mehr funktionierte, und Fabios Sohn, der von seiner Mutter dankenswerterweise einen anderen Namen als seine männlichen Vorfahren erhalten hatte – wenn auch nur Fabrizio, aber immerhin. Sie alle folgten ihm mit ihren Blicken, ein leises Nicken zur Begrüßung, mehr nicht. Das hier war die Bar, und er war der Polizist. Da galt Respekt, auch wenn sie einander schon lange kannten.

»*Ciao*, Commissario«, rief Fabio mit seinem leichten Lispeln, »bin gleich da.« Er wirbelte hinter der Theke herum wie ein Derwisch, wusch hier schnell ein Glas ab, schäumte dort die Milch für einen Cappuccino auf. Immer saß das silbrige Haar perfekt, genau wie der graue Oberlippenbart akkurat gestutzt war. Er trug eine schwarze Weste zu einem weißem Hemd, dazu eine schwarze Fliege, seit drei Jahrzehnten Tag für Tag dasselbe Outfit. »*Allora*, wie immer?«

Noch bevor Luca antworten konnte, stand Fabio schon an der *La Marzocco*-Maschine, die zu dieser Zeit des Tages am besten lief, weil sie am Morgen schon richtig Druck und Hitze bekommen hatte und nun optimal durchgewärmt war. Tranken sie im Rest Italiens ihren Espresso bevorzugt aus Maschinen der Marke *Cimbali*, die ihren Stammsitz nahe dem verhassten Mailand hatte, so gab es hier in der Toskana kaum eine Alternative zu dem Florentiner Traditionshaus. Fabio mahlte die Bohnen, gab das Pulver in das Sieb, drückte es kräftig an und ließ dann das heiße Wasser aus geringer Höhe in die vorgeheizte Tasse laufen. Dazu ein winziger Löffel Milchschaum, fertig war der Espresso macchiato, von dem Luca an guten Tagen ein halbes Dutzend trank, ohne aufgedreht zu sein.

»Hier, mein Lieber. Bist spät dran heute. Aber ich hab schon gehört, Maria war in den Pilzen.«

Dieses Städtchen war ein Dorf, dachte Luca. Heute nicht zum ersten Mal. Fabio wollte eben wieder entschwinden, doch der Commissario senkte vorher seine Stimme. »Sag mal …«

Sofort war der Barista ganz Ohr. Wenn der Gemeindepolizist etwas wissen wollte, steckte meist mehr dahinter. Er trat näher, griff aber das Handtuch, um die Gläser von der Abtropfwanne zu polieren, so hatte er ein Alibi für ein Gespräch ganz nebenbei.

»Ich war damals noch nicht wieder hier, kannst du mir noch mal in Erinnerung rufen, was mit dem alten Pellegrini passiert ist?«

»Mit Renzo?«

Luca nickte.

Fabio ließ sein Handtuch sinken und beugte sich über den Tresen. Er stützte den Kopf auf seine Hand.

»Stimmt, du warst damals ja noch ganz woanders. Du bist mir so vertraut, als wärst du immer schon hier gewesen ... Ich weiß allerdings auch nur das, was die Leute sagen.«

Sein Blick verschwamm, als wühlte er in seinen Erinnerungen.

»Es war in einer Nacht kurz vor der Olivenernte, also vermutlich so Anfang, Mitte November. Er muss draußen unterwegs gewesen sein, als ihn der Schlag traf. Ein Schlaganfall, so haben es jedenfalls die Nachbarn erzählt. Violetta hat ihn am Morgen darauf gefunden, sie war verwundert darüber, dass sie ihn nicht in dem Hain angetroffen hatte wie jeden Morgen, dem Hain neben ihrer Kuhweide. Da hat sie nachgesehen und ihn dort auf dem Boden liegend gefunden. Der alte Arzt, der verstorben ist, kurz bevor du zurückkamst, meinte, er wäre fast erfroren.«

»Aber war er denn krank?«

»Renzo? Ach, i wo, keinen Tag«, antwortete Fabio und schüttelte entrüstet den Kopf. »Im Ernst: Er war nie krank, sein ganzes Leben lang nicht. Ich glaube, wenn es damals schon solche Schrittzähler gegeben hätte wie heute auf dem Handy, der wäre bei Renzos Pensum implodiert. Der war von morgens an und bis spät in die Nacht in seinen Oliven unterwegs, der lebte regelrecht für das Öl. Der hat nie geraucht und fast nicht getrunken. Aber du siehst ja, so ein Ding im Gehirn kann jeden treffen. Als sich das rumsprach, dass es ausgerechnet den fitten Renzo erwischt hat, da haben hier einige wieder angefangen zu rauchen. Aber, Commissario, wieso fragst du mich das denn?«

»Irgendwas geht da vor sich.«

»Bei Renzo?« Es war nicht leicht, Fabio zu überraschen. Doch Luca sah, dass er es geschafft hatte. »Wirklich? Wacht er auf?«

33

»Ich weiß es leider nicht. Wohl besser, ich fahre mal hinauf.«

»Wohl besser …«, wiederholte Fabio die Worte murmelnd, und in seinen Augen lag etwas Düsteres, was der Commissario nicht recht zu deuten wusste. Er legte einen Euro auf den Tresen.

»Aber komm nicht so spät zurück. Ich habe heute dein Leibgericht zum Mittag«, sagte Fabio, drehte sich mit seinem weißen Stift zur Tafel hinter dem Tresen um und schrieb die magischen Worte auf: *Spaghetti alla bottarga.*

Luca lief das Wasser im Mund zusammen. Ja, er würde wirklich in zwei Stunden wiederkommen müssen. Fabio servierte täglich von halb zwölf bis zwölf keinen Kaffee, denn das war die Zeit, in der er in der winzigen Küche verschwand, um einen riesigen Topf Pasta zu kochen, die Soße hatte er meist schon früh am Morgen angesetzt. Zwischen zwölf und eins gab es dann dieses eine Gericht in der Bar. Luca liebte diese einfachen Mahlzeiten, ein Ragù oder eine Arrabbiata – die Spaghetti mit den getrockneten Fischeiern von Fabios sardischem Schwager aber waren sein Favorit. Die Vorfreude ließ ihn ganz euphorisch werden, er musste sich regelrecht ermahnen, dass es erst mal noch was zu tun gab. So trat er hinaus in den strahlenden Tag und fand sich auf dem Marktplatz wieder.

Luca ging ein Stück, hörte die Vögel in den Zypressen und Platanen ringsum singen, doch dann blieb er stehen und schüttelte nachdenklich den Kopf. Irgendwie hatte er das diffuse Gefühl, etwas vergessen zu haben. Oder war es vielmehr das Gefühl, dass hier irgendetwas ganz und gar nicht stimmte?

Er nahm den Weg zurück zum Rathaus, es war abgemacht: Gleich würde er hinauffahren zur Dottoressa, um bei Renzo Pellegrini nach dem Rechten zu sehen. An der Einfahrt zum Markt standen zwei Wagen im absoluten Halteverbot. Ein altes Lieferfahrzeug vom Typ Ape in Hellgrün, auf der offenen Ladefläche lagen leere Obstkisten, wild durcheinandergewürfelt. Daneben ein weißer Fiat Ducato, der gerade so auf den Bürgersteig gerumpelt war, dass noch ein Rollstuhl durchpasste. Der Lieferwagen trug die Aufschrift *Macelleria di Montegiardino* auf der Seite, daneben ein Bild von einem lachenden Schweinchen. Luca schüttelte den Kopf und überschlug im Geiste die Strafgebühr, die der Bürgermeister mit dem Stadtrat festgelegt hatte: Parken auf dem Bürgersteig hundertfünfzehn Euro. Parken in einer Verbotszone hundertfünfzehn Euro. Machte schlappe zweihundertdreißig Euro, pro Fahrzeug, versteht sich. Er ließ den Block mit den Knöllchen dennoch stecken, sie hatten es wohl wieder zu eilig gehabt vorhin beim Ausladen. Eine Hand wusch die andere – und da ging es ihm weder um Speck noch um Steinpilze, eher um das gute Gefühl, den Bürgern seiner Stadt nicht zu viel zuzumuten und das gegenseitige Vertrauen zu fördern. Trotzdem würde er sowohl mit Maria als auch mit Bruno ein ernstes Wörtchen reden müssen. So dürften sie nicht noch einmal parken.

Er setzte seinen Weg fort und fühlte hinter der nächsten Häuserecke die warmen Strahlen der Sonne auf seinem Gesicht. Kurz schloss er die Augen und genoss die frische Luft, als es hinter ihm einen mächtigen Knall gab. Der Schall ließ die Fenster erzittern, Luca warf sich sofort zu Boden und versteckte sich hinter dem nächsten Wagen, drehte sich dabei aber in die Richtung, aus der der Schuss gekommen war.

Ein Schuss. Unverkennbar. Hier in Montegiardino.

Erst zeitversetzt hörte er den Schrei. Eine Frauenstimme. Hell, klar und hilflos. Luca kam auf die Beine, scannte die Fenster um sich herum und rannte los, im Zickzack Richtung Marktplatz. Er hatte keine Waffe dabei – wieso auch? Bis vor wenigen Sekunden war es ihm undenkbar erschienen, dass er hier überhaupt jemals eine brauchen würde. Jetzt sah er die Frau dort liegen, der Tisch war umgestoßen, ebenso wie der Stuhl, auf dem sie gesessen hatte, mitten auf der Terrasse von Fabios Bar, da lag die Zeitung auf dem Boden, vom Blut rot verfärbt, er sah die Wunde zuerst nicht, aber die Olivenbäuerin krümmte sich.

»Fabrizia!«, rief er und kam ihr näher, er sah ihre offenen Augen und atmete auf, ein wenig zumindest. Gott sei Dank. Sie lebte.

2

»Geht alle hinein in die Bar!«, rief er, denn die Menschen standen wie angewurzelt auf dem Marktplatz – die allgemeine Panik hatte noch nicht eingesetzt, doch jetzt ging ein Ruck durch die Menge, und alle rannten durcheinander. Luca wiederholte seinen Aufruf: »Rein da, und bleibt ruhig! Verriegelt die Türen!«

Er schob den liegenden Tisch so, dass dessen Vorderseite zur offenen Flanke des Marktplatzes zeigte, so würde er die Olivenbäuerin und ihn selbst zumindest etwas schützen. Hinter ihnen wurde der Rollladen der Bar heruntergelassen.

Prüfend sah er über den Tisch hinweg auf die umliegenden Häuser, die erste und die zweite Etage des Wohnhauses rechts vom Platz, die zweite Etage des Bankhauses, wobei von dort sicher keine Gefahr drohte. Der Campanile? Aber auch dort oben schien alles ruhig.

Es war nun, da alle Schreie verstummt waren, fast gänzlich still. Nur in der Ferne war noch ein leichtes Kratzen zu hören, vielleicht von den Schuhsohlen auf den Fliesen der Bar. War die Gefahr vorüber?

Er konnte sich nicht sicher sein, aber er musste sich jetzt der wimmernden Frau zuwenden, die neben ihm am Boden lag.

»Fabrizia«, sagte er sanft und versuchte sie aus der gekrümmten Haltung herauszukriegen. Er nahm ihren Kopf und legte ihn auf den nackten Steinboden, ihre Augen waren nun geschlossen, als versuchte sie den Schmerz wegzuatmen.

»Fabrizia, bitte, versuch still zu sein und lass mich sehen«, dann prüfte er ihre lebenswichtigen Körperteile. Die dunkelblonden Haare waren zu einem Pagenschnitt frisiert, der Kopf schien unverletzt. Gott sei Dank. Es war schwierig festzustellen, wo sie getroffen worden war, weil das Kleid mit dem Blumenmuster voller Blut war. Sie hielt sich mit der rechten Hand den linken Arm, wimmerte jetzt nur noch ganz leise, und Luca streichelte ihre Hand, bevor er sie vorsichtig löste. Sofort heulte sie auf, und er sah die tiefe Wunde unterhalb der Schulter am Schlüsselbein. Es musste tierisch wehtun, aber er war sich sicher, es war nur diese eine Stelle, es hatte ja auch nur einen Schuss gegeben. Die Einschussstelle war auf der Vorderseite, er konnte sie nicht berühren, um zu sehen, ob die Kugel wieder ausgetreten war, Fabrizia würde schreien vor Schmerzen. Luca versuchte sich zu erinnern, wie sie gesessen hatte, er sah den Stuhl vor sich, die Zeitung, sie hatte die Terrasse im Rücken gehabt, die Kugel musste also vom offenen Platz gekommen sein. Nicht von einem der anderen Gäste, die sich allesamt hinter ihr befunden hatten.

»Bleib ganz ruhig liegen«, sagte er leise, »ich hole sofort Hilfe.«

»Geh nicht weg, Luca«, flüsterte Fabrizia, öffnete ihre tränenden grauen Augen und hielt ihn mit ihrem gesunden Arm, »bitte«, und er blieb neben ihr, strich ihr über die Wange und sagte: »Ich bleibe bei dir.« Dann nahm er sein Telefon und wählte die

Nummer der Leitstelle der Polizei in Siena. Es klingelte, zweimal, dreimal, viermal, Luca spürte, wie seine Hand zitterte. »Verdammt«, sagte er.

Endlich hob jemand ab. »*Pronto?*« Eine schläfrige männliche Stimme.

»Commissario Luca, Polizia Municipale von Montegiardino. Wir haben hier einen Angriff mit einer Schusswaffe, eine Frau ist schwer verletzt. Wir brauchen sofort Verstärkung für die Sicherung. Auf dem Marktplatz. Die Kollegen sollen sich beeilen.«

»Haben Sie gesagt: Schusswaffenangriff in Montegiardino?«

Die Stimme klang ungläubig.

»Ja, Mann, das ist kein Witz! Los, schicken Sie die Artillerie!«

»Verstanden, Commissario. Wir sind …«

Luca wartete nicht, bis der Mann zu Ende geredet hatte, er beendete das Gespräch, dann wählte er neu. Diesmal wurde sofort abgehoben.

»Ja? Chigi?«

»Dottoressa, hier ist Luca.«

»Commissario, haben Sie es sich anders überlegt mit den Pilz…«

»Hören Sie, es ist ein Schuss gefallen, hier unten auf dem Marktplatz, Fabrizia Gori ist verletzt. Kommen Sie bitte sofort!«

Ihr Tonfall änderte sich schlagartig, ihr leichtes Lachen war verschwunden, und er hörte ihr Entsetzen, als sie sagte: »Bin unterwegs. Bleiben Sie so lange unbedingt bei ihr. Ich rufe jetzt die Rettung aus Siena.«

Der Commissario steckte sein Telefon weg und fühlte Fabrizias Puls. Er nickte. Gut. Er war schnell und stark zu spüren, sie hatte noch nicht zu viel Blut verloren.

»Fabrizia«, sagte er leise, »hast du jemanden gesehen?«

»Nein«, sagte sie unter Stöhnen, »nein.«

Dann schloss sie wieder die Augen.

Luca wusste nicht, wann er zuletzt einen Schuss gehört hatte – mit Ausnahme der Kugeln, die in jedem Herbst aus den Flinten der Jäger kamen –, er war sich sogar sicher, dass er in Montegiardino noch nie einen Schuss im Zusammenhang mit einem Gewaltverbrechen gehört hatte, das letzte Mal war wohl in Venedig gewesen, damals in einem anderen Leben.

Hinter ihm wurde der Rollladen einige Zentimeter emporgehoben, Luca wusste, dass Unsicherheit und Unwissenheit die Menschen erschöpften und mehr ängstigten als eine konkrete Gefahr. Er drehte sich um und flüsterte: »Bleibt drinnen. Hilfe ist unterwegs.«

Es war Fabio, der von drinnen leise fragte: »Lebt sie?«

»Ja, sie lebt.«

Sofort ging der Rollladen wieder runter. Und Luca war neben Fabrizia zum Warten verdammt. Es dauerte eine schiere Ewigkeit, bis sich endlich die Sirenen näherten und drei schwarze Wagen mit Blaulicht und maskierten Männern auf die ansonsten stille Piazza rollten.

3

Luca wies den Carabinieri aus Siena ihre Positionen zu. Die jungen Uniformierten hatten ihre Waffen gezogen und wirkten angemessen nervös. Schüsse hier im Idyll – das war nun wirklich kein alltäglicher Einsatz. »Kollegen, ihr sichert den Platz von der Rückseite ... Ihr dort sichert die Flanken ... Ihr geht hinein in die Bar und beruhigt die anderen Gäste. Schussrichtung völlig unklar, bisher kein Schütze gesichtet.«

Die Männer nickten. Lucas Kommandos waren militärisch knapp. Auf einmal war er nicht mehr der Dorfbulle, sondern der Mann, der er vor Jahren gewesen war: ein Großstadtpolizist, mit allen Wassern gewaschen. Wobei Luca sich innerlich erleichtert den Schweiß von der Stirn wischte – er konnte nicht behaupten, geübt zu sein in derartigen Einsätzen, aber Konzentration machte eben manchmal den Meister. Die Männer rannten los, gerade als der schwarze Alfa Romeo der Carabinieri auf den Platz rollte. Ein Mann stieg aus und kam schnell auf ihn zu, auf seiner Uniform prangten drei Sterne – Luca kannte ihn schon lange.

»Capitano Stranieri!«, rief er, und der weißhaarige Mann kniete sich neben ihn, nahm die schwarze Mütze ab und schüttelte den Kopf: »Was für eine verdammte Scheiße ist denn hier passiert?«

Luca hatte den Hauptmann der Sieneser Carabinieri schon immer für seine deutliche Sprache gemocht.

»Das Verbrechen lauert überall«, flüsterte er und hörte im selben Augenblick, wie schon wieder Reifen quietschten: Das kleine Fiat-500-Cabrio mit dem roten Stoffdach schleuderte auf den Markt. Die Tür wurde von innen aufgerissen, die Dottoressa angelte ihre Arzttasche vom Rücksitz und kam auf sie zugerannt, dass ihre roten Locken flatterten. Sie blickte auf die Frau, die am Boden lag, und nickte Luca zu. »Was ist passiert?«

»Ein Schuss, offenbar aus weiter Entfernung, ich weiß noch nicht, was für eine Waffe es war. Hat sie hier getroffen.«

Chiara Chigi hockte sich neben die Frau und berührte ihren Hals. »Fabrizia?« Die Olivenbäuerin war weggetreten, der Schmerz hatte ihr die Sinne geraubt.

»Nicht ansprechbar, Puls ist fühlbar, wird aber schwächer«, konstatierte die Ärztin. »Okay«, sie blickte Luca und den Carabiniere fragend an. »Könnt ihr sie unter Hals und Nacken fassen und ganz vorsichtig anheben? Nicht zu weit, ich weiß nicht, ob die Halswirbelsäule verletzt wurde. Nur ein wenig. Ich muss etwas prüfen.«

Luca legte seine Hände unter die rechte Körperseite der Frau, Stranieri unter die linke. Der Commissario spürte, wie das Blut seine Hände wärmte, dann nickten sie sich zu und hoben Fabrizia vorsichtig an. Sie schien durch den Schmerz aus ihrer Ohnmacht getrieben zu werden, sie wimmerte. Die Dottoressa legte sich auf den Boden und suchte den Rücken ab.

»Keine Austrittswunde, die Kugel steckt noch in ihr. Verdammt. Legt sie ganz langsam wieder ab.«

Luca wusste, was das hieß. Trat eine Kugel in den Körper ein und auf der anderen Seite wieder aus, bildete sie eine gerade Bahn. Ein nicht unbeträchtlicher Teil der Energie flog dann mit der Kugel wieder aus dem Fleisch, die zwar ein fieses Loch hinterließ, aber im Idealfall ihr letztes Ziel in leblosem Beton fand. Blieb die Munition aber im Körper, entlud sie alle Energie rund um die Eintrittswunde – und das konnte unterhalb des Schlüsselbeins allerhand Organe und Nerven treffen, auch das Herz. Es galt nun, schnell zu sein.

»Wann kommt denn dieser verdammte Rettungswagen?«, fragte die Dottoressa, als Luca und der Hauptmann Fabrizia wieder auf das Pflaster betteten. Sie nahm das Stethoskop aus ihrer Arzttasche, knöpfte ein Stück des Blumenkleides auf und hörte Brust und Lunge ab. »Keine Flüssigkeit, das ist gut. Wie ist das bloß passiert, was steckt dahinter?« Wieder beugte sie sich hinab und rief: »Fabrizia!«

Endlich näherten sich wieder Sirenen, und wenige Sekunden später bog der rot-weiße Wagen mit der Aufschrift *Misericordia* um die Ecke. Blitzschnell waren die Sanitäter bei ihnen, in ihren Händen hielten sie eine Trage. Die Gesichter der jungen Männer waren blass, der Einsatzbefehl *Schusswunde* schien in diesem Idyll wirklich nicht alltäglich zu sein.

»Frau, Ende vierzig«, sagte die Dottoressa von unten herauf, »Kugeleintritt unterhalb das Schlüsselbeins, wahrscheinlich Jagdmunition. Keine Austrittswunde. Puls noch einigermaßen stabil. Bringt sie nicht nach Siena, sondern nach Florenz. Sie muss sofort operiert werden. Die sollen Blutkonserven bereithalten. Ich fahre mit euch.«

Die Männer nickten und hoben Fabrizia vorsichtig auf die Trage. Luca drückte noch einmal ihre Hand. Wieder blickte er nach oben auf den Kirchturm. Es war die einzige Möglichkeit. Woher sonst könnte diese Kugel gekommen sein? In diesem Moment hörte er eine Stimme und schloss kurz die Augen. Er erkannte ihn sofort. Nein, nein, nein, dachte Luca.

»Fabrizia!«, rief der Mann, er musste sie am Kleid erkannt haben, er flog förmlich über den Platz. »Fabrizia!«

Gerade noch rechtzeitig sprang Luca auf. »Stopp!«, rief er und schloss Carlo in seine Arme.

»Ich muss sie sehen«, rief ihr Mann, der völlig verzweifelt war. »Was ist mit ihr? Geh doch zur Seite!«

Er versuchte Luca aus dem Weg zu drängen, doch der Commissario ließ sich nicht beirren und hielt Carlo an den Schultern fest. »Die Männer müssen sie dringend ins Krankenhaus bringen. Die Dottoressa fährt mit ihnen.«

Chiara Chigi sah Carlo an, ihr Blick war klar und fokussiert. »Es wird alles gut, Carlo, sie wird das ganz bestimmt überleben. Lass uns einfach unsere Arbeit machen.«

Carlo ließ die Schultern sinken, er nickte, und die Sanitäter trugen die Trage mit seiner bewusstlosen Frau an ihm vorbei. Bald waren alle vier im Krankenwagen verschwunden, der sich ruckartig und mit quietschenden Reifen in Bewegung setzte, ehe er die Brücke über den Arno querte und dann die steile Landstraße hochfuhr, die sie in wenigen Minuten zur Autostrada Richtung Florenz bringen würde. Die Sirene hallte die Bergwände entlang.

»Verdammt, Luca, was ist denn passiert?«

Der Commissario wies auf einen der Terrassentische und hieß Carlo, Platz zu nehmen. »Bitte, mein Lieber, setz dich. Deine Frau … Sie ist angeschossen worden. Der Schütze muss hier ganz in der Nähe gewesen sein, ich weiß noch nicht genau, was passiert ist. Ich war zufällig gerade hier vorbeigekommen, ich habe sie kurz zuvor noch Zeitung lesen sehen.«

»O mein Gott … Ja, wir waren hier verabredet, aber ich wollte nicht zu früh sein, Fabrizia liebt es, mal kurze Zeit für sich allein zu sein und einfach ein bisschen zu lesen. Ich war noch oben auf dem Berg und habe die Bestellungen verpackt.«

Sein ohnehin stets vor Anstrengung gerötetes Gesicht schien nun kurz vorm Platzen, sein Atem flatterte. Er war ein Hüne von einem Mann, mit breiter Brust und dicken Oberarmen, es hätte Luca nicht gewundert, wenn er die Oliven einfach durch kräftiges Schütteln der Stämme von den Bäumen holte. Luca nahm ihn beim Arm und zog ihn mit sich zu dem immer noch geschlossenen Rollladen, er klopfte mit der Faust dagegen.

»Fabio, mach auf, die Gefahr ist vorüber.«

Es dauerte keine zehn Sekunden, dann krachte es im Gebälk, als der Wirt an der Leine zog, die das alte blecherne Gitter bewegte. Misstrauisch beäugte Fabio den Marktplatz und beruhigte sich merklich, als er die schwer bewaffneten Carabinieri sah.

»Mensch, Carlo«, sagte er, »kommt rein, ich mach euch erst mal einen Corretto.«

»Gute Idee«, sagte Luca, und zusammen mit dem Capitano betraten sie die Bar.

Die anderen Gäste bildeten ein Spalier, der Commissario roch den Schweiß, der im Raum lag, die Angst hatte Besitz ergriffen von diesen paar Quadratmetern. Nun schienen es auch die Gäste zu riechen und stoben förmlich nach draußen, endlich weg von hier, fort vom Ort des Geschehens. Ja, die Bürger Montegiardinos waren durchaus schaulustig, aber zu nah durfte ihnen die Gefahr nun auch nicht kommen.

Luca hätte sich ohrfeigen können, dass ihm dieser Gedanke nicht früher gekommen war. Er wandte sich schnell an den Carabinieri-Hauptmann. »Capitano? Ich weiß, bestimmt ist alles gut. Aber können Sie dennoch zwei Beamte hinaufschicken zur Grundschule? Nur einmal nach dem Rechten sehen?«

Der Mann mit dem weißen Haar nickte beruhigend. »Klar, Luca, mache ich sofort.«

»Und lassen Sie keinen der Gäste von hier fortgehen. Ihre Kollegen müssen sie vernehmen.«

»Schauen Sie, Commissario, dafür hat meine Mannschaft schon gesorgt.«

Nicht ohne Stolz nickte der Capitano nach draußen, wo seine Carabinieri tatsächlich die Montegiardiner in Schach hielten, die dem Ort des Geschehens am liebsten den Rücken gekehrt hätten. Luca hätte ihnen und ihrem Hauptmann sein Leben in die Hand gegeben, ohne zu zögern.

Schon stellte Fabio drei kleine Tassen vor sie, aus denen der würzige Duft des Kaffees und der scharfe Geruch des Grappas drangen, eine Mischung, die selbst die schlimmsten Traumata für einen Moment beruhigen konnte.

Carlo hielt das Gesicht in seinen großen Händen verborgen. »Wie konnte das bloß passieren? Was steckt nur dahinter?«

Luca legte ihm die Hand auf die Schulter. »Das werden wir herausfinden. Und dafür würde ich dich jetzt gerne ein paar Dinge fragen. Hast du irgendeine Idee, warum jemand auf deine Frau geschossen hat?«

Sofort nahm der Ehemann die Hände von seinem Gesicht und sah den Commissario mit weit aufgerissenen Augen an. Luca hätte nicht gedacht, dass er noch stärker erröten konnte – aber doch, es war möglich.

»Meinst du denn, jemand wollte sie absichtlich …«, Carlo schüttelte den Kopf. »Das ist doch Wahnsinn, unglaublich. Das war doch sicher irgendein Verrückter …«

Der Commissario trank den Corretto mit kurzen, schnellen

Schlucken. Dann sagte er: »Ehrlich gesagt, Carlo, glaube ich das nicht. Gibt es irgendwen, dem ihr auf die Pelle gerückt seid? Jemand, den ihr in der letzten Zeit vielleicht verärgert habt?«

»Luca, was soll denn das jetzt?«, fuhr Carlo auf. »Ich muss ins Krankenhaus, ich muss sehen, wie es ihr geht.«

»Wir fahren dich hin«, antwortete der Commissario. »Aber hast du wirklich keine Ahnung, was hier vorgefallen …«

Luca unterbrach sich, als ihn ein Windzug streifte.

Die Tür wurde geöffnet, und zwei weitere Personen traten ein. Im Gegenlicht waren zuerst nur schwarze Schatten zu erkennen, dann aber kamen sie näher: Es waren der Bürgermeister, der nervös an seinem Anzug herumnestelte, und eine Frau, die Luca noch nie hier gesehen hatte.

»Commissario«, sagte Martinelli erleichtert, »es geht Ihnen gut. Na, ein Glück. Ich dachte schon … Was um Himmels willen ist hier geschehen?« Er war völlig aufgelöst, strich sich durch die Haare, und erst als er Lucas fragenden Blick sah, schien er das selbst zu bemerken. »Oh, Verzeihung, ich habe Sie gar nicht vorgestellt«, er wandte sich an die Frau neben sich.

»Ach was, das kann ich schon selber machen«, sagte sie mit einer tiefen Stimme, die so gar nicht zu ihrer eleganten Erscheinung passen wollte.

Der Commissario wusste sofort, dass diese sonore Stimme beides konnte: schmeicheln und drohen, Menschen erfreuen und ängstigen. Und er hatte sogleich das Gefühl, dass er diese Frau von irgendwoher kannte.

»*Buongiorno*, Commissario, ich bin Vice-Questora Aurora Mair von der Polizia di Stato in Florenz.«

Sie war es wirklich. Er hatte nur von ihr gehört. Geschichten auf den Fluren der Carabinieri-Kaserne. Ausgetauschte Gerüchte bei Telefongesprächen mit Kollegen in den Dörfern der Umgebung. Abwechselnd wohlwollende oder vernichtende Artikel in *La Nazione*. Und nun stand sie hier, in seinem Städtchen, in seiner Bar: Sie trug trotz der Wärme einen eleganten dunkelbraunen Mantel aus Wolle, der sehr schmal geschnitten war, dazu weiße Sneakers einer angesagten französischen Marke. Ihre dunkelbraunen Haare waren zu einem praktischen Dutt zusammengebunden, was sie streng wirken ließ, doch der Eindruck wurde gemildert durch ihren Teint, der darauf hinwies, dass sie die Sonne genoss – und dann waren da noch ihre beinahe hellblauen Augen, die interessiert in die Runde blitzten. Luca musste sich richtig anstrengen, nicht ständig in diese Augen zu schauen.

»Vice-Questora Mair wurde nach Ihrem Anruf bei der Leitstelle in Siena sofort informiert und ist direkt hergefahren.« Offenbar fühlte sich Martinelli durch das kurze Schweigen zu dieser Aussage ermuntert – die Stimmung schien Luca so geladen wie in einem Westernsaloon kurz vorm Showdown.

»Guten Tag, Signora«, sagte Luca endlich in freundlichem Ton, aber er legte Nachdruck in seine folgenden Worte: »Allerdings ist das Opfer des Schusses am Leben, und deshalb nehme ich an, dass der Fall in meiner Hand bleibt.«

»Das ist schön und gut, Commissario. Aber es ist ja nicht gerade alltäglich, dass in diesem Idyll mit einer Waffe auf eine Frau geschossen wird. Sie werden mir zugestehen, dass ich mich auf den Weg machen musste. Darf ich Sie bitten, mich darüber in Kenntnis zu setzen, was geschehen ist?«

»Mich bitte auch«, sagte Bürgermeister Martinelli, der den kleinen Austausch der Beamten interessiert verfolgt hatte, ohne sich einzumischen.

»Na, auf Fabrizia wurde geschossen!«, rief Carlo und hieb mit der Hand auf die Bar, als könnte er es immer noch nicht fassen. »Auf meine Fabrizia.«

»Das ist wirklich entsetzlich«, sagte Martinelli mit schmerzverzerrtem Gesicht.

Luca wandte sich an die Polizistin aus Florenz. »Fabrizia Gori ist eine Olivenölproduzentin, die oberhalb der Stadt ihren Hof hat. Sie hat eine Kugel in den Oberkörper bekommen, es gab keine Austrittswunde. Die Ambulanz hat sie nach Florenz gebracht. Das hier ist Carlo, ihr Ehemann. Ich habe bis eben mit ihm gesprochen, und nun wollte ich ihn ins Krankenhaus hinüberbringen lassen.«

»Da komme ich ja gerade recht, um das zu verhindern«, sagte die Signora und blickte dabei zwischen Luca und dem Ehemann hin und her. »Ich habe natürlich auch noch einige Fragen an Sie, Signore. Aber einstweilen: Bürgermeister Martinelli, danke, dass Sie mich hergebracht haben. Ich denke, Sie können nun gehen. Genau wie Sie, Capitano Stranieri. Vielen Dank für die Absicherung des Tatorts. Sie können draußen auf mein Spurensicherungsteam warten.«

Wieder dieser Befehlston, der keinen Widerspruch duldete – Luca schien es, als würde Signora Mair in diesen Momenten zwei Köpfe größer. Der Bürgermeister war sichtlich verwirrt von ihrer Ansage, doch er deutete postwendend eine Verbeugung an und ging hinaus. Der Carabinieri-Hauptmann folgte ihm eher widerwillig, und Luca hörte ihn etwas murmeln, das wie »Unglaublich, diese Leute aus dem Norden« klang. Doch die Vice-Questora tat so, als hätte sie es nicht gehört, zog sich einen Barhocker heran und nahm Platz.

»Bitte, fahren Sie mit Ihrer Befragung fort, Commissario«, sagte sie.

Lucas Blick ruhte einen Moment zu lange auf ihr, dann wandte er sich Carlo Gori zu. Er brauchte einen Moment, um sich zu sammeln.

»Gut, also, wie gesagt, jemand wird dich gleich zu Fabrizia ins Krankenhaus fahren. Aber vorher: Kannst du mir bitte erzählen, was ihr gestern und heute gemacht habt? Jedes Detail kann wichtig sein.«

Der Bauer gab Fabio, der in einer Ecke des ansonsten leeren Ladens stand, ein Zeichen und wies auf seine leere Tasse, dann begann er langsam zu erzählen, und seine Stimme klang anders, eingeschüchterter als vorhin, als hätte das Auftauchen der Vice-Questora die Temperatur in der Bar um zehn Grad gesenkt.

»Gestern waren wir beide den ganzen Tag in der Plantage. Die Bäume … Ach, du weißt das doch, Luca, es ist immer viel zu tun, besonders jetzt im Sommer. Wir müssen die Schädlinge abwehren, und wenn es zu trocken ist, müssen wir die Bäume wässern. Es ist alles ungewöhnlich früh in diesem Jahr. Die Früchte sind schon riesig. Wir haben gestern entschieden, dass wir die Ernte vorverlegen, vielleicht sogar um einen Monat. Deshalb wollten wir uns heute hier vor der Bar treffen, um dann gemeinsam nach Siena ins *Centro per l'Impiego* zu fahren. Wir hatten ja dort auf dem Arbeitsamt den Bedarf für unsere Erntehelfer schon im Frühjahr gemeldet, und nun wird ein Riesenaufwand nötig sein, um diese Kräfte eher zu bekommen. Deshalb wollten wir zusammen fahren. Wenn Fabrizia eine Ansage macht, dann klappt alles, du kennst sie ja.« Er versuchte sich an einem müden Lächeln.

Fabio stellte die Tasse vor den Bauern und verschwand so schnell, wie er gekommen war. Das »Für mich auch einen Caffè, *per favore*«, das die Vice-Questora ihm hinterherrief, schien er nicht zu hören.

»Und heute Morgen, als Fabrizia schon hier draußen saß? Wo warst du da?«, fragte Luca.

»Ich habe auf der Plantage noch die Sprenger eingeschaltet,

habe die Bestellungen verpackt, die heute Mittag von der Spedition abgeholt werden, und bin dann hinuntergekommen. Es ist alles so furchtbar.«

»Das ist es, Signore Gori«, sagte die Vice-Questora. »Besitzen Sie eine Waffe?«

»Nein …«, sagte Carlo erschrocken. »… Nein, ich …«

»Ist das nicht ungewöhnlich? Sie leben dort oben auf der Hochebene, wo es Tiere gibt, angeblich ja sogar Wölfe – und haben keine Waffe?«

Carlo wurde auf seinem Barhocker immer kleiner. Doch anders als vorhin bei Luca fuhr er nicht aus der Haut. »Ich …«

Der Commissario konnte es nicht mit ansehen und kam dem Bauern zu Hilfe. »Carlo ist wie die meisten Männer in Montegiardino ein aktiver Jäger, aber ich habe irgendwann angeregt, dass alle Gewehre im sicheren Schrank des Jagdvereins eingeschlossen werden, damit es in den Höfen der Stadt nicht vor Waffen wimmelt. Alle haben sich darauf geeinigt.«

»Es wäre mir lieb, wenn Signore Gori selbst auf meine Fragen antwortet – oder sind Sie der Avvocato und Stadtpolizist zugleich?« Ihr Blick durchbohrte Luca nur eine Sekunde, dann war sie wieder bei Carlo.

»Der Commissario hat recht. Ich jage. So wie alle hier. Aber das Gewehr, das ich benutze, steht unten im Keller des Jagdvereins im Schrank. Das ist ein paar Minuten von hier, beim Rathaus.«

»Das werde ich mir ansehen«, antwortete Signora Mair. »Wer könnte Ihrer Frau etwas antun wollen? Haben Sie Feinde?«

»Nein, ich … keine Ahnung.«

»Hören Sie, Signore Gori«, sagte sie plötzlich laut und forsch, »hier läuft doch nicht ein Irrer rum, der wahllos Menschen erschießt. Das ist Montegiardino – und nicht Neapel. Also: Wem sind Sie auf den Schlips getreten? Haben Sie kein Schutzgeld gezahlt?«

Carlo stand von seinem Barhocker auf und ging einen Schritt auf die Vice-Questora zu, sein Gesicht war tiefrot, und Luca richtete sich auch auf, um eingreifen zu können, falls der Bauer sich auf sie stürzte.

»Das muss ich mir nicht gefallen lassen, oder? Oder, Luca? Das muss ich doch nicht. Ich will das jetzt beenden, ich will zu meiner Frau!« Wutschnaubend stand er nun vor ihr, doch die Vice-Questora blieb einfach ruhig sitzen.

»*Allora*«, sagte sie ganz ruhig lächelnd, als wäre der kleine Ausbruch nie passiert, »dann bringen die Carabinieri Sie jetzt zu Ihrer Gattin. Wir werden Sie später noch mal befragen. Sie sollten Montegiardino nach Ihrer Rückkehr aus Florenz bis auf weiteres nicht verlassen.«

Carlo stapfte hinaus und knallte die Tür hinter sich zu. Fabio kam gerade mit der Kaffeetasse. Als er sah, dass Carlo fort war, stellte er sie aber nicht der Signora hin, sondern drehte sich weg und schüttete den Espresso demonstrativ und ohne zu zögern in den Ausguss.

»Es ist sehr stickig hier drinnen – wollen wir hinaus? Ich würde gern den Tatort sehen …«

Schon war die Signora vom Barhocker aufgestanden und ging voran. Luca blieb nur, ihr zu folgen. Seit diese Frau hier war, fühlte er sich, als sei er im Auge eines Wirbelsturms gefangen. Was war das nur für eine Furie?

Sie traten hinaus in die Wärme, die Sonne stand mittlerweile im Zenit, das Pflaster des alten Marktplatzes war schon glühend heiß. Die Soldaten der Carabinieri hatten die Piazza mit rot-weißem Plastikband abgesperrt, dahinter hatten sich die Bürger des Ortes versammelt und starrten herüber, während Bürgermeister

Martinelli ihnen geduldig Rede und Antwort stand, auch wenn er selbst nicht viel wusste.

»Ich brauche Ihnen wohl nicht zu zeigen, wo das Opfer gesessen hat«, bemerkte Luca. Die Blutflecken auf dem Boden waren klar zu erkennen. »Ich war einige Minuten vorher in der Bar und habe sie dort sitzen sehen. Sie hat gelesen. *La Nazione*, um genau zu sein.«

»Sie sind ein guter Beobachter, Commissario.«

»Ich kenne einfach jeden hier, da schaut man genauer hin.«

»Oder eben nicht. Weil es ja Alltag ist, all diese immer gleichen Menschen.«

»Na ja, umso eher fallen einem Abweichungen auf. Und im Übrigen, Signora Vice-Questora, ich glaube, dass Ihre Taktik der harten Hand in der Stadt gut funktioniert. Aber hier sind die Mauern dann sofort geschlossen, die Menschen hier sagen Ihnen kein Wort mehr, wenn Sie sie so angehen. Schutzgeld – was für eine Idee. Das hier ist Montegiardino, und ich bin der Bulle, der immer vor Ort ist – hier gibt es keine Schutzgelderpresser.«

»Das denken die Polizisten in allen Ortschaften, die ich besuche, und wenn ich wieder abreise, dann gibt es auf einmal doch sechs Mafiosi, von denen jeder wusste außer der Staatsmacht. Verzeihen Sie also, wenn ich da misstrauisch bin.«

Luca wollte ihr gerne eine schnittige Antwort geben, ihrer Großstadtarroganz ein Stück montegiardinischer Kleinstadtwürde entgegensetzen. Aber er fasste sich gerade noch, wollte sein Innerstes vor ihr nicht nach außen kehren. Nun standen sie an der Stelle, wo Fabrizia gelegen hatte, ein Carabiniere musste Stuhl und Tisch wieder aufgestellt haben. Hoffentlich gab es Tatortfotos; Luca schickte ein Stoßgebet gen Himmel. Aus dem Augenwinkel bemerkte er Stranieri, der vorsichtig auf sie zutrat.

»Ja, Capitano?«, fragte Signora Mair.

»Ich wollte nur kurz …«, er blickte Luca an. »Ich soll dir von den Kollegen sagen, dass oben an der Grundschule alles gut ist. Keine Gefahr, Emma geht es gut.«

Luca spürte, wie ihm ein Stein vom Herzen fiel. »Danke, Capitano, danken Sie bitte auch Ihren Männern.« Stranieri nickte und ging wieder zu seinen Kollegen.

»Was ist denn an der Grundschule?«, fragte die Polizistin.

»Eine private Sache, ich wollte nur sichergehen, dass alles gut ist.«

Die Vice-Questora sah ihn grinsend an.

»Na, sehen Sie, Schutzgeld gibt es nicht. Aber Kumpanei unter Kollegen durchaus.«

»Emma ist meine Tochter, das ist keine Kumpanei, das ist väterliche Sorge. Sie sind ja ein echtes Scheusal, Signora Mair«, sagte Luca und wollte keines dieser Worte zurücknehmen. Genug war genug.

»Das ist es, was die Leute sagen. Dafür ist meine Aufklärungsquote hoch, und niemand hat bisher versucht, mich zu bestechen. Also, was ist hier passiert?«

»Ich war auf meiner Morgenrunde. War auf dem Markt, kurz in der Bar, dann wollte ich wieder ins Rathaus. Ich habe Signora Gori hier sitzen und ihre Zeitung lesen sehen.«

»Auf diesem Stuhl?«

»Genau. Sie hatte die Terrasse im Rücken und blickte in diese Richtung, also jedenfalls, wenn sie geblickt und nicht gelesen hätte …«

»Sie hatte einen Cappuccino«, stellte die Vice-Questora fest und blickte auf die am Boden liegenden Teile der zersprungenen Tasse und den mit Kaffee durchzogenen Milchschaum, der auf Scherben und Boden festgetrocknet war. »Also, war sie ein Zufallsopfer?«

»Fragen Sie mich das tatsächlich, oder ist es nur eine rhetorische Frage, auf die Sie mir gleich selbst antworten werden?« Luca war noch nicht wieder versöhnt.

»Nun sagen Sie schon, was Sie denken, Commissario.«

»Ich glaube nicht an ein Zufallsopfer. Sie saß hier mit weitem Abstand zu allen anderen. Von den Gästen auf der Terrasse kann es keiner gewesen sein, die Kugel kam von vorne und von oben, denke ich. Außerdem wäre ein Kaffeetrinker mit Gewehr sicher aufgefallen, nicht? Ein Verrückter oder ein Amokläufer, der hätte doch in die Menge geschossen? Aber der Täter hat direkt auf die Olivenbäuerin gezielt. Das war kein Zufall.«

»Das klingt logisch. Woher könnte die Kugel gekommen sein?«

»Ich bin gespannt, ob die Ärzte einen Einfallswinkel feststellen können.«

Signora Mair zog eine Augenbraue hoch, eine Angewohnheit, die er nun schon drei- oder viermal an ihr beobachtet hatte. »Das fällt den Gerichtsmedizinern ja sogar bei Toten schwer. Bei einer lebendigen Frau wird es gänzlich unmöglich, das festzustellen. Wir sollten hier nicht auf einer Angabe bestehen, da geht mehr kaputt, als es uns bringt. Abgesehen davon gibt es nicht viele Möglichkeiten, wenn es ist, wie Sie sagen.« Sie zeigte in drei Richtungen. »Das Haus da drüben, dieses Haus dort oder der Kirchturm.«

»Das habe ich auch schon gedacht.«

»Was ist mit dem anderen Flussufer?«

Luca schüttelte den Kopf.

»Ich habe lange nicht mehr geschossen. Aber das sind doch mindestens dreihundertfünfzig, vierhundert Meter. Diese Entfernung ist selbst mit 'nem Zielfernrohr nur von einem ausgebildeten Scharfschützen zu meistern.«

»Na gut, er wird ja auch nicht richtig getroffen haben.«

»Wie meinen Sie das?«, fragte Luca überrascht.

»Glauben Sie, jemand betreibt den ganzen Aufwand hier, um eine Frau an der Schulter zu erwischen? Nein, Signora Gori hatte Glück. Eigentlich sollte sie nicht in einer Ambulanz von hier weggefahren werden, sondern in einem Auto mit verhangenen Scheiben.«

»Lernt man diese bildhafte Sprache auf der Polizeischule?«

»Eher im Leben, Commissario. Los, zeigen Sie mir, was Sie gemacht haben, nachdem Sie aus der Bar gegangen sind.«

»Bin ich verdächtig? Ich trage nicht mal 'ne Waffe.«

»Ja, auch dazu hätte ich viele Fragen. Aber nein, Sie verdächtige ich natürlich nicht. Sie sind nur mein einziger Zeuge. Sie wissen doch, was passiert, wenn ich all die anderen Gäste frage. Einer hat einen Mann im Kirchturm gesehen, ein anderer eine Frau mit Gewehr in der Hand in der zweiten Etage da drüben, der Dritte hat eine Drohne am Himmel bemerkt, die die amerikanische Flagge trug. Zivile Augenzeugen sind mir ein Graus.«

»Kommen Sie«, sagte Luca, der ein leichtes Lachen nicht unterdrücken konnte. Er fing an, sie unterhaltsam zu finden.

Sie gingen nebeneinanderher in die Richtung, die der Commissario vorhin genommen hatte. »Also, ich bin hier entlang…«

»Wohin wollten Sie denn?«

Er sah sie von der Seite an. »Sie verdächtigen mich doch.«

»Sind Sie denn auch Jäger, Commissario?«

»*Certo*, Vice-Questora.«

Sie gingen an den beiden Lieferwagen vorbei und noch einige Meter weiter, dann blieb Luca stehen.

»Gut, jedenfalls war ich hier, und dann gab es den Knall. Ich habe mich sofort hinter diesen Wagen geworfen.«

»Ach, der stand vorhin auch schon hier?«

»Ja, sonst hätte ich mich ja nicht dahinterwerfen können.«

»Aber ...«, sie warf einen genauen Blick auf die Windschutzscheibe, »... wenn Sie vorhin hier vorbeigekommen sind und alle Autos schon so dastanden, wieso klebt dann hier kein Knöllchen? Die Geschichte kann doch nicht stimmen.«

Luca schloss für einen Moment die Augen. Diese Frau regte in ihm eine Mischung aus Wut und Bewunderung, und er schwankte, welches Gefühl stärker war. Gerade aber war es ziemlich eindeutig.

»Ich habe beide Augen zugedrückt.«

»Lassen Sie mich raten: Es sind Bürger Ihrer Stadt, in der es keine Mafia gibt und keine Korruption und keine wie auch immer geartete Übervorteilung.«

»Können wir uns auf den Anschlag auf Signora Gori konzentrieren, oder wollen Sie mir gleich die innere Revision vorbeischicken?«

Sie betrachtete ihn lange, dann schüttelte sie den Kopf. »Also, der Knall. Sie verstecken sich. Und dann?«

»Bin ich auf den Platz gerannt, und da lag sie.«

»Niemand war zu sehen? Außer den anderen Gästen?«

»Es war Markttag. Auf dem Markt waren viele Menschen, aber nachdem der Schuss gefallen war, herrschte die reine Panik.«

»Und dann haben Sie sofort die Leitstelle angerufen.«

Luca nickte und fügte hinzu: »Von da an hat es eine Dreiviertelstunde gedauert, bis Sie hier ankamen.«

»Ja, ich fahre gerne schnell.«

Sie gingen langsam zurück zum Marktplatz.

»Commissario, wer hat einen Schlüssel für den Kirchturm?«

Luca sah hinauf und betrachtete den Glockenturm, dann schaute er die Vice-Questora fast schuldbewusst an.

»O Mann, sagen Sie nicht, jeder, der will, kann einfach rauf auf den Campanile …«

»Doch, genau so ist es. Der Schlüssel hängt im Eingangsbereich der Kirche an einem Brett.«

Signora Mair schlug sich mit der Hand an den Kopf. »Was für eine Stadt! Gut, gehen wir nachsehen.«

Mit schnellem Schritt betraten sie die Kirche; in der vordersten Reihe saß die alte Signora Davide mit ihrem lockigen weißen Haar und betete vollkommen in sich versunken. Luca ging zum Weihwasserbecken und bekreuzigte sich, dann hielt er einen Moment inne und sprach in Gedanken ein paar Worte. Die Polizistin wartete schweigend auf ihn, und er fühlte ihren Blick, als betrachtete sie ein interessantes Studienobjekt. Nach einer Minute ging er voran und wies auf ein Brett neben dem Opferstock für die Kerzen. »Hier, da hängt er.«

»Ich würde an sich gerne hinauf, aber …«

Er schüttelte den Kopf und wühlte in der Hosentasche nach einem frischen Taschentuch. »Die Fingerabdrücke sollen uns nicht im Weg stehen. Los, gehen wir.«

Er nahm den Schlüssel am äußersten Rand mit dem Tuch, dann gingen sie wieder hinaus und auf die Rückseite der Kirche, die nur von einer kleinen Gasse aus einzusehen war. Ideale Bedingungen. Er drehte den alten Schlüssel im Schloss, es ging viel geschmeidiger, als er erwartet hatte. Er war schon lange nicht mehr dort oben gewesen. Aus dem dunklen Treppenhaus kam ihnen ein stockiger Geruch entgegen, es roch nach Schimmel und Moos. Die Luft war hier deutlich kühler, beinahe kalt.

Die steinernen Stufen der engen Wendeltreppe hatten die Patina von Jahrzehnten, wenn nicht Jahrhunderten angesetzt und waren so abgetreten, dass jeder Schritt ein Wagnis war. Luca ging voraus und hörte die Vice-Questora dicht hinter sich. Es dauerte sicher zehn Minuten, bis sie oben angekommen waren, schon auf den letzten Stufen spürte der Commissario den Windzug, der durch die Spitze des Campanile ging. Diese war auf zwei Seiten offen, oben wurde das Dach von hölzernen Balken getragen, darunter hing von eisernen Streben gehalten die massive Messingglocke mit ihrem roten Schimmer und der lateinischen Aufschrift *in hoc salus* – »In diesem ist Heil«. Allein der Glockenklöppel war sicher so groß wie ein Mensch, sodass der stündliche Schlag bis weit über die Grenzen des Ortes zu hören war, selbst oben auf seinem Bauernhof wusste Luca stets, was die Uhr schlug.

Sie traten in die Turmspitze, und Luca musste einen Moment stehen bleiben, weil ihn das Panorama seiner Stadt wieder einmal so gefangen nahm. Da waren die roten und cremefarbenen Dächer der Häuser, die im Zentrum dicht an dicht standen, der Hausberg, auf dem er Emmas Grundschule sehen konnte, offenbar war gerade Pause, die Kinder spielten ein wildes Spiel, von hier oben sahen sie aus wie Käfer, die es besonders eilig hatten. Und dann öffnete sich die ganze Umgebung, der Fluss, der sich in Windungen durch den Ort wand und dann wieder hinaus, er wurde von Kilometer zu Kilometer breiter, dort hinten floss er durch tiefen Wald. Rechts lagen die Ausläufer der Berge, dahinter, weder zu sehen noch zu hören, die Schnellstraße nach Siena und Florenz.

Die Vice-Questora allerdings schien der Ausblick nicht weiter zu beeindrucken, sie hatte sich schon auf die Knie begeben, um auf dem staubigen Boden nach Spuren zu suchen. »Ha!«, rief sie plötzlich aus und griff schon nach ihrem Handy, drückte eine Kurzwahltaste und sprach im Befehlston hinein.

»Ich brauche auf dem Campanile die Spurensicherung. Beeilt euch. Die Tür steht offen. Wir sind hier oben. Die sollen genügend Beweismittelbeutel mitbringen.«

Nach dem Auflegen wies sie triumphierend auf den Rucksack, der unter der hölzernen Bank versteckt gewesen war, die früher dem Glöckner als Ruheplatz gedient hatte.

»Sieht nach überstürztem Aufbruch aus«, sagte die Signora. Luca kniete sich neben sie. Der Rucksack war ein einfaches Modell von der Hausmarke eines Sportartikelkaufhauses, das am Rande jeder größeren Stadt zu finden war. Mit spitzen Fingern öffnete die Vice-Questora den Reißverschluss.

»Die Männer müssen ihn gleich ausleeren«, sagte sie und zog den Rucksack so weit auf, dass sie hineinsehen konnten.

Luca pfiff durch die Zähne. »Wenn das mal nicht unsere Munition ist«, sagte er und betrachtete die rote Packung mit dem stilisierten Reh darauf.

»Kaliber .243 Winchester«, flüsterte Signora Mair. »Würde mich nicht wundern, wenn das exakt die Patronen sind, die Sie hier bei der Jagd verwenden.«

»Sie kennen sich auch noch mit der Rehwildjagd aus?«, fragte Luca erstaunt.

»Ich komme aus Südtirol. Meinen Sie, nur weil wir dort alle merkwürdige Dinge essen und pünktlich sind, wären wir keine Jäger?«

»Na ja, also, wir nutzen diese Patronen. Aber auch die .308 Remington. Auffällig ist hier jedoch, dass es sich um ein Teilmantelgeschoss handelt. Jemand wollte die Chance erhöhen, dass die Patrone im Körper bleibt.«

Die Vice-Questora nickte. »Was haben wir noch?«

»Eine Banane«, sagte Luca verwundert. »Und ein Buch. Können Sie den Titel erkennen?«

»Nein, es liegt ungünstig. Wir müssen auf die Spurensicherung warten.«

»Eine Geldbörse wäre zu schön gewesen.« Luca stockte. »Aber

hier ...«, er trat mit seinem Fuß vorsichtig unter die Bank und schob etwas hervor, »... ist etwas, was vielleicht genauso gut ist.«

Signora Mair kniff die Augen zusammen, als könnte sie es kaum glauben. Die Zigarettenkippe einer Marlboro. Bis zum Filter abgebrannt.

»Das ist ja mal ein Volltreffer.«

»Genau wie das da.« Luca wies auf die einzige Stelle im Raum, auf der kein Staub lag, eine Fläche von etwa einem Meter sechzig Länge, die sich genau vor der Wandöffnung des Campanile auf dem Boden befand. Es waren überall auf dem Boden Fußspuren, ob alt oder neu, war auf die Schnelle nicht auszumachen – diese Fläche aber bildete die Form eines auf der Lauer liegenden Menschen nach.

»Hat er hier also gewartet, bis sie genau dort saß, wo er sie haben wollte«, sagte Luca.

»Vielleicht auch *sie*. Oder denken Sie, Präzisionsschützen könnten nur Männer sein?«

»Passen Sie auf, Signora, sonst muss ich gleich Sie fragen, was Sie um Viertel vor elf gemacht haben.«

Gemeinsam standen sie auf und traten an den Rand der Brüstung. Nun lag der Marktplatz in voller Pracht vor ihnen, durch die Absperrung der Carabinieri war er bis auf zwei Polizisten menschenleer. Hinter dem Absperrband sah Luca immer noch den Bürgermeister mit den Leuten diskutieren.

»Darf ich mal Ihre Waffe haben?«, fragte er die Polizistin. Sie öffnete die Knöpfe ihres Mantels, und er sah, dass sie eine creme-farbene Seidenbluse trug. Sie war schlank und sportlich, die Pistole trug sie in einem braunen Holster, das um die Schultern ge-wunden war. Sie zog die halb automatische Beretta 92 heraus, die die Standardwaffe aller italienischen Beamten war, und reichte sie ihm. Luca ging erst in die Knie und legte sich dann flach auf den Boden, rechts neben die Stelle, wo der Staub fehlte, damit die Spurensicherer dort arbeiten konnten. Er robbte an die Brüstung heran, zog sich ein Stück hoch und sah hinunter auf den Markt.

»Perfekt«, murmelte er, »es ist perfekt.« Er legte die Waffe an und zielte hinunter, dabei blickte er über die Kimme. »Genau so war es«, sagte er. »Hier hat unser Mann gelegen – oder unsere Frau.«

Rechts neben ihm legte sich die Vice-Questora auf den Boden, um zu sehen, was er sah. Ihre Hüfte berührte seine, und Luca wurde plötzlich sehr warm.

»Stimmt«, sagte sie leise. »Es ist die perfekte Schussrichtung, um diesen Tisch zu treffen. Immer geradeaus. Aber warum hat er – oder sie – so lange gewartet? Sie sagen, dass Signora Gori schon eine ganze Weile an diesem Tisch saß und gelesen hat. Was also hat ihn aufgehalten?«

»Hm«, antwortete Luca nach einer kurzen Pause, »von hier hat der Täter auch einen guten Blick auf den Markt gehabt. Vielleicht wollte er warten, bis noch mehr Menschen an den Ständen waren, damit die Panik und das Chaos noch größer wären und er unerkannt verschwinden konnte?«

»So könnte es gewesen sein«, sagte Signora Mair, stand schwungvoll auf und klopfte sich den Staub vom Mantel. Als er merkte, dass er sie dabei beobachtete, sah er schnell weg.

Er hörte Schritte auf der Treppe, und wenige Momente später standen zwei Männer von der Spurensicherung bei ihnen.

»Da sind Sie ja endlich«, sagte die Vice-Questora. »Das ist hier ein wahres Feuerwerk an Fundstücken, Sie werden Ihre helle Freude haben. Dort, dort und dort, alles prüfen und mitnehmen, ich will schnelle Ergebnisse. Ich werde wohl über Nacht hierbleiben, ich suche mir noch ein Hotel, schicken Sie mir alles per Mail, verstanden?«

Die Männer kannten sie und ihre Anspruchshaltung wohl schon, jedenfalls nickten sie geflissentlich, sodass auch die Signora zufrieden nickte und kurz darauf schon an der Treppe war.

»Kommen Sie, Commissario. Wir sollten mal nachsehen, wie es unserer Patientin geht.«

4

»Da werden wir ja noch berühmt heute«, sagte die Vice-Questora, die das dunkle Treppenhaus als Erste verlassen hatte. Luca verstand erst Sekunden später, was sie meinte. In einiger Entfernung parkte ein Mercedes-Van mit der Aufschrift des Nachrichtensenders Rai Toscana, der schon die Satellitenschüssel ausgefahren hatte.

»Auch das noch«, stöhnte der Commissario. Liveaufnahmen des schönen Montegiardino wären natürlich sehenswert, aber ein Schusswechsel auf dem Marktplatz war nun doch nicht der geeignetste Aufhänger für Städtewerbung.

Als die beiden Polizisten auf den Marktplatz kamen, wies die junge Journalistin ihrem Kameramann die Richtung, offenbar war die Vice-Questora dem Team wohlbekannt. Sofort setzte sich die kleine Karawane in Bewegung, doch Signora Mair war darauf vorbereitet.

»Sie kriegen von mir nicht einen geraden Satz, also vergessen Sie es«, sagte sie, kaum dass das Objektiv auf sie gerichtet war.

»Sprechen Sie mit diesem Herrn dort«, sagte Luca, der jenseits des Absperrbands seinen Chef entdeckt hatte und ihn herbeiwinkte. Der Bürgermeister verstand sofort. Er kletterte unter dem Band hindurch und kam auf sie zu.

»Meine Dame, meine Herren«, sagte Martinelli mit seiner dröhnenden Stimme, »ich kann Ihnen ein kurzes Statement geben.«

Die Journalistin war sichtlich aufgeregt, ein offizieller Ton so kurz nach einer mysteriösen Bluttat, das war doch was.

»Eine Bürgerin von Montegiardino ist am Vormittag auf der Terrasse unserer *Bar Centrale* hier auf dem Marktplatz mit einer Waffe angeschossen worden. Sie wurde dabei schwer verletzt, schwebt aber offenbar nicht in Lebensgefahr. Weil wir die Privatsphäre unserer Bürger achten, werden wir Ihnen keinen Namen nennen und bitten Sie, auch bei unseren Einwohnern nicht weiter nachzubohren. Andernfalls verbieten wir Ihnen bei einem nächsten Mal die Arbeit hier im Ort. Es gibt bislang keine Angaben über die Hintergründe zur Tat, aber unser hervorragender Commissario von der Polizia Municipale arbeitet gemeinsam mit der Staatspolizei von Florenz an der Aufklärung, und ich bin mir sicher, dass der Verantwortliche für diese Tat bald gefasst wird. Ich danke Ihnen.«

Die Reporterin hakte schnell nach. »Aber ein Schuss am helllichten Tag – fürchten Sie nicht, dass es sich um einen Terroranschlag handelt? Oder um einen Amoklauf, der weitergehen oder sich wiederholen könnte?«

»Hören Sie, das hier ist unser beschauliches Städtchen, ein wunderbarer Ort für die Bürger und unsere Gäste. Die Polizei tut in diesem Moment alles dafür, die Sicherheit Montegiardinos wiederherzustellen. Und nun entschuldigen Sie mich – ich muss weiterarbeiten und meine Bürger beruhigen.«

Der Bürgermeister drehte sich weg, ging ab, und Luca war sehr zufrieden. Erst letztes Jahr hatte Martinelli ein Medientraining absolviert, bei dem es eigentlich um Tourismuswerbung ging. Jetzt hatte sich das auch im Krisenfall ausgezahlt. Sogar die Vice-Questora hatte seinem Auftritt beeindruckt zugesehen. Nun seufzte sie tief.

»Dann kommen Sie mal, Commissario. Eigentlich wollte ich Ihnen den Fall ja abnehmen, aber nun, da Ihr Bürgermeister der ganzen Republik erzählt hat, dass wir zusammenarbeiten, muss es wohl so sein. Schade drum.«

»War das ein Witz?«, fragte Luca vorsichtig.

»Wir kennen uns noch nicht lange genug. Aber wenn Sie meine Mitarbeiter fragen, dann können die Ihnen bestätigen, dass ich äußerst selten Witze mache.«

»Okay, ich denke, ich komme ohne weitere Zeugen aus.«

»Wir nehmen meinen Wagen. Sie fahren doch bestimmt nur einen Roller.«

»So ähnlich«, antwortete Luca, der sich wirklich nicht mit Signora Mair auf dem Beifahrersitz des offenen Méhari nach Florenz rasen sah. Er blickte kurz auf die Uhr.

»Haben Sie etwa wichtigere Termine?«

»Nein, nach Florenz und zurück, das halten die Esel noch aus.«

»Wer?«

Doch Luca antwortete nicht, sondern lotste sie in Richtung der Polizeiwagen, die am Rande des Marktplatzes gehalten hatten. Die Vice-Questora ging an allen Dienstwagen vorbei und öffnete dann mit dem Schlüssel einen schwarzen Lancia Thesis, diese merkwürdig designte Limousine, die Luca immer für einen Arbeitsunfall nach der Weihnachtsfeier im Turiner Werk gehalten hatte.

Hätte man ihn vorher gefragt, wie die Vice-Questora ihr Auto lenkte, wäre seine Prognose exakt gewesen. Sie fuhr nämlich genauso, wie sie sich gab. Rasant, forsch, drängend. Schon vor ihrer Ankunft auf der Autostrada A1 musste Luca zweimal die Augen schließen, weil sie erst vor einem Traktor, dann vor einem Sattelschlepper sehr spät wieder in ihre Spur einscherten. Und hinterher hupte die Polizistin immer noch den erschreckten Autofahrern im Gegenverkehr hinterher.

»Sie sind nicht so, wie ich mir eine Südtirolerin vorgestellt habe«, sagte er, als sie es sich endlich auf der linken Spur der Autobahn gemütlich gemacht hatte und mit Tempo 180 der Hauptstadt der Toskana entgegenraste.

»Was haben Sie denn gedacht? Dass ich schlecht Italienisch spreche und blond bin wie eine Finnin?«

»Das auch, ehrlich gesagt. Aber auch, dass Sie freundlich sind – und nicht so selbstmörderisch Auto fahren.«

»Dann sagen Sie doch was, ich kann auch langsamer fahren, wenn Sie Angst haben.«

»Ich habe keine Angst«, beharrte Luca. »Wo kommen Sie denn her?«

»Ich dachte schon, der Small Talk würde nie beginnen. Aber gut, was sollen wir auch sonst machen? Ich komme aus einem kleinen Tal bei Bozen. Meine Eltern sind Bauern, spezialisiert auf Wein. Wein und Speck.«

»Speck?«

»Ja, ich habe sehr viel mit Schweinen zu tun gehabt in meiner Kindheit. Das hat mich bis heute nicht losgelassen.« Sie ließ die Worte kurz wirken.

Luca spürte, dass es nicht nur ein lockerer Spruch war, irgendwas arbeitete in ihr, aber ihm war klar, dass er sie nicht einfach danach fragen konnte. Nicht diese Frau. Sie würde ihn als Speck verspeisen.

»Und woher kommen Sie?«

»Ich komme … aus …«

»… Montegiardino, richtig?«

Luca nickte, und sie sah ihn ungläubig an.

»Sie sind wirklich schon Ihr Leben lang in dieser idyllischen Einöde ohne Handynetz und Kino?«

»Gott sei Dank brauchte ich in meiner Kindheit noch kein Handynetz«, entgegnete Luca. »Und wenn ich mit Mädels auf dem Fluss gerudert bin, dann brauchte ich auch kein Kino.«

»Okay, aber später? Keine Sehnsucht nach der großen Welt?«

»Hm, keine Ahnung«, sagte Luca und rutschte tiefer in seinen Sitz.

Die Landschaft veränderte sich, je weiter sie fuhren. Die wilde Natur wurde abgelöst von bewirtschafteten Feldern, auf denen Traktoren die staubige Erde umgruben. Dann kamen die Ausläufer von Gewerbegebieten, eine Kläranlage, und schließlich tauchten vor ihnen die ersten Betonburgen auf, die die Vorstädte von Florenz bildeten.

»Wohnen Sie in der Stadt?«, fragte Luca.

»Es war wie ein Sechser im Lotto. Ich habe eine winzige Wohnung ein paar Schritte vom Ponte Vecchio. Keine Ahnung, wie das geklappt hat. Es sind bloß fünfundzwanzig Quadratmeter. Aber ich bin ohnehin nie zu Hause.«

Sie fuhren noch vor der Arnoquerung von der Autobahn ab, das Universitätskrankenhaus befand sich im südlichen Teil der Stadt, einen Kilometer vom Palazzo Pitti entfernt. Der Parkplatz war brechend voll, Luca hatte ihn noch nie anders gesehen. Er fragte sich immer, ob die Patienten trotz Herzinfarkt und Hirnblutung alle mit dem Auto kamen.

5

Es roch, wie es immer in italienischen Krankenhäusern roch, mit Ausnahme des historischen Ospedale, das er allzu oft in der großen Stadt hatte besuchen müssen. Dort hing der Geruch des alten Gemäuers und der gestärkten Uniformen, die die Nonnen trugen, in der Luft.

Hier aber roch es ausschließlich unangenehm: nach Desinfektionsmittel, nach ausgeschwitzten Medikamenten, deren Geruch stärker war als der des Desinfektionsmittels, und nach den merkwürdigen Ausdünstungen der Cafeteria, eine Mischung aus gebackenem Käse und Automatenkaffee. Es war furchtbar. Dabei spürte er drängenden Hunger, den er bisher wegen der schrecklichen Ereignisse kaum bemerkt hatte. Hätten sie doch nur vorhin Fabios *Pasta alla bottarga* gegessen.

Sie nickten dem Carabiniere auf dem Flur zu, der ihnen stramm salutierte, was hier auf diesem schäbigen Gang unfreiwillig komisch wirkte. Aber immerhin: Stranieri hatte sofort einen Wachposten besorgt. Dieser Mann war Gold wert.

Als Luca die Zimmertür in der ersten Etage öffnete, wurde es noch schlimmer. Er konnte die Angst geradezu greifen, er meinte, die Furcht und den Schmerz in diesem kleinen Krankenzimmer riechen zu können.

Zwei Betten standen hier, eines war mit dieser praktischen Folie abgedeckt, die der Commissario immer so zynisch fand, weil damit auch die Betten überzogen wurden, in denen kurz zuvor jemand gestorben war. Dieses Bild verdeutlichte für ihn den Durchlaufcharakter eines Krankenhauses – nun ja, er hasste sie eben, diese Orte. In dem Bett am Fenster lag Fabrizia, auf der Bettkante saß zusammengesunken die mächtige Gestalt ihres Mannes, er hielt ihre Hand, es war eine zärtliche Szene. Ängstlich sahen die beiden zur Tür.

»Commissario«, sagte die Frau leise.

»Fabrizia«, entgegnete Luca, »wie geht es dir?«

Sie wandte ihre Augen theatralisch zur Zimmerdecke, ihre Schulter und ihr Arm waren in einen dicken Verband eingewickelt. Etwas benommen sagte sie: »Ich bin mal von einem dicken Ast am Kopf getroffen worden. Da war ich gleich ohnmächtig. Ganz ehrlich, das war besser. Dieser Schmerz hier … Es war so richtig fies. Sie haben die Kugel rausgeholt, und ich kann schon bald nach Hause. Die haben mir ordentlich Medikamente verpasst. Nun habe ich das Gefühl, ich hebe gleich ab.«

Luca lächelte sie freundlich an. »Das ist Vice-Questora Aurora Mair von der Polizei in Florenz. Sie ermittelt in deinem Fall.«

»Ja, das hat mir Carlo schon erzählt«, antwortete Fabrizia mit finsterem Blick. »Ich will eigentlich nicht …«

Die Polizistin trat näher und setzte sich auf den Besucherstuhl, der vor Fabrizias Bett stand.

»Was wollen Sie nicht?«

Die Olivenbäuerin sah an ihr vorbei nur Luca an. »Kann ich nicht einfach mit *dir* sprechen?«

»Ich bin die ermittelnde Polizeibeamtin, Signora Gori. Hinter Ihrer Verletzung steckt eine ernst zu nehmende Bluttat, ein Verbrechen. Das ist kein Fall für die Polizia Municipale. Ich bin zuständig.«

Statt eine Antwort zu geben, lehnte sich Fabrizia auf dem Kissen zurück und schloss die Augen. Ihr Mann rückte noch näher an sie heran. Signora Mair gab ein genervtes Schnauben von sich.

Luca zog sich den Stuhl vom Nachbarbett heran, setzte sich auf die andere Seite des Bettes und versuchte einen Neuanfang.

»Fabrizia, bitte, du musst uns sagen, was du weißt. Wir müssen den finden, der das getan hat. Und dafür brauchen wir deine Hilfe.«

Nur widerwillig schlug sie die Augen nach einigen Sekunden auf, dann nickte sie der Vice-Questora zu, nicht ohne ein wütendes Funkeln in den Augen.

»Also, Signora Gori, haben Sie eine Erinnerung an den Moment vor der Tat? Können Sie mir erzählen, wie Sie den Morgen verbracht haben?«

Fabrizia machte eine abwehrende Handbewegung. »Es ist alles noch sehr verschwommen«, sagte sie. »Ich sehe mich im Auto den Berg herunter- und in den Ort fahren. Ich war noch kurz auf dem Markt, und dann … Es ist alles weg. Ich bin hier wieder aufgewacht – mit dem Gefühl, ein Elefant sei auf meinen Arm getreten.«

»Ich habe dich in der Bar sitzen sehen, du hast gelesen«, sagte Luca und hatte die Szene genau vor Augen. »Die Tageszeitung. Hast du eine Erinnerung daran?«

Fabrizia schloss die Augen wieder und schüttelte bedauernd den Kopf. »Nichts, da ist nichts.«

Die Vice-Questora schnaubte erneut, dann stand sie auf, ging zum Fenster und sah durch die schmalen Streben des Rollos hinaus.

»Signora Gori, Sie wurden mit einem Jagdgewehr angeschossen, mit einer Munition vom Typ .243 Winchester. Sie wissen das bestimmt, aber damit schießen Menschen bevorzugt auf Rehe, Hirsche und Wildschweine – und normalerweise töten sie sie damit.« Jetzt drehte sich Signora Mair schlagartig um und sah Fabrizia direkt an, ihr Ton war scharf. »Sie wurden angeschossen wie ein Stück Vieh – und Sie wollen mir erzählen, dass Sie keine Ahnung haben, warum das geschehen ist. Das kann ich Ihnen einfach nicht glauben – und ich vergeude ungern meine Zeit.«

Sie ließ den Satz im Raum schweben, und Luca wäre gern unter den Stuhl gerutscht oder hätte sich im Krankenbad versteckt. Er hatte angefangen, die Vice-Questora zu mögen, auf der Autofahrt hatten sie sogar ein eigenartiges stilles Einverständnis gehabt, es hatte sich mindestens kollegial angefühlt, jetzt aber sah er, dass ihre schroffen Worte Fabrizia Tränen in die Augen trieben, und er schwankte sogleich zwischen Ärger über seine neue Kollegin und Mitleid mit dem Opfer. Was in aller Welt trieb sie dazu, sich so zu verhalten? Mochte ja sein, dass sie auf diese Weise jede Menge Fälle gelöst hatte – aber der Preis war hoch.

Carlo nahm seine Frau in den Arm und blickte die Polizistin wütend an. »Ich will, dass sie geht«, flüsterte er, und Luca fürchtete für einen Moment, dass er gleich auf die Vice-Questora losgehen würde.

»Ich bin noch nicht fertig«, sagte Signora Mair.

»Aber ich bin fertig. Ich muss mich ausruhen«, sagte Fabrizia und legte ihren Kopf wieder aufs Kissen.

»Das war nicht nötig«, flüsterte Carlo kopfschüttelnd. »Los, gehen Sie bitte.«

Die Vice-Questora warf ihm einen wütenden Blick zu, dann zuckte sie mit den Schultern. »Wir sehen uns auf Ihrem Hof. Gute Besserung, Signora Gori.«

Schon war sie hinaus und schloss die Tür unerwartet lautlos. Luca blieb zurück.

»Was ist mit dieser Frau, dass sie so gar kein Mitleid hat?«, fragte Carlo leise, als fürchtete er, die Signora würde gleich wiederkommen.

»Ich weiß es nicht«, sagte Luca und fügte kopfschüttelnd hinzu: »Ich weiß es wirklich nicht. Wann wirst du entlassen, Fabrizia?«

»Schon am Nachmittag«, sagte sie.

»Dann werde ich am Abend zu euch hinaufkommen.«

»Dir erzählen wir alles«, gab die Olivenbäuerin zurück. »Aber wenn sie dabei ist, dann mach ich nicht auf.«

Luca legte den Kopf schief und sah sie prüfend an.

»Was wollt ihr mir denn erzählen?«

In diesem Moment ging die Tür auf, und eine junge Ärztin kam herein.

»Sie müssen jetzt wirklich gehen, Commissario. Die Patientin hat eine Operation hinter sich. Sie braucht absolute Ruhe.«

»Nur noch einen Moment ...«

Wie eine Leibwächterin baute sich die Frau vor dem Bett auf. »Jetzt, Commissario.«

»Heute Abend, Luca, heute Abend«, sagte Fabrizia.

»Ich komme vor dem *Cena* herauf. Bis nachher.«

»Komm doch lieber etwas später. Um neun?«

»Gut. Um neun. Bis nachher.«

Die beiden nickten einträchtig nebeneinander auf dem Bett.

»Erholt euch von dem Schreck. Wir haben einen Carabiniere vor dem Zimmer postiert. Hier seid ihr in Sicherheit.«

»Danke, Luca.«

»Aber nachher müsst ihr mir alles sagen.«

»Versprochen, Commissario.«

Er ging hinaus und sah den Carabiniere vor dem Zimmer fragend an. Der wies mit dem Kopf nach rechts. Luca ging in die angezeigte Richtung. Die Vice-Questora stand in einer Ecke des Flurs und beendete gerade ein Telefongespräch.

»Und? Haben Sie mit Ihrer sanften Kuschelstimme noch etwas herausbekommen?«, fragte sie, die Augenbraue wieder hochgezogen.

»Irgendwas stimmt nicht, aber wir wurden unterbrochen.«

»Also nichts. Gut, dann gehen wir.«

»Können Sie auch nett sein, oder verlernt man das in der Großstadt?«

Sie antwortete nicht, stattdessen gingen sie gemeinsam stumm die Treppe hinunter.

»Ich brauche ein Hotelzimmer in Ihrem Kaff«, sagte Signora Mair, als sie wieder an der Lancia-Limousine standen. »Und dann will ich die Leute in der Bar befragen. Aber vorher würde ich gerne noch zur Spurensicherung fahren. Ich mache denen Feuer unterm Hintern. Ich will noch heute ein DNA-Ergebnis.«

Luca sah auf seine Uhr.

»Können Sie da auch anrufen? Ihr Feuer müsste sich doch auch übers Telefon entfachen lassen.« Er hoffte, dass die Ironie in seiner Stimme unüberhörbar war.

»Wieso? Haben Sie keine Zeit mehr?«

»Ehrlich gesagt, nein. Ich muss zurück auf meinen Hof.«

»Müssen Sie die Hühner füttern?«

Sie wollte eigentlich loslachen, aber dann bemerkte sie seinen Blick.

»Ehrlich jetzt?«

Luca zuckte mit den Schultern.

»Okay, dann los. Heißt ja schließlich Spuren*sicherung*. Da wird schon nichts verfallen.« Diesmal war es die Signora, die kopfschüttelnd ins Auto einstieg. Mit durchdrehenden Reifen fuhr sie los.

6

»Darf ich vorstellen? Das sind Sergio, Matteo und Silvio.«

Sie standen im Garten im Schatten von Lucas Bauernhaus. Die Vice-Questora betrachtete immer noch ungläubig den Grund dafür, dass sie nicht länger in Florenz hatten bleiben können.

»Das ist ein Scherz, oder?«

»Ganz und gar nicht. Es war die Idee meiner Tochter. Sie hat entschieden, die Jungs nach italienischen Politikern zu benennen. Sergio hier ist ein ganz ruhiger, er ist der Vernünftige, der die Gruppe zusammenhält und die anderen beiden immer wieder davon überzeugt, nicht die Tomaten abzufressen oder auf die Straße zu laufen.«

»Na, das passt ja«, sagte die Signora. Schließlich wusste jeder, dass ohne den mittlerweile uralten und angesehenen Präsidenten Sergio Mattarella Italiens Demokratie längst implodiert wäre.

»Matteo ist der Eitle und ein wenig sprunghaft. Er hat diese kleine Locke da auf dem Kopf, und manchmal sagt Emma, also, meine Tochter, dass er sein Gesicht im Spiegel der Wassertonne betrachtet. Ganz so, wie man es von …«

»… Matteo Renzi erwarten würde?«

Der ehemalige Bürgermeister von Florenz und Premierminister von Italien galt seither im Land als kleiner Sonnenkönig mit großem Selbstbewusstsein und nicht ganz so großem Erfolg.

»Ich habe schon befürchtet, er wäre nach Matteo Salvini benannt.«

Luca schüttelte entrüstet den Kopf. »Nein, Emma hat sogar überlegt, ihn umzubenennen, damit das bloß niemand denkt. Aber sie fand, dass es etwas zu viel der Ehre für diesen Typen wäre. Also bleibt Matteo Matteo.«

»Und ich nehme an, der dort ist dann der Verrückte?« Sie zeigte auf das dritte Tier.

»Silvio? Nein, er ist einfach nur der Älteste.« Luca musste lachen. »Ja, Sie haben recht. Er ist absolut ausgeflippt. Wenn wir vergessen, die Tür zum Haus zu schließen, können Sie sicher sein, dass er hineingeht und versucht, aus der Kloschüssel zu trinken oder sich an die Weinreserven zu machen. Und er stürmt immer die Weide hinunter, wenn unten im Tal irgendeine Eseldame läufig ist – da war es nicht schwer, die Namenswahl zu treffen.«

»Echt kreativ.«

»Vielen Dank.«

»Im Ernst. Die Esel sind sehr hübsch. Ist das eine spezielle Rasse?«

Luca hatte alles bereit, er hatte eine dicke Heurolle herbeigeholt und sie fachmännisch mit wenigen Griffen zerteilt. Nun legte er das Heu in die Futterkrippe und pfiff leise. Es dauerte keine Sekunde, schon hatten sich die drei Esel in Bewegung gesetzt. Mit hoch aufgerichteten Ohren, die Nüstern in die Luft gereckt, bewegten sie sich auf stämmigen und doch erstaunlich flinken Beinen zielstrebig in Richtung Futter.

Ihr kurzes graues Fell, ihr weißer Bauch und die weiße Schnauze, die einen auffälligen Kontrast zu dem senkrechten schwarzen Strich auf ihrer vorderen Flanke bildete, schienen sie als die besonderen Tiere zu markieren, die sie ihrem Wesen nach auch waren. Emma hatte sich diese drei Esel ausgesucht, als sie hierhergezogen waren.

»Ja, tatsächlich. Das sind drei reinrassige *Asini dell'Amiata*. Die einzigen Esel, die ihren Ursprung hier in der Toskana haben. Sie stammen vom Monte Amiata, unten bei Grosseto, und sind echte Bergtiere, aber leider vom Aussterben bedroht. Es gibt nur noch rund zweihundert von ihnen in freier Wildbahn – und dann eben noch drei hier bei uns.«

»Was sind das denn für lustige Beine?«, fragte die Vice-Questora, die mittlerweile über den niedrigen Zaun gestiegen war, um sich Luca und den Tieren zu nähern.

»Gut gesehen. Sie haben schwarze Streifen auf den Beinen, ein bisschen wie die Zebras. Zusammen mit den markanten Rückenstreifen machen sie die Rasse einzigartig. Oh, und hier kommt jemand, der diese Einzigartigkeit noch mal unter Beweis stellen will.«

Es war Silvio, der sich vom Futter nicht weiter beeindrucken ließ, sondern zielstrebig auf die Signora zulief und sie mit dem Maul anstupste. Unwillkürlich fing die Vice-Questora an zu lachen und streichelte dem Esel sein weiches Maul. Luca beobachtete die Szene und grinste.

»Er mag Sie. Ausgerechnet Silvio. Das ist ein echtes Kompliment. Er ist sehr wählerisch.«

Luca räusperte sich – irgendwie schien ihm seine eigene Bemerkung unpassend. Doch die Signora ließ sich nichts anmerken, sie kraulte den Esel einfach weiter, und der schloss für einen Moment seine tiefbraunen Augen. Er mochte sie wirklich.

»Was ich nicht verstehe – warum konnten die Esel denn nicht bis zum Abend warten?«

»Weil sie dann Magengeschwüre bekommen.«

»Sie verarschen mich.«

»Nein, ganz und gar nicht. Silvio und seine Freunde sind Dauerfresser. Deshalb produziert ihr Magen ständig Magensäure zur Verdauung. Wenn dann aber kein Heu kommt, das die Säure neutralisiert, greift sie die Magenschleimhaut an, und dann kriegen die Esel ein Magengeschwür. Deshalb muss einer von uns, also Emma oder ich, nach spätestens acht Stunden hierherkommen. So ein Esel ist ein echter Heimatanker.«

»Wie machen Sie denn Urlaub?«

»Meinen Sie, wenn man hier wohnt, bräuchte man Urlaub?«

Die Vice-Questora sah hinunter ins Tal. »Sie haben recht, es ist wirklich schön hier.«

»Es ist ein sehr besonderer Ort.«

»Mit sehr verschlossenen Menschen.«

»Finden Sie?«

»Ich habe nicht mal einen Espresso bekommen.«

»Also, das versuchen wir gleich noch mal. Vielleicht könnten Sie ja einfach ein wenig netter sein?«

»Ich bin nicht hier, um einen Sympathiepreis zu gewinnen.«

»Ich glaube, Sie würden eh nicht nominiert.«

Die Esel hatten sich ausgiebig gestärkt und gingen nun ein Stück die Weide hinunter.

»Wo wollen die jetzt hin?«

»Dort unten ist ein kleiner Bach. Die Esel lieben das frische Wasser. Also, wir können wieder hinunter in die Stadt.«

»Fahren wir.«

7

Den Weg in die Bar machte Commissario Luca dreimal am Tag, mindestens. Aber heute, zum ersten Mal seit er denken konnte, war er ziemlich unruhig. Das lag natürlich auch an den umgeworfenen Stühlen auf der Terrasse, an den kleinen Plastikschildern mit Zahlen drauf, die den Einschlag der Kugel dokumentierten. Mehr noch aber lag es an seiner Begleiterin. Und Luca sollte gleich zu spüren bekommen, dass seine Befürchtungen sich als richtig erwiesen. Die Spurensicherung hatte nur die Terrasse gesperrt, drinnen ging das normale Geschäft weiter, dort saßen schon einige Mittagsgäste, die *Spaghetti alla bottarga* waren in Montegiardino ein Straßenfeger.

»*Ciao*, Commissario«, rief der Wirt vom Tresen herüber und schickte ein »Oh« hinterher, als Aurora Mair ein paar Sekunden nach Luca eintrat.

»*Caffè?*«, fragte er Luca.

»*Sì, volontieri*«, entgegnete der. »*Due caffè per favore.* Und vielleicht können wir auch gleich etwas essen?« Er schielte in

Richtung Küche, doch Aurora Mair sagte: »Erst mal müssen wir Ihnen einige Fragen stellen, Signore.«

Fabio ging an die Kaffeemaschine und schien sich sehr viel Zeit zu lassen, dann kam er wieder an den Tresen und stellte erst dem Commissario und dann widerwillig auch der Vice-Questora ihre Tassen hin.

»Signore«, begann die Vice-Questora und griff nach ihrem Espresso, »ist Ihnen am Morgen, als Sie geöffnet haben, etwas Verdächtiges aufgefallen?«

»Hier? Nein, die Zikaden zirpten, und die Sonne ging auf, mehr war nicht. Ich fange aber auch wirklich früh an.«

Sie stellte die Tasse wieder ab und beugte sich über den Tresen.

»Kein Auto, das nicht hierhergehörte? Kein Unbekannter, der über den Marktplatz ging?«

Fabio schüttelte den Kopf.

»Aber Sie sind doch in so einer winzigen Stadt so was Ähnliches wie der Friseur – Sie erfahren alles, ist das nicht so?«

»Signora, ich weiß nicht …«

»Ihr Freund Carlo hat vorhin so ausweichend reagiert, dabei passt bei diesem Attentat doch alles – also, was ist denn zum Beispiel mit Schutzgeld? Das müssten Sie als Barbesitzer doch wissen – schließlich sind es im Süden immer die Barista, die zuerst zahlen müssen …«

Nun waren es Luca und Fabio gleichzeitig, die auffuhren:

»Vice-Questora«, begann der Commissario, doch der Barista war lauter: »Jetzt reicht es aber. Erst gehen Sie meinen Freund an, der gerade fast seine Frau verloren hätte, und nun beleidigen Sie auch noch mich und meinen Laden – dies ist ein ehrenwertes Städtchen, Signora, und nicht das verdammte Rom! Und jetzt weise ich Sie an: Verlassen Sie meine Bar.«

Er griff über den Tresen und zog die Tasse zu sich, dann deutete er noch mal auf die Tür.

Luca sah Aurora Mair an und schüttelte den Kopf. »Wir sollten gehen«, sagte er leise, »sonst redet hier niemand mehr ein Wort.«

Schulterzuckend erhob sie sich und folgte ihm hinaus.

Als sie auf der Terrasse standen, drehte sich Luca so, dass ihn die Leute von der Spurensicherung nicht hören konnten.

»Commissario, ich …«, begann die Vice-Questora, doch er unterbrach sie ruhig, aber bestimmt.

»Nein, ich werde jetzt etwas sagen: Ehrlich, Sie sind sicher eine bemerkenswerte Polizistin, und ich habe großen Respekt vor Ihren Leistungen. Aber ich kann so nicht arbeiten. Ich kann nicht zulassen, dass Sie meine kleine Stadt in einer halben Stunde auf den Kopf stellen und hinterher niemand mehr mit mir redet. Hören Sie«, er flüsterte nur noch, »es ist niemand gestorben, und ich habe das Mandat meines Bürgermeisters für diese Ermittlungen. Ich bitte Sie: Fahren Sie weg und machen Sie nicht alles noch schlimmer. Okay? Ich werde diesen Fall lösen und Ihnen dann einen Bericht schicken.«

Sie legte den Kopf schief, sodass Ihr hochgestecktes Haar zur Kirchturmuhr zeigte, und blickte ihn fragend an. Aber sie erwiderte nichts. Sie drehte sich einfach um, drückte den Knopf an ihrem Schlüssel, der Lancia blinkte, dann stieg sie ein, ließ den Motor an und fuhr davon. Luca sah ihr nach. Dass sie ohne Gegenwehr abfuhr, damit hätte er nicht gerechnet. Er musste es zugeben: Diese Frau überraschte ihn – mit allem, was sie tat.

8

»Hier sind deine *Spaghetti alla bottarga* – ich habe sie dir eben frisch gemacht«, sagte Fabio so freundlich, als wäre nichts geschehen, und stellte dem überraschten Commissario den Teller auf den Tresen.

»Das wäre wirklich nicht nötig gewesen«, sagte Luca und meinte damit nicht das Essen, sondern die Auseinandersetzung.

»Sie war in meinem Haus, Luca. Und sie hat die Stimme gegen mich erhoben. Hier stehen alle noch unter Schock, verdammt, was denkt sich diese Vice-Questora denn?«

»Sie will den Täter finden, Fabio. Und das will ich auch.«

»Das wirst du. Aber nun iss. Sonst wird es kalt.«

Der Duft, der von dem weißen Porzellan aufstieg, besänftigte Luca wirklich. Fabio, der Sarde, kochte das Gericht so ursprünglich, wie es sonst nur im Westen seiner Heimatinsel auf den Tisch kam: mit zwei zerdrückten Knoblauchzehen in der Pfanne, die das Aroma gaben, aber vor dem Servieren wieder herausgenommen wurden. Mit bestem Olivenöl, dazu gab er vor dem

Servieren nur etwas Petersilie. So waren die Spaghetti genauso pur wie der Bottarga, der Kaviar von der Meeräsche, der wie ein rotes Pulver auf den Nudeln ruhte. Luca nahm den ersten Bissen und schloss für einen Moment die Augen. Unglaublich, wie stark das Meeresaroma war, das von den winzigen Eiern ausging. Es war ebenso einfach wie vollkommen, exakt so, wie Luca Italiens Küche am liebsten hatte.

»Incredibile«, sagte er leise und nahm erst jetzt das kleine Glas Weißwein wahr, das Fabio ihm außerdem serviert hatte. Er trank einen großen Schluck und spürte sofort, wie ihn der perlige Wein mit seiner Kälte und Frische belebte. Der Wein war sehr fruchtig und jung, sicher ein Glas aus Tommasos letztjähriger Ernte.

»Sieh mal«, rief Fabio ihm über die Theke zu, »wer da draußen mit dem Seil hüpft.«

Luca sah durchs Fenster und musste augenblicklich lächeln. Dieses zärtliche Gefühl, genau am richtigen Ort zu sein – und voller Liebe für diesen einen Menschen.

»Hol sie rein, ich hab noch etwas Pasta übrig.«

Dankbar sah Luca den Wirt an, dann stand er von seinem Stuhl auf und ging zur Tür.

»Emma!«, rief er, doch die vier Mädchen waren zu versunken in ihr Spiel, als dass sie ihn hörten: Zwei sangen und klatschten und schwenkten das Seil, und zwei sprangen darüber hinweg, und zwar so synchron und schnell, dass er sich dabei wohl beide Beine gebrochen hätte. Bei ihnen aber sah es ganz leicht aus.

»Emma!«, rief er noch mal, und nun brach das Mädchen ihr Springen ab und sah auf, ebenso wie Carla, Noemi und Emilia, ihre drei besten Freundinnen, die ihm winkten.

»Papa!«, rief sie und kam auf ihn zugerannt, »was machst du denn hier, ist doch schon so spät!«

»Ach, heute ist ein verrückter Tag. Erzähl ich dir gleich. Hast du Hunger?«

Eine Frage, die bei Emma stets auf fruchtbaren Boden fiel. Sie grinste.

»Bärenhunger.«

»Dann komm rein.«

»Ich bin gleich wieder da«, rief sie ihren Freundinnen zu. »Ich sprech nur kurz mit Papa.«

»Signore Luca? Heute war ein Carabiniere in der Schule, der nach uns geschaut hat«, rief Emilia über den Platz, sie war die Neugierigste in dieser Runde, ein aufgewecktes und lautes Mädchen, mit dessen alleinerziehender Mutter Luca sich sehr gut verstand – auf rein platonische Weise. »Was war los?«

»Nein, Emilia, alles gut, ich hab ihn nur nachsehen lassen, ob alles in Ordnung ist.«

»Bis gleich, Emma!«, rief Emilia, der diese Erklärung offenbar vorerst ausreichte.

Luca ging mit seiner Tochter hinein, nahm seinen Teller und sein Glas und trug beides an ihren Stammtisch hinten rechts in der Ecke. Emma setzte sich ihm gegenüber auf den abgewetzten Holzstuhl, und sofort kam Fabio aus der Küche mit einem Teller, der noch voller war als der des Commissario.

»Ah, die Signorina beehrt uns, so ein Glück. War alles gut in der Schule?«

Er strich dem Mädchen über die blonden Haare.

»Ein Test in Mathematik, voll ätzend«, sagte sie und verzog das Gesicht.

»Hast doch sicher wieder zehn Punkte, wie immer. Hier ist jedenfalls deine Belohnung. *Buon appetito.*«

Er stellte den Teller vor ihr ab, und sofort griff Emma nach ihrer Gabel und rollte die Spaghetti auf dem Tellerboden auf, wie sie es seit ihrem zweiten Geburtstag perfektioniert hatte. So saßen sie einander gegenüber und stopften die leckeren Nudeln in sich hinein. Es war so ein Moment, in dem der Commissario aus sich selbst heraustrat und sich von außen sah: Vater und Tochter, die genüsslich am Tisch speisten, in vollkommener Ruhe und Eintracht. Wunderbar.

Erst nach einer Weile, Emmas Teller war mittlerweile halb leer, sah sie wieder auf und strahlte ihn an.

»Und? Nun sag schon, was los ist. Du schickst doch nicht einfach so einen von Stranieris Männern, nur um mal nachzusehen, ob alles in Ordnung ist.«

Luca sah seine Tochter prüfend an. Manchmal erschrak er richtiggehend davor, wie klug und wach sie war und wie sie die Dinge formulierte. Sie erinnerte ihn dann schmerzlich an den Menschen, der ihr auf dieser Welt am ähnlichsten war.

»Ich wollte Emilia nicht beunruhigen. Obwohl ihre Mutter es ihr ja sowieso erzählen wird. Die Nachricht wird sich in der Stadt verbreiten wie ein Lauffeuer.«

Als Emma ihn ganz besorgt ansah, legte er seine Gabel weg. Dann atmete er einmal tief durch, weil er wusste, dass er solche Dinge nicht üben konnte – es half, es einfach so zu erzählen, wie es passiert war, ohne etwas zu beschönigen.

»Jemand hat Fabrizia angegriffen. Mit einem Gewehr. Aber es geht ihr gut. Sie lebt und wird schon gleich wieder aus dem Krankenhaus entlassen.«

»Die Fabrizia vom Berg?«

Es gab in dieser Stadt, in der sich alle bei den Vornamen anredeten, stets mehrere Personen gleichen Namens, und so waren die Bürger von Montegiardino dazu übergegangen, den Nachbarn Attribute hinzuzufügen, die auf den genauen Wohnort oder den Beruf hinwiesen.

»Ja, Oliven-Fabrizia. Sie wurde genau hier vor der Bar angegriffen.«

»Wirklich? Das ist ja schrecklich. Wer, glaubst du, war das?«

»Ganz ehrlich? Ich habe keine Ahnung. Und die Polizistin, die mir dabei helfen sollte, habe ich gerade – na ja, irgendwie aus der Stadt verbannt.«

»Wieso? Wollte sie den Fall nicht lösen?«

»Sagen wir lieber, sie und die Leute hier passen nicht so gut zueinander.«

Emma grinste. »Tja, das ist ja öfter mal der Fall. Na, was soll's – du kriegst den schon, der das gemacht hat.«

»Das hoffe ich. Ach, Mist …«

Luca fuhr zusammen, als ihm einfiel, was er am Abend eigentlich vorgehabt hatte – vor all diesem Wirrwarr.

»Was denn, Papa?«

»Ach, eigentlich gar nicht wichtig. Aber ich habe von Maria die ersten Steinpilze des Jahres bekommen, und die wollte ich doch heute Abend für uns beide machen. Aber nun …« Er wies auf seinen leeren Teller.

»Dann essen wir die eben morgen. Oh, Papa, dann kann ich doch heute länger unten bleiben, oder? Dann könnten wir bei Carla zu Hause nämlich noch spielen, sie hat ein neues Lego zum Bauen, darf ich unten bleiben? Darf ich?«

Luca sah sie zärtlich an. »Klar, aber du musst mir versprechen, dass du um neun hochkommst. Ich muss nämlich nachher noch mal zu Fabrizia und Carlo.«

»Oh, danke, Papa. Ja, Carlas Mama fährt mich bestimmt hinauf. Und dann gebe ich den Eseln ihr Abendbrot. Brauchst dich nicht zu kümmern. Versprochen. *Ciao*, Papa.«

Sie drückte ihm einen Kuss auf die Backe, rief »*Ciao*, Fabio, *e grazie*«, und schon war sie hinaus aus der Tür und flog förmlich wieder hinüber zu den Mädchen, um in deren Mitte gut gestärkt die nächste Runde auf dem Sprungseil zu vollziehen. Er hörte ihr Lachen durch die geschlossene Bartür.

Wieder einmal dachte er, was für ein gutes Leben sie hier hatten. Mit welchen Sorgen er vor all den Jahren mit Emma hergezogen war! Ein alleinerziehender Vater mit einer kleinen Tochter und einem Bauernhof auf dem Berg, während der Kindergarten und die Schule unten in der Stadt waren. Ein alleinerziehender Vater an diesem Ort, der so traditionell und konservativ schien. Es sollten Sorgen um reine Äußerlichkeiten gewesen sein. Denn in Wahrheit, das hatte er bald gemerkt, war er in Montegiardino gar nicht alleinziehend. Denn hier hatte Emma die bestvorstellbare Familie gefunden: Ihre Familie war das Städtchen. Die Kinder der örtlichen Grundschule spielten den ganzen Nachmittag auf den Straßen und breiten Plätzen, sie malten auf den Gehsteig, sie sprangen mit dem Seil, tanzten im Gemeindezentrum oder kickten auf dem Sportplatz von Montegiardino Calcio, sie gingen bei ihren Freundinnen und Freunden ein und aus, tranken hier eine Kleinigkeit, aßen dort alle zusammen mit den jeweiligen Eltern – irgendwie fand immer alles zusammen. Jeder hier half dem anderen bei der Erziehung; wenn ein Kind mal seinen Hausschlüssel vergessen hatte, konnte es eben in einem anderen Haus unterschlüpfen; wenn Emilias Mutter wie so oft später aus Florenz von der Arbeit kam, rief sie Luca an, und er nahm das Mädchen einfach mit Emma hinauf zu den Eseln.

Luca wusste nicht, wo auf der Welt es ihm besser hätte gehen können. Es war sein Glück im Unglück. Sein riesengroßes Glück. Und dennoch blieb der Schmerz. Jeden Tag kam er irgendwann wie ein hinterhältiger Stich, eine alte, nicht heilen wollende Wunde, die sich immer dann bemerkbar machte, wenn er sah, wie toll, wie großartig, wie lieb, wie klug dieses Mädchen geworden war und jeden Tag weiter wurde.

Er riss sich aus seinen Gedanken und sah auf die Uhr. Kurz vor sechs. Er nahm sein Telefon aus der Tasche und wählte die Nummer der Dottoressa.

»*Ciao*, Commissario«, sagte sie, als sie nach dreimaligem Klingeln den Anruf annahm.

»*Salve*«, erwiderte Luca. »Es ist in dem ganzen Chaos untergegangen, aber eigentlich hatte ich doch vor, Sie nach Signore Pellegrini zu fragen. Ich habe gehört, dass sich bei ihm etwas tut.«

Er nahm ihr kurzes Zögern wahr.

»Diese Stadt bringt mich noch um den Verstand«, sagte sie nach einer Weile, »hier kann echt nichts geheim bleiben. Na gut, *Sie* geht es ja etwas an. Ja, es ist wie ein kleines Wunder. Aber vielleicht ist es besser, wenn wir uns einfach oben treffen. Mögen Sie vielleicht jetzt gleich dorthin kommen? Ich bin gerade bei einem Hausbesuch in den Bergen, wollte aber ohnehin noch nach ihm sehen – in einer Viertelstunde kann ich bei Renzos Hof sein.«

»Abgemacht. Wir sehen uns gleich. Danke, Dottoressa.« Er legte auf und gab Fabio ein Zeichen. »Machst du mir noch einen Espresso, *caro*?«

9

An der Ortsausfahrt streifte Lucas Blick im Rückspiegel das Schild, das immer noch *MONTE DINO* anzeigte. Am Morgen hatte er sich noch mit fehlenden Buchstaben beschäftigt – und nun war er wenige Stunden später mittendrin in einem richtigen Fall. Er genoss für einen Moment die warme Abendluft, die ihm über die heruntergeklappte Frontscheibe ins Gesicht wehte. Der Méhari schnurrte die engen Spitzkehren hinauf in die Berge. An der Weggabelung hätte er nach rechts fahren müssen, um zu sich auf den Hof zu gelangen, nun aber bog er in die Gegenrichtung zu den weiten Olivenhainen ab. Sie erstreckten sich auf der Hochebene des Nachbarberges, es waren sicher einige Dutzend Hektar, auf denen die alten Bäume dicht an dicht standen. Was früher der herausragende, allererste Wirtschaftszweig am Platz gewesen war, wurde heute nur noch von drei Bauern betrieben – jahrelang waren es sogar nur zwei gewesen: Renzo Pellegrini und die Goris, die nach Renzos Unfall seine Produktion mit übernommen hatten. Inzwischen waren Neuankömmlinge hinzugekommen – Luca ließ die fröhliche Hupe des Méhari ertönen, als er vor sich den herrlichen Oldtimer sah, den sich die jungen Garaviglias noch in Mailand hatten umbauen lassen – einen dunkelgrünen Fiat 1100 aus den siebziger Jahren, der nun mit dem Logo des Superpower-Olivenöls bedruckt war. Der Wagen bog gerade auf das Grundstück ein, ein altes Gehöft von Davide Garaviglias Familie, das jahrelang leer gestanden hatte und nun komplett eingerüstet war, weil das junge Paar die Bruchbude zu einem Wohnhaus umbaute. Säckeweise standen Zement und Estrichbeton herum, dazwischen ein großer Haufen Feldsteine und ein kleiner Bagger, der auf seinen Einsatz wartete.

Luca hielt am Rand der Straße und stieg aus dem Cabrio. Er ging auf den Oldtimer zu, aus dem eben vom Fahrersitz die junge Frau kletterte, vom Beifahrersitz stieg ihr Freund.

»*Ciao*, Sara, *ciao*, Davide«, sagte Luca.

»Commissario!«, erwiderte die junge Frau lachend und versuchte ihre gelockten Haare in ein Zopfband zu zwängen.

»Du sollst mich doch endlich Luca nennen«, sagte der Commissario lachend. »Ich fühle mich sonst noch älter, als ich ohnehin schon bin.«

»Ich versuch's, versprochen«, antwortete Sara, »aber in Mailand war die Polizei eben nicht immer mein Freund und Helfer.«

»Na, solange ihr keine Cannabisplantage neben den Olivenbäumen anlegt, ist das hier anders«, entgegnete Luca.

»Wir haben gehört, dass es Signora Gori schon besser geht?«

»Ja, sie ist bestimmt schon auf dem Weg zurück auf ihren Hof. Sie konnte aus dem Krankenhaus entlassen werden, die Schusswunde war nicht so gefährlich.«

»Aber es ist doch unglaublich. Ein Schuss, am helllichten Tag und direkt neben dem Markt. Haben Sie schon eine Ahnung, was dahintersteckt?«

»Noch nicht die geringste.«

»Wenn wir irgendetwas tun können, dann lassen Sie es uns wissen, ja?«

»Das werde ich. Ich war vorhin kurz auf dem Markt – wenn ihr so weitermacht, muss ich bald Verkehrsschilder aufbauen, um die Besucher um eure Schlange herumzuleiten.«

»Ja, wir finden es auch etwas beunruhigend«, sagte nun Davide, der im Gegensatz zu seiner quirligen Freundin ruhiger wirkte, nachdenklicher. »Es scheint so, als hätten die Leute seit Jahren keine guten Öle mehr bekommen. Wir kommen gar nicht hinterher mit der Produktion. Wenn es so weitergeht, müssen wir noch andere Plantagen hinzukaufen oder mehr Bäume anpflanzen.«

»Die leer stehenden Flächen dafür sind ja vorhanden – aber wem sage ich das«, sagte Luca. »Ist doch toll, oder? So könnt ihr hier wirklich heimisch werden.«

»Und wenn mir Davide dann endlich einen Antrag macht, müssen wir auch nicht mehr in wilder Ehe leben. Ich glaube, der Priester grüßt uns deswegen immer noch nicht.«

»Na, manche Dinge ändern sich hier eben langsamer als anderswo«, entgegnete Luca.

»Was führt Sie denn nach hier oben, Commissario? Können wir etwas für Sie tun? Oder wollen Sie zu den Goris?«

»Nein, eigentlich will ich zum Hof von Renzo.«

»Gibt es was Besonderes?«

»Ich weiß nicht, es könnte sein, dass sich sein Zustand verbessert.«

»Wirklich? Das wäre ja unglaublich«, sagte Davide, und ein Lächeln zuckte um seine schmalen Lippen. »Ich dachte, er sei wie weggetreten.«

»Ich weiß es noch nicht genau, aber ich bin gleich mit der Dottoressa verabredet, um mehr zu erfahren.«

»Gut. Lassen Sie uns wissen, wenn wir etwas tun können – und auch, wenn sich bei Renzo etwas tut. Er ist immerhin unser Nachbar. Und es ist ein merkwürdiges Gefühl zu wissen, dass er da tagein, tagaus hinter den dunklen Fenstern liegt und sich nicht bewegen kann. Es ist wie … ein Geisterhaus.« Sara schüttelte sich, als liefe es ihr kalt den Rücken hinunter bei der Vorstellung.

»Na dann, euch einen schönen Feierabend!«

»Schön wär's!«, entgegnete Sara. »Ich muss jetzt die Flaschen mit den Etiketten bekleben, und Davide geht wie jeden Abend in die Plantage. Es gibt so viel zu tun, und wir machen ja alles selbst. Es heißt ja nicht umsonst: Selbst und ständig.«

»Trotzdem – *buona serata*!«

»Ihnen auch, Commissario … äh, Luca.«

»Geht doch«, sagte er lachend und ging zurück zu seinem Wagen.

Zwei Minuten später passierte er die Einfahrt zum Haus der Goris, wo bereits Carlos Wagen stand, offenbar waren sie schon zurück. Sein Méhari zog eine gigantische Staubwolke hinter sich her, weil der Weg immer sandiger und steiniger wurde und, je näher er dem Wohnhaus kam, auch eng und bewachsen. Ganz offensichtlich fuhren nicht mehr viele Leute zum alten, einst größten Hof vor Ort.

Olio di Renzo – das war über viele Jahre und die Grenzen der Toskana hinweg ein Begriff für Qualität gewesen. Heute war das große Schild über der Einfahrt vergilbt und von der Sonne ausgeblichen.

Die Garaviglias hatten von Pellegrini als ihrem Nachbarn gesprochen – das stimmte natürlich, theoretisch jedenfalls. Praktisch gesehen war der Palazzo des alten Olivenbauern über zwei

Kilometer von der Baustelle der jungen Leute entfernt. Die Abstände zwischen den Häusern hier oben auf der Ebene waren den Grundstücken entsprechend riesig.

Er lenkte den Wagen auf den Vorplatz des Hauses, unter seinen Rädern knirschte der Kies. Rechter Hand lagen die Produktionshallen, die heute weitgehend ungenutzt waren. Alles hier hatte immense Ausmaße, selbst der Parkplatz, auf dem früher Reisebusse gehalten und Touristen hergebracht hatten, die das berühmte Olivenöl verkosteten, um es dann kistenweise mit nach Hause zu nehmen. Heute aber war das alles nur noch eine Brache, in deren Mitte das klobige Haus stand, ein dunkler Palazzo aus einst gelbem Putz, der nun aber von Regen und Wind schmutzig braun verfärbt war. Die Fensterläden im Erdgeschoss waren zugeklappt, genau wie die in der oberen Etage, wo nur ein einziger Laden offen stand. Lag er hinter diesem Fenster? Seit Monaten war Luca nicht mehr hier oben gewesen – es hatte einfach keinen Grund gegeben.

Er stieg aus, betrat das Haus aber noch nicht. Er wollte auf die Dottoressa warten. Als er seine Ohren in Windrichtung hielt, glaubte er einen heulenden Motor zu hören. Hier oben war die Luft so klar und die Umgebung – bis auf die Zikaden – so friedlich und ruhig, dass sogar das ein oder andere Geräusch aus Montegiardino hinaufdrang. Wagen, die sich von der Landstraße näherten, waren schon von weitem zu hören. Und richtig: Keine Minute später war die Staubwolke zu sehen, die dem kleinen Fiat 500 folgte, und schon bog die Dottoressa auf den Kiesweg ein und hielt neben dem Méhari.

»Wir sehen uns heute aber wirklich oft«, lachte die Ärztin, nachdem sie ausgestiegen war und dem Commissario die Hand gereicht hatte. Sie hatte sich umgezogen und trug nun ein leichtes Sommerkleid in hellem Blau.

»Was ich sehr schön finde, Dottoressa«, antwortete Luca und ertappte sich dabei, einen Moment zu lange auf ihr schmalgeschnittenes Kleid zu starren. Mist. Er räusperte sich verlegen. Doch die Dottoressa ließ sich nichts anmerken.

»Na, das mittlere Treffen hätte ich mir gerne erspart – auch wenn alles gut ausgegangen ist. Haben Sie schon eine Spur?«

»Warum erwartet alle Welt von mir, dass ich diesen Fall in Tagesfrist löse?«, fragte Luca und fand diese Antwort, kaum hatte er sie ausgesprochen, bereits viel zu schroff.

»Ach, Commissario, das ist doch eine naheliegende Frage! Und eine Spur noch keine Lösung.«

»Natürlich, Verzeihung … Aber seit drei Stunden fragt mich die halbe Stadt, ob ich den Fall schon gelöst habe …«

»Versteh ich. Wohl ein Berufsproblem. Bei mir hat es die Gestalt von Patienten, die in meine Sprechstunde kommen und dem Internet sei Dank schon ganz genau wissen, was sie haben. Ich verfluche den Tag, an dem Telecom Italia das Breitbandnetz nach Montegiardino gebracht hat.«

Luca musste lachen. Er mochte ihren trockenen Humor und ihre nonchalante Art.

»Machen Sie Ihre Hausbesuche immer in Kleidern? Ich muss wohl öfter krank werden.«

»Bei Ihnen komme ich so nur, wenn die Esel krank sind«, sagte sie, und er überlegte, ob sie ein wenig errötet war – oder ob ihn da die kräftige Abendsonne täuschte. »Ich habe noch ein Abendessen in Siena, mit einem Freund.«

»Der Glückliche«, sagte Luca leise, und es durchfuhr ihn. Einmal, weil er seinen Gedanken laut ausgesprochen hatte – und auch, weil sie offensichtlich ein Rendezvous hatte und er spürte, wie sehr ihm das missfiel.

»Nun, wollen wir?«

»Erzählen Sie mir doch erst ein bisschen darüber, wie es um ihn steht.«

»Gut, kommen Sie, gehen wir ein Stück.« Alle Anwesen der Olivenbauern hatten eines gemeinsam: Die mächtigen Bäume rückten nah an die Wohnhäuser heran, wo sie noch wilder und größer wuchsen als in den eigentlichen Plantagen. Es waren sozusagen die Schaufenster der Bauern: In den Vorgärten ließen sie ihre ältesten und größten Bäume stehen, wildromantische Exemplare mit knorrigen, verwachsenen Stämmen. Hier etwa standen sieben Bäume, die nach Lucas laienhafter Einschätzung sicher über hundert Jahre alt waren. Ihre Stämme waren ineinander verschlungen, einige sahen auch so aus, als hätten sie sich gespalten, und wuchsen nun aneinandergelehnt der Sonne entgegen. Das war nicht ungewöhnlich, auch alte Bäume trennten ihre Stämme noch, zudem drehte sich der Stamm der Bäume im Laufe der Zeit immer wieder um sich selbst. Diese Bäume waren natürlich keine guten Olivenquellen mehr, sie trugen weniger Früchte, weil sie alle Kraft in den Stamm und die Blätter legten. Für das Öl brauchte es die kleinen und jungen Bäume, die mit ihren silbergrauen Blättern in Reih und Glied standen, ein Stück bergab begann ihre geradezu symmetrische Reihe, die mehr als einen Kilometer lang war.

In den alten Bäumen hier oben sangen die Zikaden eine Art beharrliche Begleitmusik zur Stimme der Dottoressa, die dicht neben ihm lief. Er betrachtete ihre langgliedrigen Finger, mit denen sie ihre Worte untermalte.

»Ich hab ja schon am Telefon gesagt, es ist wie ein kleines Wunder. Lange Zeit sah es so aus, als würde er dort liegen und mit offenen Augen seine Tage zubringen, ohne eine menschliche Regung, ohne einen Kontakt – bis er eines Nachts gestorben wäre. Niemand wusste, wie lange das noch dauern würde, vielleicht zehn Monate, vielleicht zehn Jahre. Aber nun ist etwas passiert, das wir uns nicht erklären können.«

»Wer ist *wir*?«

»Ich bin keine Neurologin, deshalb habe ich einen befreundeten Mediziner hinzugezogen.«

»Ach, das ist alles keine neue Entwicklung?«

»Ich wollte es erst mal in einem kleinen Kreis belassen. Vor etwa einer Woche hat mir seine Pflegerin mitgeteilt, dass er sich nachts regen würde, dass er irgendetwas Unverständliches gebrummt hätte – sie ist regelrecht hochgeschreckt davon, weil sie so sicher war, in einem Haus mit einem lebendigen Toten zu leben. Erst hat sie an Einbrecher gedacht. Aber dann hat sie gesehen, wie sich seine Finger bewegten, und dann murmelte er noch etwas. Da hat sie mich direkt angerufen, und dass es mitten in der Nacht war, war mir egal – ich bin sofort hergerast. Doch ich war zu spät. Als ich hier ankam, lag er wieder so ruhig da wie eh und je. Aber es hat mir keine Ruhe gelassen. In der Nacht darauf habe ich die Pflegerin hier besucht – und da habe ich es mit eigenen Augen gesehen. Wissen Sie, Commissario, ich habe alte Messungen seiner Gehirnströme gesehen, direkt nach dem Anfall vor so vielen Jahren, und da gab es überhaupt nichts mehr. Nichts zu messen, die Kurve war ganz flach. Es war, als hätte ihm jemand den Stecker gezogen. Und nun habe ich meinen Kollegen dazugebeten, er hat die Gehirnströme noch einmal gemessen, und siehe da: Es gab einen Ausschlag. Klar, kein Vergleich zu uns anderen, aber es sah so aus, als regte sich wieder was in Pellegrinis Kopf. Und das – da war sich auch mein Kollege sicher – ist schon mehr als ein kleines Wunder.«

»Weil normalerweise solche Patienten nie wieder eine messbare Veränderung haben?«

»Möglich ist es immer. Aber es wird von Jahr zu Jahr unwahrscheinlicher. So lange, wie der alte Mann jetzt schon nicht mehr wach war, habe ich es jedenfalls nicht mehr erwartet.«

»Heißt das denn, er könnte wieder aufwachen, vielleicht sogar irgendwie der Alte sein?«

»Mein Kollege glaubt, dass es möglich wäre. Dass er aufwacht zumindest. Unklar ist aber, wie stark die Veränderungen in seinem Hirn sind. Selbst wenn er wach wird, kann es sein, dass er nie wieder wird sprechen können.«

»Und uns eben auch nicht erzählen kann, was ihm zugestoßen ist. Waren Sie Signore Pellegrinis behandelnde Ärztin?«

»Na hören Sie mal, Commissario, ich bin ja nun sogar noch etwas jünger als Sie. Nein, ich bin erst ein Jahr nach seinem Schlag in die Gemeinde gekommen. Vorher habe ich im Krankenhaus in Turin gearbeitet.«

»Sie sind aus Turin?« Er überlegte, warum er das nicht wusste und sie auch noch nie danach gefragt hatte.

»Nein, ursprünglich bin ich aus Ventimiglia, einer kleinen Gemeinde direkt an der Grenze zu Frankreich, an der Blumenriviera.«

»Oh, es ist schön da, das Meer und die Berge, ich erinnere mich, wir waren einmal dort, als Emma noch …«

Er brach ab und spürte, wie sich zwischen ihnen eine Stille ausbreitete.

»Vielleicht können wir jetzt hineingehen«, schlug Luca deshalb vor. »Wie wird er denn jetzt betreut?«

»Er hat ja keine Familie. Deshalb verwaltet Ihr Chef, der Bürgermeister, Pellegrinis Vermögen und bezahlt davon die Pflegerinnen. Sie sind in zwei Schichten aufgeteilt, sind jeweils zwölf Stunden lang bei ihm. Und ich bin froh, dass sie nicht aus Montegiardino stammen, sondern aus einem Dorf zwei Täler weiter. Sie sind bei weitem nicht so schwatzhaft wie die Leute hier, sonst hätte ich das Geheimnis nie so lange hüten können – auch wenn ich beileibe nicht weiß, wie es sich nun hat herumsprechen können.«

»Na ja, wenn Ihr Wagen hier drei- oder sogar viermal an einem einzigen Tag auftaucht, ist das da unten Grund genug für eifriges Rätselraten.«

»Da haben Sie wohl recht. Also, gehen wir.«

»Nach Ihnen, Dottoressa.«

Er drückte die Klinke der massiven Holztür nach unten, die geräuschvoll in ihren Angeln quietschte und sich nur mit Mühe öffnen ließ. Dann ließ er die Ärztin an sich vorbei eintreten.

In der dunklen Eingangshalle war es dem Commissario, als hätte er soeben eine Reise in die Vergangenheit angetreten. Der Geruch nach altem Holz und scharfen Reinigungsmitteln, die nur winzigen Lichtflecken, die durch die Fensterläden nach drinnen gelangten, und der dichte Staub in der Luft, den sie sichtbar machten, die entsättigten Farben, die die Halle wie die Hotellobby eines Schwarz-Weiß-Films wirken ließen. Er war schon einmal hier gewesen, erinnerte er sich, aber das war wirklich lange her. Sein Vater hatte ihn mitgenommen, als er ein Junge war, so alt wie Emma jetzt, vielleicht auch ein, zwei Jahre älter. Damals hatten die Leute aus dem Dorf, das Montegiardino damals noch gewesen war, das Olivenöl für die eigene Küche noch selbst bei den Bauern abgeholt, und der Verkäufer und Bauer in diesem Palazzo war der damals vielleicht Ende vierzig-, Anfang fünfzigjährige Renzo Pellegrini gewesen. Luca erinnerte sich, wie klein er sich in der großen leeren Halle gefühlt hatte, mit dieser riesigen Holztreppe, die hinaufführte in eine für ihn als Kind geheimnisumwobene Beletage.

Diese Treppe gingen sie nun also zusammen hinauf über Stufen, die von den Tausenden Füßen, die hier all die Jahre hinauf- und hinabgegangen waren, glatt und abgewetzt waren.

»Dass dieser Mann keine Familie hat, die all das eines Tages erben kann«, sagte Luca kopfschüttelnd und blickte von der Treppe hinunter auf die wenigen Möbel, die Schränke aus dunklem Holz, den glatten Boden aus glänzendem Marmor. Vom breiten und langen Flur der ersten Etage gingen weiße Flügeltüren in diverse Räume ab. Die Dottoressa wies in den rechten Flügel.

»Hier entlang, dort ist sein Schlafzimmer.«

An der lang gezogenen Wand auf der rechten Seite hingen große gezeichnete Schwarz-Weiß-Porträts von alten Männern in dicken goldenen Rahmen. Ihre Ähnlichkeit mit dem Renzo Pellegrini, an den Luca sich erinnerte, war verblüffend.

Die Dottoressa klopfte vorsichtig an eine der Flügeltüren, ein leises »Si« ertönte von drinnen. Sie gingen hinein. Durch den einzigen geöffneten Fensterladen fiel das warme Abendlicht herein, die Sonne stand schon tief, und in einer halben Stunde würde sie dort draußen hinter den Olivenbäumen untergehen. Der Commissario sah sich in dem großen Raum um: Da stand nicht das Krankenhausbett, das er erwartet hatte, sondern ein großes, modernes, das trotz seiner vielen Knöpfe und Funktionen bequem aussah. In dem offenen Schrank hinter der Tür waren allerhand Medikamente zu sehen, medizinische Produkte, Desinfektionsmittel und dergleichen mehr. Gegenüber dem Bett stand ein verschlossener alter Bauernschrank mit einer hübschen Maserung, er sah aus, als sei er aus altem Olivenholz, genauso knorrig wie die Stämme der Bäume auf dem Vorplatz. Anders als im Krankenhaus roch es in diesem Raum nicht nach Medizin oder Reinigungsmitteln, sondern süßlich, als würde ein Parfum versprüht – es war ganz und gar angenehm.

Die Pflegerin war eine kleine, etwa sechzigjährige Frau, die durch ihren hellblauen Kittel und die Hornbrille eine kühle Strenge ausstrahlte. Sie begrüßten einander mit einem knappen

Kopfnicken, und die Dottoressa erkundigte sich leise nach Pellegrinis Befinden, bevor sie Luca ins Gespräch einbezog.

»Das ist Schwester Isidora, Commissario Luca, der Gemeindepolizist von Montegiardino. Kommen Sie ruhig näher, Commissario. Die Schwester lässt uns kurz mit dem Patienten alleine. Sie hat das Fenster aufgemacht, weil mein Kollege denkt, dass wir Signore Pellegrini jetzt stimulieren müssen, mit allen Reizen, die eben möglich sind. Frische Luft, helles Licht, die Geräusche von draußen, die Zikaden natürlich, aber auch mit diesem Duft. Es ist das Parfum, das er sein Leben lang benutzt hat. Indem wir ihn mit all diesen Eindrücken konfrontieren …«

Sie zuckten zusammen, weil aus dem Tal ein Knall zu ihnen empordrang. War es ein fehlgezündeter Motor? Die Luft trug die Geräusche wirklich kilometerweit.

»… hoffen wir, die Chance, dass er aufwacht, deutlich zu erhöhen«, sagte die Dottoressa leise lächelnd.

Luca war beeindruckt. So langsam erlaubte er sich einen Blick auf den Mann im Bett, den er bisher vermieden hatte anzusehen. Unter den weißen Decken wirkte sein Körper sehr schmal und dünn, die Beine waren nur zarte Streifen. Sein Oberkörper lag ein wenig erhöht, sein Kopf ruhte auf einem dicken weißen Kissen, die grauen Haare schienen frisch geschnitten und gewaschen, ja alles an ihm wirkte gepflegt, die Schwestern schienen ganze Arbeit zu leisten. Doch seine Haut war grau und faltig, die langen Jahre des Liegens hatten das Leben aus seinen Zügen gezogen – unglaublich, dass in diesem Kopf wirklich etwas stattfinden sollte, was das Leben zurückbringen könnte. Aber es war unverkennbar der Mann, den er aus seiner Kindheit erinnerte, der Mann, der seinem Vater einen Kanister voller Öl zu einem Spottpreis überreicht hatte, damals, als sich noch nicht alle Welt nach dem flüssigen Gold sehnte, weil sich noch nicht herumgesprochen hatte, dass Olivenöl die Menschen gesünder und viriler hielt, dass es sie älter werden ließ. Damals, als nur die Italiener und die Griechen und die Spanier damit kochten und es ein gewöhnliches Produkt war, so einfach und günstig wie Jodsalz.

Luca zuckte zusammen, der Gedanke verflüchtigte sich, und er überlegte, ob er sich getäuscht hatte. Nein, da war es schon wieder. Er sah beunruhigt zur Dottoressa hinüber. Die nickte.

»Sie sehen es auch, nicht wahr?«

Er nickte ungläubig. Tatsächlich. Die dünne, faltige Hand des Mannes, die neben der Bettdecke auf dem weißen Laken lag, zuckte alle paar Sekunden beinahe unmerklich. Es war stets eine andere Bewegung, mal wurde die ganze Hand durch das Zucken angehoben, dann war es nur ein Finger, der Zeigefinger – und jetzt, in diesem Moment, waren es sogar drei Finger, die sich einmal kräftig hoben und senkten.

»Ich wollte es Ihnen zeigen. Es ist wirklich erstaunlich, so erstaunlich, dass ich morgen wieder meinen Kollegen herbringen muss. Es scheint, als würde die Aktivität in seinem Gehirn weiter ansteigen. Am Anfang, vor einer Woche, waren es nur eine Bewegung und ein Wort pro Nacht. In der Nacht darauf, als ich hier war, hielt es schon länger an. Und nun sind es in einer Minute schon zehn Bewegungen mit der Hand, mehr als je zuvor, auch wenn er sich bisher nicht artikuliert hat. Dennoch, sehen Sie die Anspannung auf seinem Gesicht? Auch die ist neu. Es ist ...«

»Als kämpfte er?«

Die Dottoressa nickte.

»Ja. Fast so, als suchte Signore Pellegrini einen Weg aus seiner Dunkelheit ins Licht.«

10

»Was, denken Sie, wird jetzt passieren?«, fragte Luca, als sie wieder nach draußen traten. Die Sonne war vor wenigen Minuten verschwunden, und so langsam erfasste die blaue Stunde die Hochebene. Er sah genau vor sich, was sich unten im Zentrum zu dieser Zeit allabendlich abspielte, genau wie im Zentrum Sienas, keine halbe Stunde von hier, oder nur geringfügig weiter in Florenz – kurz gesagt überall im ganzen Land zwischen Turin und Ugento in Apulien, zwischen Triest und Ragusa auf Sizilien. Gut, so tief im Süden würde alles noch ein wenig später beginnen: Die Menschen strömten aus ihren Wohnungen, sie hatten bereits gegessen oder trafen sich eben dazu, sie alle aber würden in die *Passegiata* einsteigen, das rhythmische Ziehen von Bar zu Bar, auf einen letzten Caffè oder auf einen Spritz, auf ein kleines Glas Weißwein oder gleich eine ganze Flasche Roten, auf einen Digestivo, einen Grappa aus den toskanischen Trauben oder auf ein Gelato für die Kinder, die selbstverständlich auch zu dieser Stunde noch dabei waren, die Schule begann schließlich nicht um sieben am Morgen, man war ja hier nicht in Deutschland oder Schweden, Gott bewahre.

So wurden die Abende verbracht, schwatzend auf der Piazza, auf der Terrasse von Fabios Bar oder bei der kleinen Eisdiele, die am Ortsausgang ihr selbst gemachtes Milcheis und Sorbet verkaufte und deren Schlange im Sommer schon mal mehrere Hundert Meter lang sein konnte. An zwei oder drei Abenden in der Woche waren auch Emma und er selbst bei dieser Prozession durch Montegiardino dabei, an den anderen Abenden aber waren sie oben auf ihrem Hof, sie aßen in aller Ruhe gemeinsam und kümmerten sich um die Esel und um die Hühner, ein festes Ritual in ihrem Leben. Dabei sprachen sie über den Tag, anschließend machte Emma noch ihre Hausaufgaben, und oft sahen sie dann noch einen Film. Freitags fuhren sie, wenn Arbeit und Schule beendet waren, nach Florenz, schließlich war Emma in Venedig geboren und hatte dort die ersten Jahre verbracht, sie sollte das Stadtgefühl nicht ganz verlieren. Einmal in der Woche war also ihr Città-Tag, mit Ristorante, Kino und Shopping, mit Dombesichtigung und manchmal auch den Uffizien – es war ein herrliches, aber auch vollkommen ausreichendes Kontrastprogramm zum beschaulichen Leben in Montegiardino.

Heute jedoch war alles anders – Luca schien es, als hätte er sein behagliches Leben für eine Weile gegen ein hektischeres eingetauscht. Er würde diesen Fall schnell lösen müssen, um wieder richtig für Emma da sein zu können. Na gut, wenigstens hatten sie zusammen zu Abend gegessen, ein unüblich frühes Essen.

»Na ja«, antwortete die Dottoressa nach einigem Abwägen und holte ihn damit in die Realität zurück, »ich wünschte, ich könnte von mir behaupten, in die Zukunft sehen zu können. Aber da bin ich komplett unbegabt, das hier habe ich jedenfalls nicht kommen sehen. Es ist möglich, dass nichts passiert. Dass das nur ein leises Aufbäumen war und daraus nichts folgt. Aber …«

Er spürte, wie sie ihr Zögern noch nicht aufgeben wollte, aber so, wie er sie kannte, war sie eine Optimistin, wie auch er – trotz allem, nach allem, vielleicht auch wegen allem – immer noch ein Optimist war. »… aber«, fuhr sie fort, »im Grunde möchte ich glauben, nein, glaube ich, dass er aufwachen wird. Keine Ahnung, in welchem Zustand, ich wiederhole mich da, aber ich hoffe natürlich, dass er, sagen wir, irgendwie als er selbst aufwacht. Legen Sie mich aber nicht auf das Wann fest. Vielleicht morgen, vielleicht in einer Woche, vielleicht in einem Monat.«

»Vielen Dank für die ausführliche Einschätzung. Geben Sie mir Bescheid, wenn sich etwas tut?«

»Natürlich, Commissario, die Schwestern sind rund um die Uhr bei ihm. Wenn sie mich anrufen, rufe ich Sie an. Aber jetzt muss ich wirklich los. Ich bin schon viel zu spät …«

»… für Ihr Date«, fügte Luca hinzu.

»Und ich habe einen Bärenhunger«, sagte sie mit einem Augenzwinkern. »Also, *buona serata*, Commissario.« Damit stieg sie in ihr Auto und raste mit einer Staubwolke davon, ab nach Siena. Er sah ihr noch lange nach. Mit einem letzten Blick zurück auf den Palazzo stieg er in seinen Méhari und ließ den Motor an. Es war erst halb neun. Er wäre zu früh, aber sei's drum, er wollte jetzt endlich wissen, was hinter alldem steckte. Das Schild *Olio di Montegiardino DOP* war hell angestrahlt und wies den Weg. Er ließ die Hand auf die Hupe sausen, um sein Kommen anzukündigen, dann parkte er direkt vor dem Haus auf dem betonierten Parkplatz. Das Gebäude war schlichter als Renzis Palazzo, ein Zweigeschosser aus Fertigteilen, gestrichen in einem praktischen Grau. Direkt nebenan schlossen sich die Produktionsanlagen an, drei Hallen mit lang gezogenen Portalen und Dächern, es gab sogar zwei Rampen, an denen große Lastwagen beladen werden konnten.

Als Luca ausstieg, öffnete sich schon die Tür, und ein verschwitzter Carlo Gori stand im Rahmen.

»Du bist keine Minute zu früh, Commissario, wir sind erst jetzt am Abend zurückgekommen, und ich musste noch die Bestellungen fertig machen. Komm rein.«

Luca folgte ihm ins Haus. »Ja, ich habe mit Emma viel früher gegessen als geplant, und dann hatte ich noch einen anderen Termin.«

»Hier oben auf dem Berg?«

»Hier in der Gegend, genau. Aber erzähl, wie geht es Fabrizia?«

»Wirst du gleich sehen.« Carlo führte ihn durch den hell erleuchteten Flur, und der Commissario sah, dass es auch vom Wohnbereich einen direkten Durchgang zur Produktion gab. Arbeit und privates Leben ließen sich in dieser Branche nur schwer trennen, zu zeitraubend waren das Produkt und seine Verarbeitung. Der Bauer führte Luca in das angrenzende Wohnzimmer. Der Polizist war noch nie hier gewesen. Üblicherweise ging er selten in die Privathäuser der Bürger, weil sich das Leben in Montegiardino nun mal auf den Straßen abspielte. Deshalb war er für einen Moment verwundert, wie schlicht alles gehalten war. Alte, abgewetzte Holzmöbel, ein kleiner Fernseher, der rauschend lief, und auch die Couch sah aus, als hätten schon Fabrizia Goris Eltern ihre Feierabendfilme darauf geschaut. Nun aber lag hier lang ausgestreckt Fabrizia, den Arm immer noch in der Schlinge, hoch verbunden bis zur Schulter. Sie lächelte schwach, als Luca eintrat, und versuchte sich aufzurichten, aber ihr Gesicht verzog sich vor Schmerzen, sodass der Polizist ihr direkt ein beruhigendes Zeichen machte.

»Bleib doch liegen, ist schon in Ordnung.«

»Na, das ist mir aber unangenehm.«

»Ich komme ja nicht auf einen Freundschaftsbesuch, und du hast echt einen üblen Tag gehabt, also bleib bitte, wo du bist, ja, Fabrizia?«

»Einverstanden«, sagte sie nickend und ließ den Oberkörper wieder sinken. Carlo setzte sich an ihre Seite, so nah, wie er im Krankenhaus bei ihr gesessen hatte. Traurig sah er den Commissario an, seine Stirn war immer noch schweißnass. Und es war wieder seine Frau, die zuerst das Wort ergriff.

»Luca, wir müssen dir sagen, dass das ein großer Schock für uns war. Wir hätten nicht gedacht, dass das alles solche Auswirkungen hat. Und ich hätte nie gedacht, dass ich vielleicht wirklich hier liegen würde und fast ... gestorben wäre.« Ihre Stimme brach, und auch Carlo verbarg den Kopf in seinen riesigen Händen. »Aber ...« Sie versuchte fortzufahren, aber es gelang ihr nicht.

»Menschenskind, Fabrizia«, sagte Luca erschüttert, überrascht, dass hier offenbar wirklich ein Abgrund lauerte in all den Enthüllungen, auf die er nun wartete. »Ich bin doch hergekommen, um euch zu helfen, aber dafür muss ich wirklich wissen, was eurer Meinung nach passiert ist. Bitte beruhige dich und versuch es mir zu erzählen.«

»Wir wollten dir doch vorhin ohnehin sagen, dass etwas nicht stimmt«, sagte nun Carlo, »aber es ging nicht, wegen dieser Frau.«

Luca sah Carlo erwartungsvoll an.

»Was stimmt nicht?«

»Ach, sag, möchtest du etwas trinken?«, fragte nun Fabrizia und versuchte wieder, sich zu erheben.

»Danke, nein«, sagte Luca und wurde nun drängender. »Ich verstehe, dass ihr aufgeregt seid, aber ich möchte alles wissen. Jetzt.«

Der Olivenbauer löste sich von seiner Frau und bettete ihren Kopf wieder vorsichtig auf das Sofakissen, dabei tauschten sie vielsagende Blicke. Schließlich wandte er sich zu Luca um.

»Uns wird gedroht«, sagte er unmissverständlich.

Luca zuckte zusammen, so hart hatte Carlo die drei Worte ausgesprochen. In Gedanken hörte er die Vorhersage der Vice-Questora. Gab es wirklich Schutzgelderpressung in Montegiardino? In seinem Revier?

»Wir erhalten seit Monaten Drohungen, dass wir unser Geschäft aufgeben sollen«, sagte nun Fabrizia, und ihre Stimme klang auf einmal sehr müde. »Es hat vor einem halben Jahr angefangen. Damals kriegten wir einen Brief. Es war wie in einem Hollywoodfilm, aber einem ganz schlechten. Da stand mit schwarzen Buchstaben: *Schließen Sie Ihren Betrieb. Ziehen Sie weg von hier. Sonst wird es Ihnen schlecht ergehen.* Ich erinnere noch jedes Wort. Wir waren wie vom Donner gerührt. Wieso sollte jemand so etwas tun, haben wir uns gefragt. Wir sind doch nur einfache Bauern, in einem Job, den ohnehin niemand mehr freiwillig macht, weil man das ganze Jahr hindurch arbeitet wie ein Berserker, aber nur wenig Geld verdient. Nun, am Ende wollten wir das einfach für einen schlechten Scherz halten und haben versucht, nicht weiter drüber nachzudenken.«

»Habt ihr den Brief noch?«, fragte Luca.

»Ich war so wütend, ich habe ihn zerrissen und direkt weggeworfen«, antwortete Fabrizia.

Luca schüttelte unmerklich den Kopf. Verdammt. »Warum seid ihr denn nicht gleich zu mir gekommen?«

»Luca, wir hielten das doch alles für einen miesen Witz. Vielleicht ein verfrühter Aprilscherz von irgendeinem Jugendlichen. War es aber nicht. Es ging weiter.«

»Es kamen noch mehr Briefe?«

»Ja, und zwar mit unverhohlenen Drohungen. Vielleicht drei Monate später kam der zweite Brief.«

»Und was stand da drin?«

»*Sie sollten das nicht auf die leichte Schulter nehmen. Wir meinen es ernst. Die Firma Gori muss Geschichte werden.* So war der Wortlaut.«

Luca kniff die Augen zusammen. »Habt ihr denn diesen Brief noch?«

»Ja, die folgenden Schreiben haben wir noch. Wir dachten ja nicht, dass etwas passiert. Aber ich wollte auf Nummer sicher gehen. Carlo kann sie dir gleich holen.«

»Sie?«

»Ja. Es gab noch einen dritten Brief. Vor einem Monat ungefähr. Da stand: *Nach der dritten Warnung fällt ein Schuss. Sie verkaufen – sonst passiert es.*«

»Ein Schuss?«

Fabrizia nickte, den Kopf hielt sie gesenkt. »Es ist alles so gekommen.«

»Aber wer will, dass ihr verkauft? Und an wen?«

Er sah die Tränen in Fabrizias Augen. »Weißt du, Luca, ich schäme mich sehr, weil wir es nicht früher gemeldet haben. Andererseits: Wir wollten niemanden zu Unrecht beschuldigen. Das wollen wir auch heute nicht. Dass wir einen Namen sagen, und dann marschiert ihr mit der Kavallerie irgendwo ein und erwischt den Falschen, der damit womöglich gar nichts zu tun hat. Wir sind uns eben nicht ganz sicher.«

»Fabrizia«, sagte Luca drängend, und er spürte, dass er in seiner Verhörtaktik mittlerweile bei der Methode der Vice-Questora angelangt war, deren Ungeduld er mittlerweile gut verstehen konnte, »das ist zu wichtig, als dass du es mir jetzt verschweigen könntest. Wirklich. Sag mir, wer euer Gut kaufen will.«

»Schon gut, Commissario«, sagte Fabrizia und zog sich an der Sofalehne hoch, was ihr diesmal unter Schmerzen gelang. Sie hielt sich den eingebundenen Arm. »Ich muss einmal kurz auf die Toilette und bringe gleich die Briefe mit, sie sind nebenan. Dann kannst du einen Blick darauf werfen.«

Luca nickte, und Fabrizia verließ langsam das Wohnzimmer. Er wandte sich Carlo zu.

»Ich weiß, ihr kennt mich noch nicht so lange wie meinen Vorgänger, aber, Mensch, das hättet ihr mir wirklich sagen müssen ...«

Carlo machte eine abwehrende Handbewegung. »Ich weiß, ich weiß, Luca, wirklich, es tut uns leid, wir wussten einfach nicht, wie wir es angehen sollten – und außerdem haben wir es zuerst beide nicht richtig ernst genommen. Weißt du, es war so merkwürdig. Vor zwei Monaten rollte ein dicker schwarzer Wagen auf unseren Hof. Ein deutsches Modell. Schwer und teuer.«

Luca spürte, dass nun der Kern der Geschichte folgen würde. Aus dem Badezimmer war die Spülung zu hören, während Carlo fortfuhr.

»Ein Mann im Anzug stieg aus. Ich hatte ihn noch nie persönlich kennengelernt, ich wusste nur, dass er unser Geschäft im großen Stil betreibt, natürlich in ganz anderer Qualität. Massenware, pfui Teufel!« Er verzog angewidert das Gesicht. »Und nun stand dieser Mann also persönlich auf unserem Hof. Er klopfte an die ...«

Luca konnte hinterher nicht sagen, was er zuerst gehört hatte, ob das Scheppern der Scheiben oder den lauten Knall, dessen Druckwelle das Haus zu erschüttern schien. Er warf sich sofort von seinem Stuhl auf den Boden und sah Carlo, der erschrocken umherblickte, nach links, nach rechts, und dann rief: »Fabrizia, Fabrizia ...«

Sie hörten einen Schrei, es war der gleiche Schrei wie am Morgen, die gleiche Panik, der gleiche Schmerz, die gleiche Todesangst.

»Runter mit dir, runter …!«, rief Luca, doch Carlo war schon auf den Beinen und rannte los, in drei, vier großen Schritten war er an der Tür zum Flur, und der Commissario folgte ihm, die Fenster, durch die der Mond hereinschien, fest im Blick.

Es war unglaublich, wie schnell sich ein Haus verändern konnte, von einem friedlichen, sicheren Rückzugsort in einen Tatort, wo der Polizist hinter jeder Ecke einen Angreifer vermuten musste.

Aber ihm blieb keine Zeit, darüber nachzudenken, er rannte hinter Carlo her, der die Tür zum Badezimmer aufriss und aufschrie. Luca hörte Fabrizias Wimmern, sah aber nichts, da Carlos massige Gestalt seine Frau verdeckte. Luca legte ihm von hinten eine Hand auf die Schulter und schob ihn ein klein wenig zur Seite. Fabrizia kniete am Boden – aber um sie herum … war kein Blut. Luca atmete auf und knipste sofort mit dem Schalter das Licht aus.

»Bleibt auf dem Boden«, flüsterte er. Er drängte sich an Carlo vorbei. »Fabrizia«, er strich ihr übers Haar, »alles gut? Bist du verletzt?«

Ihre tränenerstickte Stimme: »Ich hatte solche Angst, das war … das war ein Schuss … Sie schießen wieder.« Luca blickte nach oben, von draußen aus dem Flur drang ein bisschen Licht herein, deshalb sah er, dass das Fenster geschlossen und nicht zerstört war.

»Es muss draußen gewesen sein«, flüsterte er und griff zu seinem Telefon. Die Nummer der Leitstelle. Zum zweiten Mal an diesem Tag. Manchmal kam es vor, dass er dort einen ganzen Monat lang nicht anrief. Zur Abendstunde dauerte es länger, ehe abgehoben wurde.

»Polizei- und Rettungsdienst Siena?«

»Commissario Luca, Montegiardino. Schüsse auf einen Polizeibeamten, auf dem Hof von Olio di Montegiardino, oben an der Landstraße 23. Ich brauche hier dringend Verstärkung. Schicken Sie auch einen Rettungswagen.«

»Ich alarmiere sofort alle Beamten«, sagte der Mann mit spürbarer Anspannung, »aber alle Streifenwagen sind weit weg, wir brauchen sicher zwanzig Minuten. Jemand verletzt?«

»Noch nicht.«

»Passen Sie auf sich auf, Commissario.«

Er steckte das Handy weg und sah das verängstigte Ehepaar an, das immer noch vor der Kloschüssel auf dem Boden hockte. »Ich gehe jetzt raus. Ihr bleibt hier drinnen und auf dem Boden. Verriegelt die Tür.«

»Ich komme mit«, sagte Carlo entschieden.

»Nein, das geht nicht«, antwortete Luca.

»Ich kenne den Hof, ich kann dir helfen, wirklich.«

Luca überlegte. Er war immer noch unbewaffnet. Er schwor, dass er sich ab dem nächsten Morgen immer seine Pistole in die Dienstjacke stecken würde – das war er Emma schuldig. Hoffentlich ging bis dahin alles gut, durchzuckte es ihn.

»In Ordnung«, sagte er leise und nickte, sicher war es besser, einen Hünen wie Carlo an seiner Seite zu wissen, zudem kannte der Bauer das Gelände ja wirklich besser als er. »Aber du, Fabrizia, du schließt dich ein, verstanden?«

Die Olivenbäuerin schien in den letzten drei Minuten um Jahre gealtert zu sein, sie nickte, wobei sie zu Boden sah.

»Los …«, sagte Luca, und Carlo folgte ihm, sie gingen aus dem Bad und schlossen die Tür hinter sich, dann wies Carlo zur Eingangstür. »Hier raus?«

»Der Knall kam von der Hinterseite«, antwortete Luca. »Wir

gehen einmal ums Haus herum.« Er öffnete vorsichtig die Tür und sah um die Ecke. Der Hof schien völlig verlassen. Luca dankte im Stillen der Wolke, die sich endlich verzog und dem zunehmenden Mond erlaubte, die Umgebung ein wenig zu erhellen. Sie drückten sich immer an der Wand entlang, erst an der Längsseite des Hauses, dann an der Querseite. Wieder sah der Commissario um die Ecke. Vor ihm tat sich die weite Landschaft auf, die Olivenbäume ragten wie düstere Skelette in den Himmel, ein breiter Schatten neben dem anderen, die grünen Blätter wurden vom Licht des Mondes versilbert. Ein leichter Wind ging, so wirkten die Schatten, als würden sie tanzen. Wie groß war diese Fläche, wie viele Bäume standen hier? Sicher Tausende. Und jeder einzelne Schatten konnte auch derjenige sein, der gerade einen Schuss abgegeben hatte. Luca maß die Entfernung. Siebzig Meter bis zum ersten Baum. Siebzig Meter Schutzlosigkeit. Er drehte sich zu Carlo um und hob die Finger. Der nickte. Er zählte ab: drei, zwei, eins ... Dann rannten sie los, jeder auf seiner Seite, Luca riss die Beine hoch, so schnell wie früher in der Polizeischule, das hoffte er zumindest, er wetzte, schlug ab und an einen Haken, dann sah er den ersten Schatten, der wirklich ein Baum war, und blieb dicht hinter dem Stamm stehen. Er spürte, wie sein Herz in der Brust heftig schlug, sein Puls pochte auf der Stirn und im Hals.

Carlo war auch angekommen, er stand drei Bäume weiter. Atem beruhigen, dachte Luca und lauschte in die Luft. Hier oben hatte es sich offenbar rasch abgekühlt, denn die Zikaden sangen nicht mehr. Die Temperaturen mussten schon unter dreiundzwanzig Grad gefallen sein – dann stellten sie mit einem Mal ihr lautes Zirpen ein, alle gemeinsam, wie ein plötzlich schweigendes Orchester.

Er sah wieder auf die Hochebene, maß die Bäume ab, doch da

war nichts. Wo war dieser Schuss hergekommen? Seine Augen gewöhnten sich langsam an die Dunkelheit, es wurde von Sekunde zu Sekunde besser. War da ein Geräusch? Er sah wieder zu Carlo, der auch lauschte. Seine Hand hob sich, er hielt sich den Finger an die Lippen. Schweigen. Genauer hinhören. Ja, da war etwas. Ein Knurren? Ein Tier? Oder …

Luca suchte mit Blicken die weite Lichtung ab, die, das vermutete er zumindest, das Grundstück der Goris von dem der Garaviglias trennte. Auf dieser Lichtung, vom Mond beschienen, glaubte er etwas zu sehen, aber es war zu weit weg: ein Bündel, ein Haufen Holz, irgendwas Zusammengeworfenes … Aber nein, dort glitzerte etwas, und er konnte im Licht des Mondes erkennen, dass das Glitzern von einer Bewegung herrührte. Luca gab Carlo ein Zeichen, der nickte.

Der Bauer hob diesmal die Hand, Luca maß die Entfernung: Sicher drei- oder viermal so lang wie vorhin, dreihundert Meter? Drei, zwei, eins … Luca raste als Erster los, er hielt sich immer im Schatten der Bäume, lief im Zickzack gen Osten, gab seine Deckung immer nur für wenige Sekunden auf, es müsste für einen Amateur unmöglich sein, ihn so zu treffen, für einen Profi allerdings … Er durfte nicht darüber nachdenken. Er hörte Carlos Atem in seinem Nacken, er war dicht hinter ihm. So standen sie nun in der Plantage auf Höhe des Bündels, die Lichtung in ihrer vollen Länge im Blick. Nun konnte Luca das Geräusch deutlich hören: Es hatte etwas Tierisches oder viel schlimmer, es war ein Röcheln – und das dort war ein Mensch. Luca ließ alle Vorsicht fahren und rannte los, nur noch einige Meter. Jetzt erkannte er, wer dort lag, er spürte seine Angst, schon war er bei ihm, kniete sich neben ihn, der Mann war zusammengefaltet wie ein Embryo, als schützte er sich selbst bei seinem Kampf – Luca griff nach ihm, wischte ihm die Haare aus dem Gesicht, das Röcheln nun ganz nah, der Mund zitterte, die Lippen ganz blass, die Augen geschlossen, die Lider flatterten.

»Davide«, sagte Luca, nun lauter, »Davide, komm, bleib bei mir!«

Er drehte ihn ein kleines Stück, ganz vorsichtig, er spürte es warm und klebrig an seiner Hand und sah, vom Mond silbrig rot gefärbt, das Blut. Die ganze Arbeitskluft, der Blaumann war durchnässt und warm, der Körper zuckte, die Kugel musste mitten in den Bauch getroffen haben.

»Oh Gott«, flüsterte Luca und berührte ihn am Hals, dann hörte er dieselben Worte: »Oh Gott«, da stand Carlo neben ihm, »das ist ja …«, der große Mann kniete neben ihm, »… der junge Davide«, Luca zählte in Gedanken mit, der Puls war schwach und kaum fühlbar, aber er war da. Er riss das Telefon hervor, Carlo flüsterte: »Ich gucke, ob sie noch hier sind«, dann nahm schon die Leitstelle wieder ab, und Luca rief: »Wir brauchen einen Helikopter hier, ein Opfer mit Schusswunde, Bauch oder so, der schafft keine zwanzig Minuten mehr. Hochebene von Montegiardino, kommt schnell!«

Dann legte er auf. »Davide«, flüsterte er, »Davide, komm, Junge, bleib bei mir, bleib hier …«, doch der Mann auf dem Boden röchelte nur noch stoßweise, das Blut drängte aus seinem Körper. Luca musste irgendwie diese Blutung stoppen, er drehte sich um, in dem Moment, als Carlo von weiter hinten aus seiner Plantage schrie: »Hier …«, er war sehr laut, aufgeregt, »… hier ist das Gewehr!« Er wies auf den Boden, und Luca stand auf, rief ihm zu: »Lass es liegen, komm hierher!«

Ein Schuss, ein Gewehr. Die Logik war klar: »Dann sind wir erst mal sicher«, sagte Luca, als Carlo neben ihm hockte. »Los, drück hier drauf.«

Der Hüne tat wie ihm geheißen und drückte durch die Latzhose auf den Bauch des jungen Mannes. Der regte sich nicht mehr, Davide hatte das Bewusstsein verloren. Luca fühlte wieder den Puls. Er blickte auf und suchte die Umgebung ab, dort, in weiter Ferne, stand das eingerüstete Haus des jungen Paares, im oberen Stockwerk brannte Licht.

Er wollte sich nicht vorstellen, wie Sara reagieren würde.

»Bleib bitte kurz hier, ich sehe mir das an.«

Carlo nickte, und Luca stand auf, sah noch einmal in alle Richtungen, dann rannte er über die Lichtung und in die Plantage, an die Stelle, die er sich vorhin im Kopf markiert hatte, genau zwischen zwei Baumreihen, in einer Ackerfurche. Der Bauer hatte richtig gesehen. Da lag es, braun und glänzend, das Holz glitzerte edel, als wollte es darüber hinwegtäuschen, wie bedrohlich und vor allem tödlich es war. Das Gewehr war mit Erde verschmutzt, als habe es jemand aus großer Höhe fallen lassen. Luca betrachtete die Waffe und war fassungslos.

Erst das Flappen der Rotorblätter riss ihn aus seinen Gedanken. Die beiden Landelichter kamen schnell auf ihn zu, der windige Sog auf der Hochebene ließ die Bäume hin- und herwiegen. Hoffentlich kamen sie nicht zu spät.

11

Die Notärztin hielt zwei Hände in die Höhe – das Zeichen für den Piloten, sofort den Motor des Helikopters anzulassen. Die Rotorblätter nahmen wieder Fahrt auf, die Ärztin griff sich den Helm, während die Sanitäter in ihren dicken Uniformen die schmale Trage anhoben, die Köpfe gesenkt, um dem Wind zu entgehen. Luca lief neben der Trage her, er hielt die Flasche mit der Infusion in der Hand, die den starken Blutverlust ausgleichen sollte.

»Wird er es schaffen?«, rief er über den Lärm der Rotoren der Ärztin zu. Die Frau sah ihn durch ihre Brillengläser freundlich an. »Am besten beten Sie für ihn. Das könnte helfen – und wir werden auch alles tun, was wir können. Aber ...«, der Lärm wurde immer lauter, je näher sie dem Helikopter kamen, »... es wird eng, er hat viel Blut verloren, und ich habe keine Ahnung, was die Kugel angerichtet hat.«

Die Sanitäter schoben die Trage in die Schiene, die sie im Helikopter verankerte, Luca reichte der Ärztin die Infusion, die sich damit neben Davide hockte, dann zog einer der Männer die schwere Tür zu. Der Commissario beeilte sich vom Hubschrauber wegzukommen, der Sekunden später abhob. Während er darüber nachdachte, was die Ereignisse dieses Abends bedeuten mochten, sah Luca sich um: Der friedliche Ort war nun vollkommen verändert. Die starken Scheinwerfer der Spurensicherung tauchten die Hochebene in ein gespenstisches Licht. Gerade bauten die Polizisten zwei Zelte auf, in denen sie auch des Nachts ihre Arbeit machen konnten. Im Hintergrund zuckten nervös die blauen Rundumleuchten der vielen Polizeiwagen aus Siena. In der offenen Hecktür der Ambulanz stand der junge Arzt, der Sara Garaviglia nach ihrem Schockanfall vor fünfzehn Minuten nun ein Medikament gespritzt hatte, das sie schon sichtlich beruhigte. Mit geschlossenen Augen und einer Decke um die Schultern lehnte sie neben dem Arzt in der Tür.

Sie war, vom Lärm des Helikopters aufgeschreckt, kurz nach der Landung aus dem Haus gerannt gekommen, und der Commissario hatte sie erst kurz vor ihrem blutüberströmten Mann aufhalten können. In Lucas Armen hatte sie geschrien und ihn geboxt und unaufhörlich »Davide!« geschrien, »Davide, Davide, mein Herz!«. Und dann, als sie schon am Boden saß und von Weinkrämpfen geschüttelt wurde, hatte sie geflüstert: »Er darf nicht sterben, er darf nicht sterben.« Sie war völlig verzweifelt gewesen. Luca hatte sie im Arm gehalten, bis der Arzt gekommen war und ihr das Mittel verabreicht hatte.

Nun ging er über die Lichtung wieder zu der Stelle, die er der Spurensicherung kurz nach ihrer Ankunft gezeigt hatte – es war erstaunlich, wie schnell das Team aus Siena hier gewesen war. Er erschauerte, weil das Gewehr immer noch auf dem Acker lag, nun aber angestrahlt wie ein besonderes Ausstellungsobjekt. Es war ein Jagdgewehr, wie er selbst früher eines besessen hatte – zu der Zeit, als er noch jagen gewesen war, wie jeder in Montegiardino. Der Kriminaltechniker hob seinen Kopf und nickte ihm zu.

»Wir gehen gleich näher ran, aber ich mache erst noch die letzten Fotos. Dann pinseln wir die Fingerabdrücke. Aber die Marke sehen Sie ja selbst: eine Winchester, kleines Kaliber. Ich hab heute Nachmittag den Kurzbericht der Kollegen vom Morgen überflogen. Das hier ist die gleiche Waffe – wenn nicht sogar dieselbe.«

»Ich danke Ihnen«, sagte Luca und spürte wirklich tiefe Dankbarkeit. Hier waren Männer am Werk, die sich auf ihre Arbeit verstanden. Doch die Last, diesen Fall zu lösen, die lag auf seinen Schultern.

Gerade als er diesen Gedanken zu Ende gedacht hatte, sah er die Fischaugenscheinwerfer, die nur zu einem Wagen gehören konnten. Die dunkle Lancia-Limousine rauschte über den krustigen Ackerboden und bremste genau neben einem der Polizeiwagen. Luca kniff die Augen zusammen. Die Signora stieg aus, der Mantel war derselbe wie am Morgen, diesmal aber trug sie hohe Schuhe, und die langen Haare lagen so perfekt, als käme sie direkt aus der Oper – was bei genauerem Nachdenken vielleicht sogar stimmen mochte.

»Ich hätte gedacht, wir sehen uns nie wieder«, sagte sie leise, und er wusste nicht gleich, was sie ihm damit sagen wollte. Dicht neben ihm stehend, sondierte sie erst mal die Gesamtlage.

»Es tut mir leid«, begann er, »es hätte vorhin nicht so enden sollen. Aber ehrlich gesagt hatte auch ich gedacht, es wäre eine Sache, die sich schnell auflösen würde.«

»Aber das hier«, sie sah ihn nun zum ersten Mal direkt an, »sieht leider gar nicht gut aus. Erzählen Sie mir alles – ich bin direkt aus meiner Wohnung hergerast, als ich über Funk davon erfahren habe.«

Angesichts ihrer äußeren Erscheinung überlegte er, wie wahrscheinlich es war, dass sie wirklich direkt aus ihrer Wohnung kam.

»Davide Garaviglia wurde von einer Kugel getroffen, gerade als ich im Haus der Goris war und sie mir eröffnet haben, dass sie bedroht werden – mit anonymen Erpresserbriefen. Plötzlich fiel ein Schuss, und Carlo Gori und ich sind sofort raus. Da haben wir Davide bereits am Boden liegend vorgefunden. Er schwebt zwischen Leben und Tod, sagt die Ärztin.«

»Ja, ich habe auch eben nachgefragt, aber er ist noch auf dem Weg nach Florenz.«

»Nur eine Stunde vorher habe ich noch mit ihm gesprochen«, sagte Luca und dachte an das nachdenkliche, freundliche Wesen des jungen Mannes. »Es ist so furchtbar.«

»Ist das nicht auffällig? Ein zweiter Olivenbauer, der von einer Kugel getroffen wird …«

»Das habe ich mir natürlich auch schon gedacht«, sagte Luca. »Die Drohschreiben an die Goris werfen ein ganz neues Bild auf die Sache. Und dann der dritte Bauer …«

»Was denn noch?«

Luca straffte sich. »Das erzähle ich Ihnen nachher. Jetzt gehen wir erst mal rein zu den Goris. Wir wurden unterbrochen, gerade als sie mir offenbaren wollten, wer sie bedroht hat. Wollen Sie vorher das Gewehr sehen?«

»Nur wenn es keine Winchester, Kaliber .243 ist.«

»Dann können wir gleich hineingehen.«

»Wusste ich's doch.«

Sie stapften los, eng nebeneinander, und Luca konnte nicht umhin zu bewundern, wie gut die Signora die Ereignisse des Nachmittags weggesteckt hatte.

»Bis heute Morgen dachte ich, dass mir umherfliegende Kugeln nur in römischen Vorstädten begegnen, so wie in meiner Ausbildung«, sagte die Signora ironisch. »Und nun das hier, mitten im Paradies auf Erden.«

»Na, fragen Sie *mich* mal!«, entgegnete Luca.

Das Giebellicht brannte und lockte Motten an, die Tür zum Haus stand offen. Sie traten ein. Der Flur, in dem Luca vor zwei Stunden nach Deckung gesucht hatte, lag verlassen da. Leise Stimmen drangen aus dem Raum rechts neben dem Wohnzimmer zu ihnen. Dorthin gingen sie jetzt. Fabrizia und Carlo standen in der Küche dicht nebeneinander, er goss gerade aus einer Teekanne eine große Tasse voll, dann reichte er sie ihr. Der Raum war sauber und aufgeräumt, aber auch er war nur spärlich eingerichtet – all das wirkte, als legten diese Leute nicht viel Wert auf gutes Leben, so als würden sie alles auf die Arbeit ausrichten. Während Carlo die Vice-Questora wütend anfunkelte, sah Fabrizia Luca aus tränennassen Augen an.

»Wie geht es ihm?«

Der Commissario zuckte die Schultern.

»Es wird eng für ihn«, sagte er, »aber er ist in guten Händen.« Er holte tief Luft. »Carlo, Fabrizia, wir müssen jetzt wirklich alles erfahren. Wir waren vorhin, als der Schuss fiel, dabei stehen geblieben, dass euch jemand besucht hat. Wer war das? Wer bedroht euch?«

»Dieser Mann«, fuhr Carlo langsam fort, so als wühlte er noch in seinen Erinnerungen, »er stand auf einmal an der Tür unseres Hauses, ich kam gerade aus dem hinteren Teil des Hains. Fabrizia und ich, wir standen ihm dann beide gegenüber. *Was wollen Sie hier?*, habe ich gefragt. Ich habe überhaupt nicht verstanden, was gespielt wurde.« Carlo schüttelte den Kopf, als traute er dem Erlebten immer noch nicht. »Aber er machte es ganz kurz: ›Ich würde gern Ihren Betrieb kaufen‹, sagte er, er wolle sich vergrößern, auch in der südlichen Toskana. Er würde einen guten Preis zahlen. Ich sagte, dass wir eigentlich nicht verkaufen wollen – aber wenn er schon persönlich komme, dann solle er doch mal sagen, welchen Preis er sich vorstelle. Er nannte die Höhe, und ich musste wirklich laut lachen. Aber er hat mich nur so angesehen, als würde er zuletzt lachen, komme, was wolle. Er sagte, er würde nicht erhöhen, und sein Angebot sei auf die kommenden drei Monate befristet. Wir haben den Kopf geschüttelt und gesagt, dass er jetzt gehen solle.

Ich war richtig wütend. Ich habe ihm gesagt: *Wir sind höfliche Leute, aber wenn Sie uns so ein dreistes Angebot machen, dann erwarte ich von Ihnen, dass Sie unseren Hof augenblicklich verlassen.*«

Die Vice-Questora räusperte sich, aber Luca warf ihr einen bittenden Blick zu. Es gelang. Sie schien ihre drängenden Worte hinunterzuschlucken.

»Ich habe es anfangs für einen Zufall gehalten«, sagte Carlo. »Aber Fabrizia … du hast es gleich durchschaut.«

»Abends habe ich zu Carlo gesagt: Der kommt doch nicht zufällig hierher und macht uns ein solch mieses Angebot, ausgerechnet in der Zeit, in der wir offen bedroht werden. Das war das Angebot, das uns von hier wegjagen soll.«

»Ich habe sie für verrückt erklärt, aber nach einer schlaflosen Nacht bin ich aufgestanden und war mir sicher, dass Fabrizia recht hat.«

»Wer ist dieser Mann?«, fragte nun Luca, der die Anspannung nicht mehr aushielt.

Wieder tauschten die beiden einen Blick. Dann sagten sie es gleichzeitig: »Salvatore Ugento, der Boss von *Toscolio.*«

Die Vice-Questora sah Fabrizia ungläubig an. »Der größte Produzent der gesamten Toskana? Ist das Ihr Ernst?«

Fabrizia nickte und hielt sich dabei den Arm. »Er stand auf unserem Hof. Ich habe auch so geschaut wie Sie jetzt.«

»Der größte Ölproduzent bedroht Sie über Hintermänner mit dem Tod, um an Ihre Firma zu kommen«, sagte Signora Mair ungläubig. »Hmm, das ist ... Welchen Preis hat er Ihnen denn genannt, dass er Ihnen so lachhaft vorkam?«

»Müssen wir das sagen?« Carlo sah sie zweifelnd an.

»Meinen Sie, es gibt in diesem Fall etwas wie ein Geschäftsgeheimnis?«

Fabrizia antwortete mit fester Stimme: »Die Signora hat recht, Carlo. Was haben wir denn zu verbergen? Er hat uns eine Viertelmillion geboten.« Sie ließ die Summe kurz im Raum schweben. »Aber – Sie sehen ja unser Grundstück. Luca kennt den Ausblick bei Tag. Allein das Haus hier ist das Doppelte wert. Selbst wenn wir eingeschüchtert genug gewesen wären und hätten verkaufen wollen – wie sollen wir denn mit so wenig Geld irgendwo neu anfangen? Unmöglich wäre das.«

»Was hat er gesagt, als sie ablehnten?«

»Als ich ihn des Hofes verwiesen habe, hat er gefragt: Sind Sie sicher? Es klang gar nicht mehr so freundlich. Als wir das bejahten, hat er uns lange angesehen, dann ist er eingestiegen und weggefahren.«

»Hat er sich danach noch mal gemeldet?«

»Nein. Aber kurz darauf kam der dritte Brief. Da war ich mir ganz sicher, dass er dahintersteckt.«

»Auch bei diesem Brief gab es keinen Hinweis auf den Absender?«

Carlo schüttelte den Kopf.

»Und dann? Passierte kurz vor der Tat noch etwas?«

»Nein. Aber ich finde, das, was heute passiert ist, ist mehr als genug. Es ist Erpressung. Sie erpressen uns.«

»Und wisst ihr oder glaubt ihr, dass sie auch eure Nachbarn erpressen?«

Fabrizia sah Luca aufgeregt an. »Wissen nein, aber, oh Gott, meinst du etwa, deshalb haben sie auf Davide geschossen?«

»Es wäre plausibel, oder?«

»Ich weiß nicht, ich habe eher das Gefühl, sie wollten vielleicht Carlo treffen und haben ihn verwechselt.«

Carlo nahm wieder Fabrizias Hand und sah die Vice-Questora wütend an. »Wie auch immer: Die haben Ernst gemacht. Verdammt, was sollen wir jetzt machen? Die wollten meine Frau töten. Wie können Sie uns schützen? Jetzt müssen Sie langsam mal was tun, statt nur unverschämte Fragen zu stellen.«

Signora Mair blieb ungerührt und sagte ganz ruhig: »Ehrlich gesagt glaube ich nicht, dass nach diesen zwei Angriffen so schnell wieder etwas passiert.«

»Das ist alles? Sie glauben nicht …?« Fabrizias Mann klang fassungslos.

»Natürlich werden wir jetzt auf euch aufpassen«, sagte Luca schnell. »Ich werde mit Capitano Stranieri sprechen. Wobei ich glaube, dass ihr mit ganz Montegiardino einen hervorragenden Sicherheitsdienst habt.«

Fabrizia nickte und sah aus dem Fenster in die Dunkelheit. »Sag mal, Carlo, hast du das Gewehr erkannt, das da lag? Es sah doch aus wie die, die im Jagdverein benutzt werden.«

»Es war dunkel, aber: Ja. Ich wollte das auch noch ansprechen. Es sah aus, wie … ja, wie mein Gewehr.«

»Aber das wäre ja …« Fabrizia schüttelte den Kopf.

»Die Gewehre sollten unten im Verein aber eigentlich gut eingeschlossen sein«, fügte Carlo hinzu.

»Wir werden gleich dorthin fahren und das prüfen, Carlo, sei unbesorgt.«

»Gut, dann lassen wir Sie jetzt ausruhen und werden morgen Ihre Aussage aufnehmen. Ich brauche das schwarz auf weiß, wenn ich gegen Ugento vorgehen will.«

Der Commissario war froh, dass auch Signora Mair nun ein Einsehen hatte und die Befragung beenden wollte. Sein Blick streifte das Regal mit den Gewürzen und Ölen, und er zeigte mit dem Finger auf eine der Flaschen.

»Carlo, macht ihr Konkurrenztestung?«

Carlo Gori blickte die Flasche mit dem außergewöhnlichen Etikett an, die die Aufschrift *Superpower-Olio* trug. »Es war ein Geschenk – und klar wollen wir wissen, was die Nachbarn so machen. Ist gutes Zeug, das muss ich anerkennen.«

»Gute Nacht, ich hoffe, ihr findet etwas Ruhe. Die Kollegen werden draußen noch eine Weile zu tun haben, was euch heute Nacht zu den bestbewachten Menschen in ganz Italien macht.«

»*Buona notte*, Commissario. Vice-Questora?«

Er ging voraus, doch Signora Mair blieb, schon in der Tür, auf einmal stehen und drehte sich um.

»Schön und gut, was Ugento angeht«, sagte sie mit der Kälte, die er inzwischen von ihr kannte. »Aber ist da sonst noch jemand, der es auf Sie abgesehen haben könnte? Haben Sie eine Geliebte, Carlo? Jemand, der einen ganz anderen Grund hatte, Ihre Frau beiseiteschaffen zu wollen?«

Luca sah die geweiteten Augen von Fabrizia, den nun wieder hochroten Kopf des zitternden Carlo.

»Wir sind sehr glücklich, wenn Sie das meinen. Und nun lassen Sie uns in Ruhe«, sagte Fabrizia.

Die Signora nickte und ging grußlos an Luca vorbei. Er schüttelte nur den Kopf, dann folgte er ihr.

»Sie sind eine Plage, wissen Sie das?«

»Ja, das habe ich schon mal gehört.«

12

Von unten im Tal war das Glimmen der Blaulichter oben auf dem Berg noch schwach zu sehen. So erklärte sich Luca auch die vielen brennenden Lichter in den Häusern entlang des Flusses. In Montegiardino schliefen heute nur die Kinder ruhig.

Ansonsten wirkte das Städtchen wie ausgestorben. An Wochentagen ging die Passegiata spätestens um elf so plötzlich zu Ende, wie sie drei Stunden vorher begonnen hatte. Luca parkte seinen Méhari auf dem Vorplatz der Kirche, die schwarze Limousine hielt neben ihm.

Das Gebäude des Jagdvereins lag zwischen Kirche und Rathaus in einem alten Bürgerhaus. Auch wenn Luca selber nicht mehr Mitglied war, hatte er in seiner Funktion als Stadtpolizist natürlich den Schlüssel für die Räumlichkeiten. Er drehte den riesigen Bund in seiner Hand, suchte den richtigen Schlüssel und wollte gerade die Tür öffnen, da klingelte sein Telefon.

»*Pronto?*«

»Commissario, hier ist die Leitstelle in Siena.«

Luca drückte auf den Knopf für den Lautsprecher, der so eingestellt war, dass zumindest Aurora Mair mithören konnte.

»Das Krankenhaus hat uns angefunkt. Wir sollen Sie informieren: Signore Garaviglia wurde noch im Hubschrauber reanimiert, weil er so viel Blut verloren hatte. Es sah gar nicht gut aus. Aber nun wurde er operiert, und der Chefarzt meldet, dass er außer Lebensgefahr ist. Er liegt im Aufwachraum, seine Frau ist auch im Ospedale angekommen. Sie wird die Nacht bei ihm verbringen.«

»Vielen Dank, Signore, das ist eine Erleichterung. Und ich hoffe, Sie haben nun eine ruhige Nacht.«

»Sie auch, Commissario.«

Luca seufzte einmal laut auf. »Na, wenigstens *eine* gute Nachricht.«

»So ist es nur versuchter Mord«, sagte die Vice-Questora trocken. »Reicht dennoch für eine ordentliche Haftstrafe.«

»Sie denken lieber in Paragraphen als in Menschen, oder?«

»Nun schließen Sie schon auf, Commissario.«

Luca öffnete die Tür. Dann knipste er die Lichter an und wies Signora Mair den Weg in den Keller. »Es ist alles vorschriftsmäßig weggeschlossen – und wie Sie sehen …«, er drehte den Schlüssel im Schloss der dicken Stahltür und wuchtete sie in ihren schweren Angeln mühsam auf, »… hat der Bürgermeister keine Kosten und Mühen gescheut, um die Bürger zu schützen.« Warum fühlte er sich neben dieser Frau immer, als müsste er sein Städtchen vor ihrem professionellen Blick verteidigen?

»Und Sie haben sicher auch eine Liste mit allen, die einen Schlüssel für die Waffenkammer haben?«

»Wie gesagt: Fragen Sie lieber, wer keinen Schlüssel hat. Unsere Jäger haben dem Verschluss außerhalb der eigenen vier Wände natürlich nur zugestimmt, wenn sie trotzdem Tag und Nacht an ihre Waffen kommen. Sie wissen schon: Jäger wollen dann jagen, wenn das Wild am wenigsten wachsam ist. Und das ist nun mal in der Nacht.«

»Sehen wir es uns an«, sagte die Vice-Questora, und an ihrer hochgezogenen Augenbraue las Luca ab, dass sie ganz und gar nicht zufrieden war mit seinen Erklärungen.

»Jedes Gewehr ist namentlich zugeordnet, jeweils vier in einem solchen Schrank, und die Schränke wiederum sind sozusagen geographisch geordnet.« Er durchsuchte wieder die Schlüssel. »Das hier ist der Schrank für den Berg.« Er öffnete ihn, selbst gespannt, was sie erwartete, und weil er als Erster hineinsehen konnte, kam auch sein Ausruf schneller als jener der Vice-Questora.

»*Merda!*«, rief er. Weil dort drei Gewehre fein säuberlich standen, zwei unter dem Namensschild mit der Aufschrift *Pellegrini*, eines unter der Aufschrift *Luca* – doch die Halterung für die Winchester unter dem Schriftzug *Gori* war gähnend leer.

»Was für ein Zufall!«, sagte Signora Mair. »Ich verwette meinen Lancia, dass wir dort oben Goris Gewehr gefunden haben.«

»Er selbst hat es gefunden«, korrigierte Luca. »Aber keine Sorge, den Lancia will ohnehin niemand haben.«

»Wir sollten der Spurensicherung erst mal die Zeit lassen, dort oben fertig zu werden, aber dann müssen die sich das hier ansehen. Ach, und Sie haben doch gesagt, Sie jagen nicht mehr«, sagte die Signora und wies mit dem Kinn fragend auf das Gewehr, das *Luca* zugeordnet war.

»Richtig. Nicht mehr. Aber das Gewehr meines Vaters braucht natürlich trotzdem einen sicheren Platz.«

»Und wer ist dieser Signore Pellegrini, dem sogar zwei Waffen gehören?«

»Darüber wollte ich mit Ihnen sprechen«, sagte Luca.

»Ach was«, die Vice-Questora riss die Augen auf, »wirklich? Es gibt wirklich noch ein großes Geheimnis, das über diesem anscheinend verhexten Städtchen liegt? Dann lassen Sie uns erst mal wieder rausgehen aus diesem Keller hier.«

Nachdem der Commissario die Schränke sorgfältig verschlossen hatte, machten sie sich auf den Weg an die kühle Nachtluft. Die Signora sah auf die Kirchturmuhr. Halb zwei Uhr morgens.

»Es lohnt sich wirklich nicht mehr, nach Florenz zu fahren. Wie komme ich denn zu dieser Zeit noch an ein Hotelzimmer?«

Luca konnte sich ein Grinsen nicht verkneifen.

»Oh nein, Ihr Ernst?«

»Na, hören Sie mal – Sie sind es doch, die die ganze Zeit betonen, in was für einer Einöde wir uns hier befinden. Passt doch alles? Die Rezeption der Albergo schließt um acht. Und der alte Giuseppe ist so schwerhörig, der würde die Türklingel nicht mal hören, wenn Sie neben seinem Bett anschlagen würde.«

»Keine Chance?«

»Ihre einzige Chance ist, sich mit mir gutzustellen und mir hinterherzufahren. Wir haben schon noch ein Bett für Sie.«

»Im Stall bei Ihren Eseln?«

»Ehrlich gesagt habe ich darüber nachgedacht, ja.«

»Fahren wir.«

13

»Möchten Sie?«

Die Vice-Questora nickte. Luca nahm die Flasche von Tommasos 2015er, die er eben geöffnet hatte, und goss den Rotwein in zwei bauchige Gläser aus Kristall, aus denen schon seine Nonna getrunken hatte. Dann reichte er eines Aurora Mair, die neben ihm unter seiner Pergola in einem Korbsessel saß und in den sternenklaren Himmel blickte.

»Danke«, sagte sie leise.

»Ist Ihnen kalt?« Luca reichte ihr eine Decke, die unter seinem Sessel lag, und sie legte sie sich über die Füße.

»Es ist so still hier – als lebte man auf einem anderen Planeten.«

Luca nickte und lauschte ihren Worten nach. Über ihnen hatten die Sterne unzählige Bilder gezeichnet. Luca hatte es sich zur nächtlichen Aufgabe gemacht, sich jenseits der bekannten ganz neue Sternbilder auszudenken und zu lesen. Die Klarheit des wolkenlosen Nachthimmels, das Funkeln, die Unendlichkeit – er konnte Stunden hier sitzen und nach oben sehen.

»Meine Oma hat erzählt, dass es früher immer so still war, auch am Tage, na ja, mit Ausnahme der Zikaden«, sagte er nach einer Weile.

»Es ist sicher ein wunderschöner Ort, um aufzuwachsen. Ich beneide Ihre Tochter.«

Luca lächelte sie an. Tatsächlich war er, als sie angekommen waren und er Signora Mair das Gästezimmer gezeigt hatte, anschließend in Emmas Kinderzimmer gegangen, doch das Bett war leer gewesen. Mit einem wissenden Lächeln war er ein Zimmer weitergegangen und hatte sie inmitten ihrer Kuscheltiere in seinem Bett gefunden. Sie hatte ganz ruhig geatmet, er hatte ihr einen Kuss gegeben, und sie hatte mit ihrer unnachahmlichen Schlafstimme etwas gemurmelt. Luca hatte die Tür einen Spalt offen gelassen, damit sie ihn gegebenenfalls hören konnte und nicht erschrak, wenn sie erwachte und er immer noch nicht da war.

Nun nahm er sein Glas vom Tisch und hielt es der Vice-Questora zum Anstoßen hin. Sie erwiderte sein Lächeln, und die beiden Windlichter auf dem Tisch gaben der Atmosphäre etwas geradezu Feierliches. Sie wirkte nun ganz anders als am Tage, verbindlicher, aber auch noch geheimnisvoller. Er trank einen Schluck, und sie tat es ihm nach. Sie seufzte, und es klang verzückt: »Der ist gut, sehr gut …«

»Ja, 2015 war ein unglaublicher Jahrgang in diesem Tal. Den Sommer über hat es nachts immer wieder mal ganz leicht geregnet, und dann hat die Sonne den ganzen September über gebrannt, als wollte sie die Süße in die Trauben reinprügeln. Das Ergebnis ist … phänomenal.«

»Sie kennen sich aus, Commissario. Sind Sie auch noch Hobbywinzer?«

»Wenn Sie eine Weile bei uns bleiben, lernen Sie den wahren Winzer bestimmt kennen: Tommaso, er ist ein Freund von mir.«

»Ehrlich gesagt hoffe ich, dass wir diesen Fall bald lösen können. Ich habe den Schreibtisch voller alter Akten liegen, die ich gerne aufarbeiten würde.«

»Ja, alte Akten«, murmelte Luca, »die sind sicher eine angenehmere Gesellschaft als unser Land mit seinen ganz ordinären Leuten.«

»Machen Sie sich ruhig lustig, Commissario. Aber was ist denn nun Ihr großes Geheimnis?«

»Mein …« Er stockte für einen Moment, weil ihre Augen ihn neckten und seine Gedanken in die Irre führten, aber dann verstand er. »Ach … Sie meinen, was ich vorhin im Keller sagen wollte?« Er fing an zu lachen, und sie stimmte ein. »Tja, das ist irgendwie auch eine alte Akte.«

»Dieser Pellegrino?«

»Pellegrini«, korrigierte Luca sie, »Renzo Pellegrini. Ein Olivenbauer, der Dritte im Bunde. Früher war er der Platzhirsch hier. Bis zu der Nacht, die ihn ins Wachkoma gebracht hat.«

Die Signora trank noch einen Schluck, aber an ihrem aufrechten Sitz erkannte er, dass sie nun wieder hellwach war.

»Was ist passiert?«

»Keiner weiß es. Renzo war gut im Geschäft. Und er war kerngesund. Aber er ging eines Abends in seinem Hain spazieren und fiel einfach um. Sie haben ihn erst am Morgen gefunden, da war er halb tot. Die Ärzte glauben, er hatte eine Art Schlaganfall. Seitdem hat er kein Wort mehr gesagt, er liegt da und schaut mit offenen Augen die Decke an. So war es, bis vor einer Woche.«

»Haben Sie damals ermittelt?«

»Nein, das war noch zur Zeit meines Vorgängers. Wobei es gar keine Ermittlungen gab, weil die Sache nach Aussage der Ärzte ziemlich klar war. So ein Schlaganfall, das konnte in seinem Alter schon passieren.«

»Hatte er keine anderen Verletzungen?«

»Ich wollte den ganzen Tag schon in der Akte nachsehen. Aber ich bin wegen der Schüsse nicht dazu gekommen.«

»Was ist denn jetzt mit ihm?«

»Chiara glaubt, dass er aufwachen könnte.«

»Chiara?«

»Verzeihung, Dottoressa Chigi. Sie ist die Ärztin hier, und sie war jetzt jeden Tag bei ihm.«

»Und Sie kennen sie gut, diese Chiara?«

Luca erwiderte ihr süffisantes Lächeln.

»Ich weiß ja, wie Sie Ihre Kollegen behandeln, Vice-Questora. Aber wenn sich in so einer kleinen Stadt Arzt, Priester und Polizist nicht verstehen, dann funktioniert nichts.«

»Hm, kann das Zufall sein? Dass der eine Mann nach so langer Zeit aufwacht und den beiden anderen Olivenbauern der Stadt derartiges Unheil widerfährt?«

»Ich glaube ja generell nicht an Zufälle«, sagte Luca, »aber in diesem Fall würde es mir noch schwerer fallen.«

»Ich glaube«, sagte die Vice-Questora und stand auf, »dass ich in ein paar Stunden ein Wrack bin, wenn ich nicht gleich ins Bett gehe. Also, danke, Commissario. Und ich bin übrigens Aurora. Schlafen Sie gut.«

Sie beugte sich zu ihm herunter und gab ihm einen Kuss auf die Wange. Luca spürte ihre Haut an seiner und musste sich zusammenreißen, um nicht zusammenzuzucken, doch da hatte sie sich schon wieder von ihm gelöst und war nach drinnen gegangen. Der Commissario roch ihr Parfum noch, als sie längst im Haus war. Aus dem Eselstall drang leises Schnarchen nach draußen.

Giovedì – Donnerstag

L'uomo a letto
–
Der Mann im Bett

14

Sie trat in ihrem lila T-Shirt mit dem Logo des AC Florenz und in Shorts auf die Terrasse, reckte und streckte sich und hielt erst inne, als sie die vier auf sie gerichteten Augen bemerkte.

»Oh, guten Morgen«, sagte sie lachend, »bin ich die Letzte?«

»*Buongiorno*«, sagte auch Luca lachend, »hier auf dem Land stehen wir etwas früher auf. Sie wissen schon …«

Er wies auf die drei grauen Esel, die sich ein paar Meter von der Terrasse entfernt über das ausgestreute Heu hermachten.

»Und du bist also die Tochter dieses bemerkenswerten Commissario?«

»Du kannst Emma zu mir sagen«, sagte das blonde Mädchen und gab ihr die Hand. »Dafür, dass du aus Südtirol bist, redest du ja gar nicht so komisch.«

»Reden wir komisch in Südtirol?«, fragte die Vice-Questora lachend.

»Also, ich hatte in der ersten Klasse einen Mathelehrer aus Südtirol – und ich habe kein Wort verstanden.«

»Darunter leidet sie bis heute, sagt sie zumindest«, fügte Luca grinsend hinzu.

»Na, ich versuche das wiedergutzumachen«, gab die Signora zurück. »Und schön, dass du mich einfach duzt. Mit deinem Vater war ich auch schon so weit, aber er hat es einfach wieder vergessen.«

Ihr Blick traf den seinen, und Luca fühlte sich ertappt. Was machte diese Frau, dass er sich ständig fühlte wie ein Schuljunge?

»Ich habe geschlafen wie ein Stein. Einfach herrlich.«

»Setz dich doch zu uns«, sagte der Commissario und korrigierte sich damit endlich.

Die Vice-Questora nahm an dem Terrassentisch Platz, auf dem schon herrlich duftender Caffè stand, in einem kleinen Korb lagen drei Cornetti und frisches Weißbrot.

»Bist du auch noch Bäcker?«

»Nein, aber der Bäcker im Tal hat einen tollen Service, er fährt morgens mit seiner Ape die Berge hoch und wirft uns die Tüten mit den Backwaren einfach über die Zäune. Er macht das schon so lange und so zuverlässig Tag für Tag – ich glaube, wir wüssten gar nicht, was wir frühstücken sollten, wenn er mal ausfällt.«

Luca wies auf zwei geöffnete Gläser. »Probier auch die Himbeer- und die Feigenkonfitüre – haben wir selbst eingekocht.«

»Hm«, seufzte Aurora genussvoll, als sie eine Messerspitze von der roten Fruchtkonfitüre auf ihr Cornetto gestrichen und hineingebissen hatte, »das ist ja phantastisch.« Sie blickte kurz zu Emma, und dann sah sie Luca vielsagend an. »Wenn wir zuerst nach Siena fahren, ich denke … die Frau …«

Doch das Mädchen unterbrach sie. »Du kannst ruhig offen reden, Papa erzählt mir immer, was er macht, auch wenn es sonst nicht ganz so wichtig ist wie das jetzt. Aber ich bin schon groß, ich hab keine Angst.«

Aurora sah seine Tochter respektvoll an, und Luca nickte der Vice-Questora aufmunternd zu.

»Ja, ich denke, wir sollten uns zuerst um die Garaviglias kümmern. Ich rufe gleich im Krankenhaus an.«

»Papa hat gesagt, dass es Davide wieder besser geht. Zum Glück – der ist echt nett. Und das Öl von denen ist mega«, sagte Emma und biss noch einmal herzhaft in ihr Cornetto, das mit so viel Vanillecreme gefüllt war, dass sie an den Seiten herauslief.

»Um Ugento kümmern wir uns später. Ich hoffe, dass auch die Spurensicherung die Nacht durchgearbeitet hat.«

»Na, du wirst denen schon Beine gemacht haben.«

Emma sah auf ihre bunte Armbanduhr.

»Ihr müsst euch ein bisschen beeilen. Ich will nicht die erste Stunde verpassen, da haben wir Sport. Morgen kann ich ruhig später kommen, da ist erst mal bloß Mathe.«

»In zehn Minuten fahren wir los, *cara*«, nickte Luca und stand auf. »Kümmerst du dich noch kurz um die Esel? Dann räume ich hier auf.«

Während sich die Vice-Questora für den Tag fertig machte, mistete Emma also kurz den Stall aus, und Luca räumte das Frühstück ab und gab den Hühnern etwas zu fressen. Nach zehn Minuten kam auch Signora Mair wieder aus dem Haus, und sie sah völlig verändert aus: geschminkt, in dem schicken Mantel, den er schon am Vortag an ihr gesehen hatte, darunter eine cremefarbene Seidenbluse zur dunklen Stoffhose – eine Erscheinung, die selbst in Florenz sicher die Blicke auf sich zog.

Luca kam sich in seiner schlichten Uniform des Stadtpolizisten reichlich underdressed vor.

»Ich bringe Emma in die Schule, dann treffen wir uns auf der Piazza?«

»*Ci vediamo!* Einen schönen Tag in der Schule, Emma!«

»Und dir einen schönen Tag mit Papa, Aurora!«, entgegnete das Mädchen mit einem fröhlichen Lachen. Luca drehte den Schlüssel im Schloss, und der Méhari sprang so schnell an, dass es schien, als könnte es der Wagen gar nicht abwarten, die Serpentinen hinunter ins Städtchen im Sturm zu nehmen. Der Lancia hingegen murrte erst zwei- oder dreimal herum, bis der Motor auch wirklich in Gang kam. Luca hupte einmal und fuhr langsam los, Silvio lief dem Auto am Weidezaun entlang noch einige Meter nach, sein *Iah* klang, als gäbe er ihnen noch wichtige Ratschläge mit auf den Weg, und brachte Vater und Tochter zum Lachen.

»Er ist wirklich der Anhänglichste von den dreien«, sagte Luca.

»Und er ist viel süßer als das Original«, gab Emma zurück.

»Papa?«, fragte Emma nach einer kurzen Pause.

Etwas in ihrem Tonfall alarmierte Luca, er sah sie forschend an und wäre darüber fast auf den Kiesstreifen neben der Fahrbahn geraten. Gerade noch rechtzeitig riss er das Lenkrad herum.

»Ja, mein Schatz?«

»Findest du den, der das getan hat? Ich meine: Findet ihr den?«

Er strich ihr mit der Hand behutsam über den blonden Kopf.

»Na klar, *cara*, na klar finden wir den. Und er wird dann eine lange Zeit im Gefängnis verbringen.«

»Es ist nur … Ich weiß auch nicht«, sie überlegte einen Moment. »Ich mag es hier so gerne und hab immer gedacht, dass sich hier alle mögen und dass das Böse, na ja, eben nicht hier ist. Ich will nicht, dass so was hier passiert.«

Er sah, dass ihr tatsächlich Tränen in den Augen standen, und es brach ihm das Herz. Am Fuß der Serpentinen ließ er den Wagen auf dem Seitenstreifen ausrollen. Glücklicherweise überholte die Signora einfach und sah nur kurz herüber, hielt aber nicht an.

»Emma, wirklich, ich verspreche dir, wir finden den, der das gemacht hat. Das hier ist ein guter Ort, ein friedlicher Ort. Dir wird hier bestimmt nichts geschehen, auch das verspreche ich dir.«

»Und dir? Wird dir auch nichts geschehen?«

Luca schüttelte den Kopf und nahm seine Tochter in die Arme.

»Ich verspreche dir: Auch mir wird nichts geschehen.«

»Du musst wirklich gut auf dich aufpassen, Papa. Wirklich gut, verstanden? Und jetzt fahr wieder los.«

Er gab ihr einen langen Kuss auf die Stirn, dann lenkte er zurück auf die Landstraße, und sie fuhren schweigsam in die Stadt hinein, an der Piazza wieder nach links den Berg hinauf, und wenig später hielt der Commissario vor der Grundschule.

»Einen schönen Tag, mein Herz.«

»Dir auch, Papa. Deine Pistole ist im Büro, oder? Die nimmst du heute mit, ja? Versprochen, Papa?«

»Versprochen, mein Schatz. Und nun denk nicht mehr daran, okay?«

»Okay.«

Sie winkte ihm, dann rannte sie auf Emilia zu, die schon auf sie wartete. Neben ihnen stand Bianca, Emilias Mutter, die die Gelegenheit nutzte, um Luca zu begrüßen.

»Schön, dich zu sehen. Geht es euch gut?«

»Bestens, Bianca.«

Sie legte ihren braungebrannten Arm auf die Seitentür und beugte sich leicht in das Auto hinein. Ihre dunkelblonden Haare fielen ihr ins Gesicht, und sie pustete sie lachend weg.

»Sag mal, wer ist denn die scharfe Frau, die seit gestern mit dir zusammenarbeitet?«

Luca grinste.

»Na, das spricht sich ja rum. Es ist die Vice-Questora aus Florenz. Sie ist nur wegen des aktuellen Falls hier.«

»Aha. Na, wenn ich sie sehe, werde ich ihr mal sagen, dass

wir unseren Polizisten nicht verleihen. Ich hoffe, das siehst du auch so.« Sie grinste ihn an. »Und nun muss ich rein. Hab gleich Musikunterricht. Schönen Tag, *caro*.«

Sie winkte ihm, den Rücken zugewandt, im Weggehen zu.

Bianca war nicht nur Emilias Mutter und die Tochter des alten Signore Aleardi, sondern auch eine der Lehrerinnen an der Grundschule, und seit sie ihren Mann vor zwei Jahren – aus welchen Gründen auch immer – verlassen hatte, nahm sie Lucas Weigerung, sich in Montegiardino fest an eine Frau zu binden, nur als ein »Jetzt noch nicht« und schien fest entschlossen, über kurz oder lang Signora Luca zu werden, ob es ihm nun passte oder nicht. Wenigstens hielt sie die Mädels aus dieser Vernarrtheit heraus, und so lange war es Luca ganz recht, weil ihm diese offen zur Schau getragene Zuneigung andere Interessentinnen vom Leib hielt, die Bianca weitaus stärker fürchteten als eine geschlossene Bar am Freitagabend.

Er legte den Gang ein und fuhr über die Westseite des Ortes wieder ins Zentrum. Die Piazza wirkte heute ganz anders als am Vortag: Nun, da die Marktstände nicht dort standen, war es ein großer und luftiger Platz, ein Auf und Ab von bunten Fassaden und alten Dächern mit bordeauxroten Schindeln. Davor funkelten die Blätter der Platanen und Pinien im Sonnenlicht. Auf den drei Bänken mit Blick auf den Fluss saßen die Senioren des Städtchens, die Gehstöcke vor sich abgelegt, und die alte Signora Simonetta saß in ihrem Rollstuhl und referierte die Neuigkeiten des Tages, wobei sie mit Gesicht und Händen ihr tägliches Theaterstück an Mimik und Gestik aufführte, sodass Luca im Auto still vor sich hin grinsen musste. In diesen Tagen würden die Rentner von Montegiardino wirklich keinen Mangel an Klatsch und Tratsch haben – ein Umstand, der sie sofort um mindestens zehn Jahre jünger machte.

Er klopfte an die Scheibe des Lancia, neben dem er gehalten hatte, doch die telefonierende Aurora gab ihm ein Zeichen mit der Hand. Luca nickte. Er würde warten. Der Commissario fummelte sich eine Zigarette aus der Packung und steckte sie an, dann lehnte er sich an das Heck seines Wagens und beobachtete das bunte Treiben auf der Piazza.

Er liebte diesen Ort, aber heute konnte er die noch sanfte Sonne auf seinem Gesicht nicht richtig genießen. Beklommen fragte er sich, welcher dunkle Schatten dieser Tage auf Montegiardino gefallen war und was zur Hölle hinter diesen schrecklichen Taten steckte. Gut, Fabrizia war am Leben, genauso wie Davide, für den es noch knapper gewesen war. Beide Kugeln hatten den sicheren Tod um nur wenige Zentimeter verfehlt. Sehr wahrscheinlich hatten sie es hier mit Fällen versuchten Mordes zu tun – für die es noch ganz und gar keine gute Erklärung gab. Luca spürte Wut in sich aufsteigen. Wut darüber, dass jemand auf Menschen schoss. Aber auch Wut darüber, dass jemand das Idyll in Aufruhr versetzte. Er meinte sogar im Gesicht der Passanten Nervosität zu erkennen, die sich öfter als sonst umzudrehen schienen, als würden sie überall mit Heckenschützen rechnen. So weit war es also schon gekommen – schrecklich.

»*Allora*, Luca«, riss ihn die Vice-Questora aus seinen Gedanken. Er hatte sie gar nicht kommen hören. »Im Krankenhaus erreiche ich niemanden, der mir sagen kann, wo wir Signora Garaviglia finden, die Ärzte sind alle auf Visite.«

Der Commissario schüttelte belustigt den Kopf. »Deshalb wollte ich mich doch hier mit dir treffen. Du brauchst nirgendwo anzurufen. Wir sind hier in Montegiardino. Hier kann man das Angenehme mit dem Nützlichen verbinden. Komm.« Er ging neben ihr über die Piazza und nahm dann auf der Terrasse der Bar Platz, weil ein Aufenthalt drinnen bei diesem Wetter Frevel gewesen wäre. Aus dem Augenwinkel sah er, dass nur noch ein weiterer Tisch frei geblieben war, natürlich der, an dem gestern Fabrizia gesessen hatte – niemand wollte dort Platz nehmen, ein unsichtbares Kainsmal markierte den Stuhl.

Wenige Sekunden später kam Francesco aus dem Inneren des Ladens, und Luca schnaubte.

»Mist!«, murmelte er.

»Was denn?«, fragte Aurora.

Luca bedeutete ihr zu schweigen.

Anders als sein Zwillingsbruder trat Francesco ganz freundlich zu ihnen, obwohl Aurora dabei war. »Signora, Luca, was darf es sein?«

»Zwei *cappuccini, caro*, oder, Signora?«

»*Esato*«, nickte Aurora.

»Cornetti?«

»Heute nicht, wir haben oben gefrühstückt«, rutschte es Luca heraus, und er biss sich auf die Zunge, aber Francesco hob nicht mal eine Augenbraue, nickte freundlich lächelnd und verschwand. Der Commissario sah ihm verwundert nach – hatte er es nicht mitbekommen, oder war er wirklich so diskret? Die Vorstellung, dass Fabio seine Offenbarung gehört hatte – es hätte für den Rest des Tages kein anderes Thema mehr gegeben, mindestens.

»Was meintest du denn mit *Mist*? Und warum war das Ekel von gestern heute so nett zu mir?«

»Ach, du warst ja gestern so schnell weg, deshalb konnte ich es dir gar nicht erklären. Das sogenannte Ekel ist Fabio – der in echt ein wahnsinnig freundlicher Mann ist, höchstens ein wenig verschroben. Das hier war aber Francesco, sein Zwillingsbruder.«

»Was? Du verarschst mich schon wieder.« Die Ungläubigkeit stand der Vice-Questora geradezu unverschämt gut zu Gesicht.

»Kein bisschen«, sagte Luca. »Es stimmt wirklich. Die beiden gleichen einander seit fast sechzig Jahren wie ein Ei dem anderen. Ich hab sie schon als kleiner Junge gekannt, damals waren sie Teenager, und die Mädels sind in Scharen um sie herumgeschwirrt. Also, ich habe das erst später gehört, damals habe ich mich noch nicht besonders für Mädchen interessiert.« Luca spürte, wie er errötete.

»Aber was war denn nun *Mist*?«

»Nun, heute, da wir es eilig haben, arbeitet natürlich Francesco im Service. Dabei wäre es wichtig gewesen, Fabio hier draußen zu haben.«

»Ich verstehe kein Wort.«

»Also, wenn man guten Caffè will, dann ist es gut, wenn Francesco Bardienst und Service macht. Denn er hat die alte Maschine extrem gut im Griff, genauso wie er ein Genie am Herd ist. Seine Pasta ist unglaublich. Wenn du aber wissen willst, was in Montegiardino vor sich geht, dann brauchst du Fabio hinter der Bar. Er ist wie eine Litfaßsäule, jeder erzählt ihm etwas, oder er schnappt etwas auf, oder er fragt ganz einfach alle völlig ungeniert aus und reimt sich dann mit seiner unnachahmlichen Menschenkenntnis den Rest zusammen. Während sein Caffè allerdings nur Mittelmaß ist. Es ist eben immer eine Frage der Abwägung.«

»Und offensichtlich eine Frage des Dienstplans.«

Luca nickte grinsend: »Exakt.«

»*Due cappuccini*«, sagte Francesco und stellte die dampfenden Tassen vor ihnen ab. Jeden der Caffès verzierte ein Herz aus gegossenem Milchschaum, und Francesco zwinkerte Luca zu, als er wieder gehen wollte. Verdammt, dachte der Commissario, das war doch kein Zufall. Er stoppte den Wirt.

»Äh, Francesco, *caro*?«

»*Sì?*«

»Kannst du Fabio mal rausschicken, bitte?«

»*Certo*, Commissario.«

Er verschwand, und Aurora beugte sich so vertraulich zu Luca hinüber, dass er schon ihre Körperwärme spürte und ganz stillhielt. »Und jetzt hast du also gewartet, weil du guten Caffè wolltest, und gleich kriegst du auch noch die Neuigkeiten?«

»Wolltest du schlechten Caffè?«

»Erstaunlich, diese Landbullen.«

»Ja, oder?« Er trank einen Schluck von seinem Cappuccino, der so kräftig gebrüht und dennoch wolkenzart war, als hätte Francesco ihn in der ultraheiß gelaufenen Maschine am Florentiner Hauptbahnhof gebrüht – denn jeder Italiener wusste: Je heißer die Maschine, je mehr Druck auf dem Siebträger, desto besser wurde der Caffè.

Es dauerte keine Minute, da stürmte auch schon Fabio aus der Tür und quer über den Platz. Neuigkeiten, an deren Verbreitung er mitwirken konnte, wollte er sich nicht entgehen lassen. Doch so schnell, wie er angerannt kam, so angewurzelt blieb er am Tisch auch wieder stehen.

»Oh«, stammelte er, »Sie sind wieder hier.«

Aurora sah ihn grinsend an. Luca aber kam ihr zuvor.

»Und du könntest heute doch mal zeigen, wie gastfreundlich wir Menschen in Montegiardino sind, was meinst du?«

Fabio steckte die Hände in die Hosentaschen, er räusperte sich, dann nickte er belustigt.

»*Allora*, Signora, guten Morgen, und nichts für ungut.«

»Ebenso, Signore.«

»Was gibt's denn, Luca?«, fragte er und klang ganz und gar ungeduldig. »Ich höre, Davide geht es einigermaßen. Er soll sogar schon wach und ansprechbar sein, auch wenn er große Schmerzen hat. Aber die Medikamente schlagen an.«

Nun war sogar Luca baff. »Woher weißt du das denn alles so genau?«

»Ach, meine Cousine ist doch Pförtnerin im Pflegeheim neben dem Krankenhaus. Und die hatte mal eine kurze Liaison mit einem der jungen Ärzte oben in der Kardiologie, und der ist nun aber in die Chirurgie gewechselt und hat sich verlobt, aber ab und an treffen sie sich dann doch noch, und so hat sie ihn heute Nacht nach Davide gefragt, und dann hat sie mir eine Nachricht ... «

»Okay, okay«, sagte Luca und forderte Fabio mit der Hand auf, ein wenig langsamer zu machen und sich zugleich nicht in Aussagen zu verstricken, die justiziabel waren, weil sie unter die ärztliche Schweigepflicht fielen. »Und sag mal, weißt du, ob Sara noch im Krankenhaus ist?«

»Negativ«, antwortete Fabio, »ich war sehr früh auf und habe hier gefegt, es war gerade mal kurz vor sechs, da hab ich einen Wagen der Carabinieri in Richtung Süden fahren sehen, und ich bin mir sicher, dass sie auf dem Rücksitz saß. Sah aus, als ob sie schläft. Die Arme, sie muss furchtbar fertig gewesen sein. Also, ich vermute, dass sie inzwischen zu Hause ist.«

Luca sah seine Kollegin große Augen machen. »Haben Sie schon mal über eine Karriere bei der Polizei nachgedacht?«

»Ich denke, mein Job ist lukrativer, Signora. Und ich bin nicht gerade ein Freund davon, Macht über friedliche Bürger auszuüben, wenn ... «

»Fabio«, sagte Luca mit harter Stimme.

»Schon gut, ich mein ja nur.« Mit beleidigter Miene verschwand er in den Schankraum.

»Na, meine nächsten Spaghetti mit sardischem Fischrogen kann ich mir wohl abschminken«, sagte Luca.

»Ich verstehe gar nicht, warum ich hier so angeeckt bin«, entgegnete Aurora.

»Wirklich? Das verstehst du nicht?«, fragte Luca.

Sie legte ihre Hand auf seine, sodass er zusammenzuckte, es wirkte ganz und gar nicht zufällig, sondern wie eine sehr bewusste Geste; er spürte ihre warme Haut auf seiner, sie hielt sie und sagte:

»Ich erkläre es dir. Bald. Gib mir noch etwas Zeit, ja?«

Dann lehnte sie sich zurück, als wäre nichts geschehen, und trank ihren Caffè aus, dann stand sie auf und legte drei Euro auf den Tisch.

»Hier zahle ich«, sagte Luca und gab ihr das Geld zurück. Bevor sie widersprechen konnte, fügte er an: »Meine Stadt, meine Rechnung.«

»Komm, wir fahren mit meinem Wagen«, sagte er, und sie setzte sich, ohne zu widersprechen, neben ihn in den offenen Méhari. »Ich dachte schon, du fragst nie«, sagte sie. »Ich liebe diese Karre.«

»Na, dann nichts wie los.«

Als er den Wagen anließ, ertönte laute Popmusik. Luca drückte schnell auf den Knopf, er hatte vergessen, den Sender zu wechseln, nachdem Emma ausgestiegen war.

»Hey, das war Lady Gaga«, murrte Aurora, »die mag ich.«

Er schaltete den Sender wieder ein und hörte sie leise mitsummen.

»Du bist wirklich immer für eine Überraschung gut, was?«, fragte Luca und warf ihr ein Lächeln zu. Er nahm die Serpentinen im Schleudergang – die Haare, die die Vice-Questora heute offen trug, flatterten in der Luft. Sie schloss die Augen, schien den Fahrtwind zu genießen. Die Musik dröhnte aus den Boxen, und ihm war, als wären sie zu einem Ausflug aufgebrochen, Picknickkorb inklusive, so sehr ließ sie ihn die aufreibend anstrengenden und traurigen Dinge vergessen, die vor ihnen lagen.

Kurz bevor sie auf den Hof der Garaviglias fuhren, drehte er das Radio wieder ab. Das Schild mit der Aufschrift *Superpower-Olio* erschien ihm heute wie ein Hohn. Bis zu dieser Nacht hatte er geglaubt, dem jungen Paar ginge das Leben einfach leicht von der Hand, als gelänge ihnen alles, was sie anpackten, mühelos. Nun aber standen sie im Zentrum tragischer Entwicklungen.

Er hielt in einiger Entfernung von dem eingerüsteten Haus, sie stiegen aus und gingen nach vorne zur Tür. Die Klingel war nur ein angeklebter Knopf mit einem nach unten hängenden Kabel, alles hier war noch provisorisch. Auf Lucas Klingeln rührte sich nichts im Haus. Er klingelte noch mal. Sicher hatte sich Sara am Morgen erst mal hingelegt und schlief noch. Luca ging zu einem der Holzfenster im Erdgeschoss und klopfte. Wieder tat sich nichts. Doch dann hörte er die Stimme von hinter dem Haus. Ihre Stimme.

»*Momento!*«, rief sie, und Aurora und Luca gingen ihr entgegen, um das Haus herum.

»Ich habe euch gehört«, sagte sie und hielt einen Pieper hoch, »hier ist alles miteinander verdrahtet. Hi, Luca …« Sie klang so traurig, dass er nicht anders konnte, als sie erst mal fest in den Arm zu nehmen. Sie legte ihren Kopf an seine Schulter.

»Wir dachten, du schläfst«, sagte er leise.

»Ich konnte nicht«, entgegnete Sara. »Ich habe ihn da liegen sehen, mit Schläuchen im Mund, es war furchtbar. Aber dann … Heute am frühen Morgen ist er aufgewacht und hat mich sogar schon angelächelt.« Da kamen ihr unter ihrem sorgfältig geschnittenen Pony die Tränen, und sie wischte sich über die ohnehin roten Augen. »Sorry, es ist alles viel im Moment.«

»Das ist doch klar«, sagte Luca. »Können wir dir ein paar Fragen stellen?«

Sie nickte vorsichtig. »Aber ich kann nicht nach drinnen«,

sagte sie entschieden, »dort drinnen riecht alles nach Davide. Kommt, wir gehen in den Hain. Da ist er immer ganz in seinem Element, und jetzt fühle ich mich ihm dort ganz nah.«

Unmittelbar hinterm Haus begannen die Baumreihen, die aber hier im Süden anders als bei den Goris nicht in Reih und Glied standen, sondern terrassiert zum Berg hin anstiegen. Alte Bäume mit knorrigen Wurzeln und junge und kleinere Bäume wechselten sich munter ab. Sara nahm den steilen Anstieg spielerisch leicht, sie hüpfte geradezu über die niedrigen Mäuerchen, die aus Feldsteinen gelegt waren und jeweils eine weitere Fläche mit Bäumen bezeichneten. Luca und die Vice-Questora hielten zwar Schritt, aber die junge Frau hatte ihnen eindeutig die tägliche Arbeit in diesen Hainen voraus.

»Hier ist Davides absoluter Ruhepol. Wenn ich dran denke, dass er jetzt in diesem Bett da liegt, er wird das hier so vermissen.«

»Sara, können wir einen Moment stehen bleiben?«

Die junge Frau nickte und setzte sich in den Schatten eines Baumes auf den Rand eines Mäuerchens. Luca nahm neben ihr Platz, Aurora auf der anderen Seite.

»Du warst am Abend im Haus? Als es passiert ist, meine ich?«

Sie nickte. »Ja, wie ich es dir gesagt habe: Es ist, seit wir hierhergezogen sind, unsere Aufteilung. Abends bereite ich die Bestellungen vor, mache die Abrechnung von den Märkten und fülle den Wagen auf für den Markt am nächsten Tag. Wir machen ja die vier Markttage hier in Montegiardino und dann noch den Bauernmarkt in Siena, den Markt in San Gimignano und den Nachtmarkt in Florenz, wobei der nur einmal im Monat ist. Und Davide geht abends immer in den Hain und erledigt, wozu er am Tage nicht gekommen ist. Baumpflege, Äste abschneiden, die beim nächsten Sturm herunterzufallen drohen, und schauen, ob es Schädlinge gibt. Und dann immer wieder Proben nehmen, Früchte testen und so weiter und so fort, es gibt immer was zu tun. In ein paar Wochen wollten wir die zweite Ernte machen – und jetzt? Jetzt weiß ich nicht, wie ich das alles schaffen soll so ganz ohne Davide.«

Sie stockte einen Moment, bis hierher war ihr die Erzählung leichtgefallen, aber nun musste sie konkret werden, und Luca spürte, welche Überwindung es sie kostete. »Noch gestern Abend hab ich ihn dort draußen laufen sehen, als ich kurz aus dem Fenster gesehen habe. Er war so glücklich und unbelastet – Sie kennen ihn ja gar nicht so richtig, Commissario. Er wirkt immer so zurückhaltend, aber das entspricht seiner Natur. In der Stadt, da musste er immer so tun, als sei er ein richtig starker Mann, er musste den ganzen Tag schauspielern, in seiner Firma, in dieser Riege von Alphamännern, er trug diesen Anzug und hat sich doch nur verkleidet, und abends war er dann von diesem schrecklichen Theater so erschöpft, dass nichts mehr mit ihm anzufangen war. Und hier konnte er endlich er selbst sein, im Einklang mit der Natur, den ganzen Tag im Hain schweigen oder auf dem Markt sein Öl erklären, unser Öl. Das macht ihm Freude, und wenn wir abends dann füreinander Zeit haben, weiß ich, dass er glücklich ist – dass wir hier zusammen glücklich sind.«

Sie stockte wieder, es war spürbar, wie schwer ihr das alles fiel. Erst nach einer Weile fuhr sie fort: »Über all das habe ich nachgedacht und war mal wieder richtig froh über unsere unkonventionelle Entscheidung, dass ich fast angefangen hätte zu heulen ... und dann ... dann habe ich den Schuss gehört. Ich hatte ja keine Ahnung.«

»Hast du gleich gewusst, dass es ein Schuss ist?«

»Ach, ich kenne das Geräusch schon, es wird ja oft gejagt hier. Aber ich habe es noch nie so nah am Haus gehört. Ich hab rausgeschaut, Davide war nicht zu entdecken. Unser Hain geht ja dahinten weiter, auf dem Feld, das an das der Goris grenzt. Ich war sicher, dass er dort ist, und dennoch habe ich gespürt, wie mich die Angst packt. Ich habe ihn auf seinem Telefon angerufen, aber es war ausgeschaltet. Wie immer, wenn er im Hain arbeitet. Er will dann ganz für sich sein. Ich habe mich also beruhigt und mit den Bestellungen weitergemacht. Aber dann ...«, sie schluckte wieder, »... dann kam der Helikopter, und ich bin sofort rausgerannt. Und dann habe ich ihn gesehen. Euch gesehen.«

»Und vorher hast du gar nichts Ungewöhnliches gesehen oder gehört?«

Luca sah, wie sich das Laub über ihm im Wind wiegte; immer wenn die Blätter aneinanderrieben, gab es dieses leise Rascheln, das ihr Gespräch begleitete wie eine leise Musik.

»Nichts, gar nichts. Das Ungewöhnlichste war dein Besuch vorher. Sonst war niemand hier, soweit ich das sagen kann.«

»Und wenn wir ein bisschen länger zurückdenken – wie habt ihr die letzten Wochen erlebt? Ist da irgendwas außer der Reihe passiert?«

Aurora fügte hinzu: »Erzählen Sie doch überhaupt mal, wie Sie auf die Idee gekommen sind, sich hier niederzulassen. Seit wann sind Sie genau hier?«

Saras Blick ging in die Ferne, hinunter zum Haus und dann weiter ins Tal, und auch ihre Stimme klang, als käme sie von weit her, wobei Sara in Gedanken vermutlich wirklich weit weg war, in einem Krankenhaus dreißig Kilometer die Hänge hinunter.

»Wie ich eben gesagt habe: Wir waren gefangen in der Stadt. Kennen Sie Mailand? Es ist schön dort, na klar, es gibt Parks und gute Bars und Klubs. Aber es war immer das gleiche Leben: arbeiten von früh bis spät, abends mit immer denselben Kollegen auf einen Apéro und sich sagen, wie geil man eigentlich ist, dann völlig fertig nach Hause und am Wochenende wieder die Kollegen treffen, diesmal im privaten Rahmen. Immer mal ein Wochenendurlaub, in dem man dann versucht, wieder Pärchen zu sein, obwohl wir ja eigentlich nur noch Mitbewohner waren. Ich hab regelrecht den Draht zu mir und meinem Leben verloren, irgendwann gemerkt, dass ich bloß immer trauriger wurde. Aber eines Tages vor fast zwei Jahren, als ich am frühen Morgen aus dem Schlaf hochgeschreckt bin, stand mir plötzlich alles ganz klar vor Augen, und ich war ganz ruhig und aufgeregt zugleich. Da habe ich Davide geweckt und ihm gesagt, wir müssten weg aus Mailand, sonst könnten wir uns auch gleich trennen, bevor wir noch anfangen würden, unsere Liebe und unser Leben vor Langeweile mit Affären und Lügen zu ruinieren. Ich habe erst gedacht, wir müssten weit weg und raus aus Italien, so wie es einige meiner Freunde gemacht haben, sie sind nach Australien gegangen oder ins Silicon Valley. Allerdings sind etliche von ihnen nach ein paar Monaten, spätestens nach einem Jahr völlig desillusioniert zurückgekommen. Aber dann erinnerte ich mich an das Anwesen meines Großvaters, das seit dreißig Jahren brach lag. Ich habe Davide also vorgeschlagen: Olivenöl – wollen wir Olivenöl machen? Und von diesem Augenblick an gab es kein Halten mehr. Er hat nichts anderes mehr getan, als sich mit der Herstellung, mit den Sorten und mit der Pressung zu beschäftigen – was ist die beste Methode, wie bleiben die guten Stoffe im Öl, wie kann man Schluss machen mit Pestiziden? Es war, als hätte ich einen neuen Mann an meiner Seite. Einen, der das Leben gar nicht abwarten konnte, statt sich ständig zu verkriechen. Da war ich mir sicher: Das ist das Richtige für uns. Wir sind hier runter, mit zwei Koffern, und es war wie ein Wunder: Das Haus war zwar marode, aber wir haben uns sofort wohlgefühlt, haben auf dem Boden geschlafen und angefangen, ein wenig umzubauen. Aber die Bäume – das war das größere Wunder: Die standen wirklich in voller Pracht, da hingen Früchte dran, als wären sie jahrelang bewirtschaftet worden – dabei stand das Anwesen die ganze Zeit leer. Wir konnten also gleich anfangen, Öl zu machen. Unsere erste eigene Ernte – was das für ein Gefühl war!

Ich muss fast lachen, wenn ich daran denke, dass ich anfangs geglaubt habe, dass mir die Apéros und die Klubs fehlen würden, aber das hier ist so viel besser. Und nach ein paar Wochen hier haben wir wieder angefangen …«, sie brach kurz ab, räusperte sich, aber entschied sich dann, weiterzureden, »… haben wir wieder angefangen, miteinander zu schlafen, und es war auf einmal so erfüllend und schön, wie es in Mailand nie gewesen war – ich glaube, weil Davide aufgehört hat, seine Rolle zu spielen, und stattdessen plötzlich ganz bei sich war.«

»Wie laufen denn die Geschäfte? War es schwierig, hier einen Anfang zu finden?«

»Ich verstehe gar nicht, dass alle solche Angst haben und sich nichts Neues trauen«, sagte Sara kopfschüttelnd und betrachtete die hellgrünen Oliven, die über ihr am Baum hingen. »Was meinen Sie, wie wir in Mailand von Bekannten angesehen wurden, als wir sagten, was wir vorhaben. *Ihr wollt Bauern werden?*, haben die Leute gefragt, und es klang so abschätzig. Aber ja, die Vorurteile halten sich hartnäckig. Als Bauer gehst du entweder pleite oder wirst Säufer, auf jeden Fall musst du von Subventionen leben. Und dann die Arbeitszeiten. Dabei rennen die gleichen Leute aber durch zehn Läden, bis sie endlich dieses eine richtig tolle Olivenöl gefunden haben, für das sie dann zwanzig, dreißig Euro auf den Tisch legen, für den halben Liter, versteht sich. Doch wer das hergestellt hat, das hinterfragen sie nicht. Genau das wollten wir aber – wir wollten genau diesen jungen und urbanen Leuten klarmachen, was für ein tolles Produkt das ist, und dass es nicht ohne Menschen geht, die sich dafür aufopfern.«

»Aber Superpower-Olio bricht doch eigentlich genau mit all diesen Traditionen«, sagte Luca. »Es ist jung, es ist modern, es ist so ganz anders als alles, was hier vorher produziert wurde. Ihr habt diese neue runde Flasche und dieses fetzige Etikett – und die Flaschen der anderen Produzenten sehen eben immer noch so aus, wie Flaschen seit hundert Jahren aussehen, was ja aber ihren Inhalt nicht unbedingt schlechter macht.«

»Das sag ich ja auch gar nicht. Natürlich wollten wir auch Umsatz machen, gerade in den Städten, und deshalb habe ich mir dieses Logo ausgedacht und hab einen Flaschenhersteller im Süden gefunden, der mir für kleines Geld diese ganz besonderen Flaschen produziert. Ich wollte, dass sie in Mailand und Rom von unserem Öl reden. Das ist uns ja auch gelungen. Aber womit ich nicht gerechnet habe, ist, dass es fast kein Öl mehr gibt, das wir dorthin exportieren können, weil wir alles direkt hier vor Ort verkaufen.«

»Wie? Das verstehe ich nicht«, sagte Luca.

»Na, ich dachte, dass wir als Greenhorns hier im Heimatland des Öls gar keine Chance haben, weil die Leute seit langem immer vom selben Händler kaufen und es ein absolutes Überangebot gibt – und dass die Vermarktung in den großen Städten unser wichtigster Vertriebskanal wird. Aber dann kamen wir hier an und konnten feststellen, dass es ganz anders war: Die Leute in Montegiardino suchten händeringend nach gutem Öl. Die großen Häuser scheinen all ihr Öl in ganz Italien zu verkaufen, sodass für die Region selbst kaum etwas übrig bleibt. Offensichtlich haben die Leute hier ihr Öl jahrelang entweder irgendwo auf der Strecke von hier nach Siena bei kleinen Bauern gekauft oder – oh Gott, ich mag es gar nicht laut sagen – im Supermarkt. Na ja, jedenfalls haben wir den Marktstand nur versuchsweise aufgebaut, und schon nach drei Wochen konnten wir uns vor dem Ansturm nicht mehr retten. Und so läuft es seitdem – die Nachfrage reißt überhaupt nicht ab, und wir versuchen jetzt, so viele Flächen zu kaufen wie möglich, damit wir mehr produzieren können, wobei die Qualität darunter natürlich nicht leiden darf. Deshalb suchen wir auch in den Nachbargemeinden nach neuen Hainen – der Grundstücksmarkt gibt gerade ganz schön viel her. Allerdings glaube ich, wenn mehr junge Leute mitkriegen, wie viel Freude das macht und dass man damit auch noch Geld verdienen kann, wird sich das ändern. Zwei unserer Freunde sind jetzt auch schon auf der Suche – also, ich meine, sie waren auf der Suche, jetzt warten sie natürlich erst mal ab, was hier passiert ist, mit Davide und so, meine ich.«

Luca stand auf und sagte: »Wollen wir ein Stück laufen? Vielleicht in Richtung der Stelle, wo das gestern alles geschehen ist? Wäre das in Ordnung, Sara?«

»Natürlich, Luca.«

Zu dritt kletterten sie die Terrassen weiter empor und hielten sich nordöstlich, um in den begradigten Hain vorzustoßen, in dem die jungen Bäume dicht an dicht standen. Das Gelände fiel sanft ab, unten im Tal konnte er die gewundene Landstraße sehen, die zur weit entfernten Autostrada führte, entlang der herrlichen Kurven standen die Zypressen wie hoch aufragende Gestalten, sie zierten das Antlitz einer Region, die auf der ganzen Welt geliebt wurde – für ihre Anmut und ihre ausladenden Panoramen. Wohnen, wo andere Urlaub machen – diese Redewendung kam Luca in den Sinn. Als sie spazierten, meinte er die Oliven geradezu riechen zu können. Er hatte unbändige Lust auf eine Zigarette, aber er wollte die beiden Frauen nicht mit seiner schlechten Angewohnheit quälen.

»Sagen Sie, Signora Garaviglia, es fällt mir nicht leicht, das anzusprechen, aber wir müssen ja nun mal irgendwie herausfinden, was Ihrem Freund zugestoßen ist. Es gibt Aussagen, nach denen Kollegen von Ihnen – nun ja, bedroht wurden in letzter Zeit.«

Auroras Worte zeitigten eine sofortige Reaktion, die Luca überraschte: Die junge Frau riss die Augen auf, schien zu stolpern und den Halt zu verlieren, der Commissario griff nach ihrem Arm und spürte, wie sie ihn wegzuziehen versuchte, ihre Hand zitterte.

»Kollegen? Das heißt …«

Sie war blass geworden, die Leichtigkeit und Erzählfreude, die sie bis eben selbst inmitten dieser Tragik gezeigt hatte, war verschwunden.

»Das heißt *was*, Signora?«

»Wir waren nicht die Einzigen? Und ich dachte … Ich dachte, das wäre alles nur ein dummer Scherz.«

»Was ist denn passiert, Sara?«, fragte der Commissario. »Habt ihr etwa auch Drohbriefe bekommen?«

»Du weißt wirklich davon, Luca? Es war mir heute Nacht ganz kurz eingefallen, dass das passiert ist, und ich habe für eine Sekunde darüber nachgedacht, ob es mit den Schüssen auf Davide zu tun haben könnte – aber ich habe das sofort weggeschoben, das war doch zu absurd.«

»Erzählen Sie es uns, bitte, Signora.«

»Der Zettel klebte vor einem Monat an der Tür. Wir hatten noch keinen Briefkasten, und so hatten sie ihn mit Tesafilm an der Tür befestigt. Ich dachte sofort, es seien ein paar neidische Halbstarke gewesen, weil das alles so blöd wirkte, dass Davide und mir gleich klar war: Das kann doch nur ein Scherz sein.«

»Was stand denn auf dem Zettel?«, fragte Luca und spürte schon wieder dieses Gefühl der Empörung, dass in Montegiardino zwar jeder Bürger über den noch so kleinen Strafzettel mit ihm diskutieren wollte oder über die Auflagen zur Versammlungsanmeldung, aber wenn es wirklich drauf ankam, behielten sie offenbar alles für sich. Richtig unglaublich war das. Und er hatte immer gedacht, seine Bürger vertrauten ihm alles an.

»Wirklich, es war zu blöd, Luca. Es war wie in einem schlechten Film: Mit Worten, die aus bunten Zeitungen ausgeschnitten waren, hatte jemand den Zettel beklebt, und dann stand da: *Verschwindet hier, sonst passiert was Schlimmes. Ihr Stadtschmarotzer.* Weil sie das Wort *Schmarotzer* nicht gefunden hatten, haben sie es aus einzelnen Buchstaben zusammengeklebt. Als ich das sah, hab ich mich zuerst gefürchtet und gedacht: Wer macht so was – aber dann hab ich mit Davide drüber gesprochen, und wir haben einfach nur gelacht. Der Neid macht die Leute wahnsinnig.«

»Wer könnte denn auf Sie neidisch gewesen sein?«, fragte die Vice-Questora.

»Meinen Sie, das war wirklich ernst zu nehmen?« Saras ängstlicher Blick rührte Luca.

»Nun, es deckt sich mit den Aussagen von anderen Bauern der Region.«

»Ich weiß es nicht. Die Geschäfte von allen hier laufen gut. Wer sollte denn so weit gehen?«

»Haben Sie ein Angebot zum Verkauf bekommen?«

»Wer? Wir?« Die junge Frau sah die Vice-Questora ungläubig an, dann faltete sie die Arme auseinander und wies über das weite Land, über all die Bäume, über die nicht enden wollende Landschaft bis hinab ins Tal. »Das hier war drei Jahrzehnte herrenloses Land, niemand wollte es, niemand von meiner Familie. Alle wollten immer nur in die Stadt und weg vom Land. Wenn meinen Eltern jemand auch nur zehntausend Euro angeboten hätte, dann hätten sie das Land sofort verkauft. Und nun dreht sich das langsam um. Die Menschen wollen wieder aufs Land ziehen. Aber warum hätte denn jemand so ewig warten sollen, um nun – wo es bei uns läuft – das Grundstück für viel Geld zu kaufen?«

Es stimmte, dachte Luca und nickte nachdenklich. Auch Aurora schwieg einen Moment.

»Haben Sie den Zettel noch?«

»Davide hat ihn weggeschmissen, glaube ich, er meinte, wir sollten uns nicht noch mal darüber ärgern. Wir haben nie wieder davon gesprochen.«

»Wann wird er entlassen?«, fragte Luca.

»Irgendwann in den nächsten Tagen, das ist noch nicht raus. Es war echt knapp. Ich bin nur froh, dass er es überstanden hat. Sie müssen den finden, der das getan hat. Nur dann können wir wieder in Ruhe hier leben, verstehst du das, Luca? Die haben diesem Land seine Unschuld genommen, ich weiß gar nicht, wie wir es hier aushalten sollen, wenn derjenige weiter frei herumläuft.«

»Wir werden alles daran setzen, den Täter zu finden, Signora«, sagte Aurora. »Wir werden Ihren Freund später sicher im Krankenhaus besuchen, vielleicht können Sie ihm schon mal Bescheid geben, nicht dass er sich erschreckt.«

»Ich denke, er rechnet mit Ihrem Besuch.«

»Gut so. Dann erholen Sie sich erst mal von dem Schreck. Kommen Sie mit zurück zum Haus?«

»Nein, ich bleibe noch ein wenig hier. Ich will an den Bäumen arbeiten, schließlich soll Davide nicht wiederkommen, und seine Plantage sieht aus wie Kraut und Rüben.«

»Natürlich«, sagte Luca lächelnd. »Bis später, Sara.«

»Bis später …«, sie hielt inne. »Ach, Luca?«

Er drehte sich um. »Ja?«

»Du warst doch gestern auf dem Weg zum alten Renzo. Gibt es Neuigkeiten? Wie geht es ihm?«

Luca setzte seine angestrengte Miene auf.

»Es ist alles beim Alten. Einen schönen Tag!« Dann drehte er sich um und setzte seinen Weg neben der Vice-Questora fort. Sie gingen den Berg wieder hinunter und stiegen vor dem Haus in den Méhari.

Aurora sah auf ihr Telefon. »Es hat lange vibriert. Da muss ich zurückrufen.« Sie wählte eine Kurzwahltaste, und Luca hörte das leise Piepen durch das Handy. »*Si*«, sagte sie, und dann hörte sie lange zu. »Okay, wir kommen.«

»Was gibt es?«, fragte Luca.

»Die Spurensicherung hat etwas entdeckt, was ungewöhnlich ist. Sie wollten mir nicht sagen, was es ist.«

»Also nach Florenz?«

»Siena. Nur nach Siena. Es waren die Jungs von Stranieris Carabinieri. Sie haben die Spuren gesichert.«

»Dann könnten wir direkt noch Signore Garaviglia im Krankenhaus besuchen. Die Station der Carabinieri ist direkt daneben.«

»*Esato*, Commissario. Aber so gern ich es würde, die Strecke fahren wir nicht in Ihrem Traumwagen. Wir wechseln unten im Tal, ja?«

»Sorgen um die Frisur, Signora?«

15

Den Bewohnern von Montegiardino war der Anblick des weißen offenen Strandbuggys mit der blauen Aufschrift und den Hoheitszeichen der Gemeindepolizei schon vertraut, sie winkten Luca kurz zu oder tippten sich an ihre Schirmmütze, wenn er vorbeifuhr. Wenn aber, wie an diesem Tage, Touristen über die baumbestandenen Straßen gingen, hielten sie an und sahen dem seltsamen Gefährt nach, zeigten darauf, manche fotografierten es sogar. Schon mehrfach hatte der Commissario auch Kinder aus Deutschland, Schweden und einmal sogar aus Australien an Bord genommen und mit ihnen eine Runde um die Piazza gedreht – der Wagen war einfach zu ungewöhnlich.

Heute war wieder so ein Tag, an dem viele Fremde sich einen Weg ins Zentrum bahnten, doch Luca befürchtete, dass sie nicht wegen der schönen Kirche in Montegiardino waren oder wegen des gemütlichen Spazierwegs entlang des Flusses, erst recht nicht wegen des Marktes, denn der würde erst wieder am nächsten Tag stattfinden.

So, wie sie auf den Polizeiwagen zeigten und mit finsteren Gesichtern einander Dinge zuraunten, wusste er schon, was hier begonnen hatte: Die Voyeure waren gekommen, die Schaulustigen, die von den Schüssen im Internet gelesen oder im Fernsehen einen Kurzbericht gesehen hatten. Sicher war das Interview von Bürgermeister Martinelli im ganzen Land über die Bildschirme geflimmert. Und da setzte man sich natürlich direkt ins Auto und fuhr an den Ort der Schießerei, um dann auf den vorbeifahrenden Polizeiwagen zu zeigen – so war man dem Verbrechen noch näher. Luca würde es nie verstehen, es machte ihn regelrecht wütend.

Er parkte den Wagen auf der Piazza genau neben Auroras Lancia. Vor dem Rathaus stand eine Menschentraube, vor der Bar war jeder Platz besetzt. Neben Touristen saßen da auch Journalisten, sie hatten Laptops auf dem Schoß, auf den Tischen lagen Fotoapparate mit dicken Objektiven. Einige der Reporter standen auf, als sie den Polizeiwagen sahen, um näher zu kommen. Die beiden Beamten stiegen aus und wollten nur rasch ins andere Auto wechseln, da hörte Luca die Stimme hinter ihnen.

»Oh, Vice-Questora, na, so ein Zufall.« Er sah, wie sie die Augen schloss und leise etwas vor sich hin murmelte. Täuschte er sich, oder hatte er wirklich *che cazzo* verstanden?

»Freust du dich etwa nicht, mich zu sehen?«, fragte die Stimme, und Luca drehte sich um, weil sie ihm allzu bekannt vorkam. Vor ihm stand ein eleganter Mann Anfang, Mitte vierzig, der ein gut sitzendes Sakko zu einer Jeans trug, dazu ein weißes Hemd. Sein Haar war tiefschwarz, und seine Zähne glänzten weiß, als sei er eben erst vom Bleaching gekommen.

Aurora wandte sich neben ihm um und sagte: »Enzo, über dich freue ich mich doch immer. Ungefähr so sehr wie über einen langwierigen Virusinfekt.«

Enzo. Hatte er es doch gewusst. Das Gesicht des Mannes hatte er nicht zuordnen können, doch seine Stimme war ihm allzu bekannt, weil der Mann bei jeder Pressekonferenz in der Toskana, die live im Fernsehen übertragen wurde, die erste Frage stellte. Er war der angesehenste Reporter in der Region, und sein Foto prangte über jeder seiner Kolumnen in der täglichen Ausgabe von *La Nazione*. Enzo … Ihm fiel der Nachname nicht ein, während Aurora mit dem Mann offenbar ganz besondere Erinnerungen teilte.

»Wir können die Höflichkeiten in Florenz fortsetzen«, sagte Enzo und grinste, »aber doch nicht in der Pampa. Also, sag mir, was du weißt, dann helfe ich dir, und du kannst schnell wieder in den behaglichen Schoß der Questura.«

»Ich weiß gar nichts, ganz wie du es immer in deiner Klatschpostille schreibst«, antwortete Aurora, und es klang so ätzend, wie es wohl gemeint war. »Wie lautet denn deine geplante Überschrift? *Das Olivenmassaker?*«

»Traust du mir das wirklich zu?«

»Na sicher. Oder noch Schlimmeres. Aber mit mindestens einem Grammatikfehler.«

Enzo verzog das Gesicht, als habe sie eine schmerzhafte Stelle getroffen.

»*Cara*, du weißt doch, dass ich dir schon oft geholfen habe. Das hat dich noch nie gestört. Sag mir bitte etwas, sieh mal, die RAI ist mit zwei Teams da, und ich bin allein. Etwas Kleines nur, was ist hier passiert?«

Sie stand da wie angewurzelt, als wäge sie seine schmierigen Worte wirklich ab, doch Luca kam ihr zuvor, indem er um den Lancia herumging und ihr die Beifahrertür aufhielt.

»Wie gesagt: Wir müssen dringend los«, sagte er in der Bewegung, »und es wäre gut, wenn Sie unsere Ermittlungen nicht weiter behindern.« Als sie im Wagen saß, sagte er leise: »Das hier ist *mein* Revier. Und jetzt gehen Sie aus dem Weg.«

Dann stieg er ein, ließ den Wagen an und setzte ihn zurück. Enzo sah ihnen wütend nach, wie Luca im Rückspiegel bemerkte. Aurora hatte die Augen geschlossen und den Kopf erschöpft angelehnt.

»Alles okay?«, fragte Luca.

»Nein. Überhaupt nicht.« Sie biss sich auf die Unterlippe. »Ich habe echt Scheiße gebaut. Ich …«

Luca fragte nicht nach, er ließ sie lieber die Worte finden. Stattdessen lenkte er den schnellen Wagen die kurvenreiche Straße gen Westen, links und rechts des Weges standen die Weinreben in langen geraden Reihen, die sich malerisch über die sanften Hügel zogen. Das satte Grün der Weinblätter harmonierte perfekt mit dem tiefen Azur des Himmels. In einigen Wochen würden die Traktoren an den Reihen stehen, und Arbeiter mit großen Körben auf dem Rücken würden die Trauben auf die Anhänger schütten. Sie fuhren an den hellen steinernen Mauern des Castello di Cacchiano vorbei, der Chianti von hier war sagenhaft, wie Luca an einem kalten Herbstabend vor einem Jahr bei einer Verkostung hatte feststellen dürfen.

»Als ich ganz neu in Florenz war und gerade erst meine Stelle angetreten hatte, da kannte ich gar keinen. Und ich … Ach, Scheiße, ich fühlte mich wegen einer anderen Sache ziemlich verloren. Ich habe Enzo auf einer Pressekonferenz kennengelernt – und fand ihn einfach sehr nett. Er kann nämlich richtig charmant sein, wenn er was von einem will. Na ja, jedenfalls …«

»Ich glaube, ich kann es mir denken.«

»Mit dem schlimmsten Presseheini von ganz Mittelitalien. Ich kann es immer noch nicht fassen. Er ist …«

Luca sah sie mitleidig an. »Du bist sehr streng mit dir, oder?«

»Ich bin so zu mir, wie ich wohl auch zu anderen Menschen bin, das ist doch nur fair.«

»Ich weiß nicht …« Der Commissario biss sich auf die Zähne und befahl sich zu schweigen. Das hier ging ihn nichts an. Und so, wie Aurora nun aus dem Fenster sah, hatte sie wohl auch das Gefühl, zu viel gesagt zu haben, dachte er. Er räusperte sich.

»Diese Geschichte mit Ugento: Wir müssen dahin, oder?«

»Die Drohungen und dann der Mann, der vorfährt und das Geschäft kaufen will – na klar müssen wir dahin. Für so eine Geschichte … würde Enzo morden.«

»Na, dann hätten wir immerhin einen klaren Täter.«

Das Klingeln seines Telefons unterbrach sie. Er nahm das Gespräch an und lenkte den Wagen mit einer Hand. »*Pronto?*«

»Hier ist Chiara … äh … Dottoressa Chigi.« Er sah sie quasi durch den Hörer lächeln und spürte, wie ihm auf einmal ganz warm wurde.

»Hallo, guten Morgen, Dottoressa.« Luca bemühte sich, nur nach vorne auf die Straße zu sehen, weil er Auroras neugierigen Blick auf sich spürte. »Geht's Ihnen gut?«

»Ja, bestens. Hören Sie, Commissario, können Sie so bald wie möglich bei mir vorbeikommen?«

Er wunderte sich über die aufgeregte Dringlichkeit, die in ihrer Stimme lag.

»Hm, leider ist es gerade ungünstig, ich bin auf dem Weg nach Siena ins Krankenhaus. Was gibt es denn?« Er sah auf die Uhr. »Ich könnte heute Nachmittag …«

Doch da unterbrach sie ihn schon. »Ich habe mir die Unterlagen von damals angesehen. Von dem Morgen nach Renzos Schlaganfall. Mein Vorgänger, Dottore Alberti, war ja damals als behandelnder Mediziner der Erste am Fundort. Und er hat etwas notiert, was im Krankenhaus dann irgendwie untergegangen ist.

Er hat mir damals alle seine Akten übergeben. Aber es ist besser, wenn Sie zu mir kommen. Wann können Sie denn heute Nachmittag hier sein?«

»Ich versuche es so früh wie möglich zu schaffen. Wie lange haben Sie heute Sprechstunde?«

»Donnerstag den ganzen Tag. Man merkt, dass Sie nie krank sind, Commissario.«

Wieder dieses leichte Lachen.

»*A dopo*, Dottoressa.«

»*A dopo*, Commissario.«

»Was Wichtiges?«

»Nicht in unserer Sache, denke ich«, sagte Luca. Eine Notlüge, denn irgendwie wollte er vor sich selbst noch nicht zugeben, dass er die beiden Angelegenheiten längst in Verbindung brachte.

Sie fuhren die sanfte Anhöhe hinauf, die in die Stadt führte, doch bevor sie das historische Zentrum erreichten, bog Luca nach rechts ab und fuhr entlang der äußeren Wohnviertel auf den riesigen Block zu, ein Hochhaus mit unzähligen Flügeln, verputzt in Rot und Weiß, das so monströs aussah, dass Luca sich seit Jahren fragte, wie man in dieser Atmosphäre gesund werden sollte. Wie konnte eine so herrliche Stadt wie Siena, die mit ihren mittelalterlichen roten Gebäuden und Türmchen und weiten Plätzen grandiose Geschichte atmete wie kaum eine andere Stadt Italiens, wie konnte also so eine Stadt ein so hässliches Krankenhaus haben? Er verstand es jedenfalls nicht.

Kurz vor der Einfahrt ins Ospedale auf der Viale Mario Bracci passierte Luca rechts den Metallzaun, den das Schild mit der Aufschrift *Carabinieri* überspannte. Das dreistöckige Reich von Capitano Stranieri war ein im Kontrast überraschend moderner und einladender Bau.

Sie parkten neben den abgestellten Einsatzwagen, als der

Soldat schon in voller Montur auf sie zutrat – auch heute war die Uniform perfekt gebügelt, und die Mütze mit der stilisierten Granate im Logo saß perfekt. Die Carabinieri waren der Inbegriff militärischen Schneids. Und doch mochte Luca den Leiter der Einheit hier in der südlichen Toskana gerade deshalb, weil er seinem strengen äußeren Erscheinungsbild zum Trotz so freundlich und wenig förmlich war. So wie heute. Rasch reichte er den beiden Polizisten die Hand und sagte:

»Na, dann kommen Sie mal. Wir haben die beiden Tatorte hier zusammengeführt. Aber den Kracher, den werden Sie nicht kommen sehen.«

Er wies die kleine Treppe hinauf und hinein in das Gebäude, in dem es nach Sichtbeton roch und nach Unmengen alten Papiers. Und richtig, in den Büros entlang der breiten Fensterfront sah Luca viele bereits vergilbende Aktenberge. Die Digitalisierung war in den Bürostuben der Ämter und Behörden ein weitestgehend unbekannter Vorgang, Italiens Bürokratie war immer noch ein einziger großer Papierhaufen, und was hier nicht schwarz auf weiß stand, existierte schlichtweg nicht.

Stranieri führte sie in den Keller, wo die technischen Einheiten ihre Büros hatten. Es sah aus wie in der Gerichtsmedizin, ein langer Gang mit stählernen Türen, alles war einbruchssicher, denn hier lagerte auch der Fundus von beschlagnahmten Waffen und Drogenfunden. Wem es gelang, trotz der Sicherheitsvorkehrungen hier einzubrechen, auf den warteten illegale Waren von sicher sechsstelligem Wert. Am Ende des Flurs stand eine Tür offen, der Capitano führte sie hinein und stellte sie einem jungen Mann mit Hornbrille vor, der keine Uniform trug, sondern nur T-Shirt und Jeans. Seine Haut sah nicht so aus, als würde er jemals vor Anbruch der Nacht aus diesem Keller kommen.

»Das ist Appuntato Bollini, und hier haben wir die Vice-Questora der Polizia di Stato aus Florenz und meinen lieben Freund, Commissario Luca. Na, dann erzählen Sie mal, Oberstabsgefreiter.«

Appuntato, *Oberstabsgefreiter* – sie liebten die großen Gesten und die Rangnamen beim Militär.

»Womit fangen wir an?«, fragte der junge Mann, und es klang reichlich rhetorisch, wobei seine Stimme tiefer war, als Luca erwartet hatte. Sie standen vor dem Rucksack und dessen nun ausgepacktem Inhalt. Die Banane, die schon reichlich braune Stellen hatte. Die Packung mit der Munition. Kaugummis der Marke Wrigley's. Und das Buch, nun lag der Titel offen nach oben: *Hilfe, das Volk kommt!* von Dario Fo.

Merkwürdige Lektüre für einen Mörder, dachte Luca.

»Na, dann beginnen wir mal mit dem Kirchturm. Sie hatten recht, die Schussbahn hat zweifelsfrei hier ihren Anfang genommen. Wir haben die OP-Akten des Krankenhauses eingesehen: Die Einschusswunde verlief eindeutig von oben nach unten, der Winkel stimmt perfekt. Was allerdings merkwürdig war: Keine der Sachen wies irgendwelche Fingerabdrücke oder DNA auf.«

»Keine?«, fragte Luca. »Das ist ja wirklich ein Kracher.«

»Nein, weder der Rucksack noch alle Gegenstände, die darin waren.«

»Und die Zigarette?«

Der junge Mann schüttelte den Kopf.

»Aber wie soll das denn bitte möglich sein?«, fragte die Vice-Questora entgeistert. »Wenn jemand eine Zigarette raucht, dann schafft er es doch nicht, die DNA ganz abzuwischen, die sich am Filter gesammelt hat.«

Bollini zuckte die Schultern. »Genau. Die Zigarette wurde auch nicht geraucht.«

Die ratlosen Gesichter der Polizisten schienen ihn regelrecht zu freuen.

»Dieser Tatort ist ein derart gut zubereiteter, dass er quasi von einem Sternekoch stammen könnte. Alles sollte so wirken, als hätte hier ein nervöser Killer auf der Lauer gelegen, nur um uns zu verwirren. Aber alle Spuren sind verwischt. Es ist also inszeniert gewesen bis ins kleinste Detail.«

»Verrückt«, sagte Luca.

»Aber Sie irren, wenn Sie denken, dass das bereits der Kracher war.«

Er ging zu einem anderen Tisch. Darauf stand nur eine Schale, darin etwas kleines Goldenes, das der Commissario sofort erkannte. Allerdings musste er die Stirn runzeln, als er genauer hinsah. Wie konnte das sein?

»Nun kommen wir zum Olivenhain«, fuhr Bollini fort. »Wir haben nach Fahrzeugspuren gesucht, weil der Täter ja irgendwie ankommen musste. Leider haben wir nichts gefunden, nur die Spuren Ihres Wagens, Commissario, und andere Reifenspuren, die zum letzten Haus in der Sackgasse führen. Keine Fahrzeuge, die irgendwo hielten und länger standen.«

»Das wäre ja sicher auch den Goris aufgefallen. Oder mir. Ich war ja schon lange dort oben«, sagte Luca.

»Stattdessen also glauben wir, dass der Täter aus nördlicher Richtung in den Hain gelaufen kam. Es gibt dort, wo keine Olivenbäume mehr stehen, eine dichtere Bepflanzung, und da ist etliches niedergetrampelt, wie wir feststellen mussten. Ein Mann, denken wir, schwere Stiefel. Die Schäden waren neu – die Pflanzen hätten sich sonst bei einem Regen wie dem vor drei Tagen wieder aufgerichtet.«

»Aber wenn der Mann von dort hinten kam, wieso hat er dann erst da geschossen, wo das Gewehr lag?«, fragte die Vice-Questora.

»Eben, Signora«, sagte Bollini, »das hat er nicht.«

»Wie?«

»Das hier ist die Kugel, die heute Nacht aus dem Ospedale zu uns gebracht wurde. Sehen Sie ...«

Er wies auf das goldene Objekt in der Schale.

»Das ist keine .243 Winchester«, sagte Luca und begann langsam zu verstehen. »Das ist eine Neunmillimeterkugel.«

»Genau. Abgefeuert aus einer kleinen Beretta oder einer Steyr. Die Munition ist nämlich aus Österreich, da wäre eine österreichische Waffe plausibel.«

»Davide Garaviglia wurde also wirklich mit einer Pistole angeschossen?«

Der junge Mann nickte. »Und zwar aus nächster Nähe in den Rücken. Die Kugel ging vorne wieder raus. Es ist wirklich ein Wunder, dass er noch lebt.«

»Verdammt. Aber was soll dann die Sache mit dem Gewehr?«

»Da muss ich passen. Und bin sehr froh, dass Sie es herausfinden müssen und nicht ich.«

»Ist das Gewehr denn feuerfähig?«

»Das untersuchen wir nachher auf dem Schießstand«, sagte Stranieri, der bisher geschwiegen hatte. »Wir waren so überrascht von dieser anderen Kugel, dass wir uns darauf noch nicht konzentrieren konnten. In jedem Fall haben wir bisher keine Fingerabdrücke auf dem Gewehr gefunden. So sauber wie der Kirchturm. Und von der Pistole fehlt jede Spur.«

»Ein Fall voller Rätsel«, sagte die Vice-Questora und verschränkte die Arme.

»Wir sollten wirklich mit Davide reden«, ergänzte Luca, »denn wenn mir jemand mit 'ner Knarre in den Rücken schießt, dann sollte ich doch zumindest eine Ahnung haben, wer das war.«

»Sie informieren uns wegen des Gewehres, Capitano?«

»Selbstverständlich, Vice-Questora. Brauchen Sie heute Nacht Verstärkung in Montegiardino?«

»Das wäre sicher nicht schlecht. Vielleicht machen wir zwei Straßensperren – und eine Hundertschaft in Bereitschaft?«

»Ich rufe in Florenz an und frage, wie viel Mann sie schicken können. Aber ich bin jederzeit bereit.«

»Danke Ihnen, Capitano«, sagte Luca verbindlich und streckte dem Hauptmann seine Hand hin, der sie nahm und fest drückte.

»Wir finden selber raus«, sagte die Vice-Questora, und schon waren sie wieder im leuchtenden Tag, und Luca spürte, wie froh er war, seine Arbeitstage eben nicht in einem Büro oder einem solchen Keller verbringen zu müssen, sondern draußen, an der frischen Luft sein zu können, unter dem sonnigen Himmel seines Montegiardino. Sie fuhren die letzten dreihundert Meter zum Krankenhaus schweigend, dann ließen sie sich von der Empfangsdame den Weg hinauf zur Chirurgie weisen.

Die Intensivstation hatte Davide noch in der Nacht verlassen. Das Zimmer des jungen Mannes lag in der sechsten Etage, der Carabiniere vor der Tür markierte es eindeutig. Als sie eintraten, schlief Davide, eine dünne Decke lag über ihm, durch das halb geöffnete Fenster drang der Wind herein und machte ein zischendes Geräusch. Dazu kam das Piepen der Maschinen, der Monitor rechts vom Bett zog die banalen Linien, die zwischen Leben und Tod unterschieden. Dazu die Zahlen, Blutdruck, Puls, Sauerstoff. Luca zog sich den Stuhl heran und berührte sanft Davides Hand. Es dauerte mehrere Minuten, bis leichte Regung in den jungen Olivenbauern kam und er die Augen aufschlug.

»Oh, Commissario«, sagte er, und sein verzerrtes Lächeln zeigte, dass er noch immer Schmerzen hatte.

»Wie geht es Ihnen?«

»Puh, Leben auf dem Land ist echt ein Abenteuer.«

»Sie haben da die absolute Ausnahme erlebt, das zumindest kann ich Ihnen versprechen, Davide«, sagte Luca und lächelte aufmunternd.

»Wir waren eben bei Ihrer Freundin«, sagte Aurora, »sie kommt nachher sicher wieder zu ihnen.«

»Geht es ihr gut?«

»Ihr geht es gut, aber sie sorgt sich natürlich«, antwortete Luca. »Haben Sie Erinnerungen an die Tatnacht?«

Davide schüttelte den Kopf. »Ich bemühe mich, seitdem ich hier aufgewacht bin. Aber da ist nichts. Es ist alles weg.« Er sah aus dem Fenster, dann betrachtete er wieder Luca. »Ich weiß noch, dass ... dass wir miteinander gesprochen haben, Commissario, dann hab ich Sara einen Kuss gegeben und bin hoch in den Hain – und dann ... ist alles dunkel. Verdammt ... Man hat mir in den Rücken geschossen.«

»Ja. Mit einer Pistole«, sagte Aurora unverblümt, und Luca sorgte sich, dass sie jetzt ihre alte Verhörmethode wieder aufnahm. Aber sie sprach recht freundlich weiter. »Haben Sie dafür irgendeine Erklärung?«

»Ich habe keine Feinde, wenn Sie das meinen.«

»Konkurrenten?«

»Wir? Wir sind doch winzig. Das ist doch ... lachhaft«, sagte er und wollte tatsächlich auflachen, doch dann fasste er sich an den Bauch, der Schmerz durchzuckte ihn. »Klar, wir wollen wachsen. Aber wir sind doch so was von keine Gefahr für irgendwen.«

»Kennen Sie einen Salvatore Ugento?«

»Wen?«

Aurora Mair wiederholte den Namen: »Salvatore Ugento.«

Davide überlegte. »Ich ... habe den Namen schon mal im Internet gelesen, denke ich. Als ich mich mit den großen Namen im Business beschäftigt habe und mit den verschiedenen Produktionsarten. Aber ich hab ihn noch nie getroffen, nein. Meinen Sie denn den? Den Chef von Tos... Ich hab den Namen der Marke vergessen.«

»Toscolio. Ganz genau, den meinen wir.«

»Was ist mit ihm?«

»Hat er versucht, Ihnen ein Angebot für Ihren Hof zu machen?«

»Was?« Davide sah die Vice-Questora so fassungslos an, dass er nicht hätte weiterreden brauchen. »Nein, natürlich nicht. Warum sollte er das tun? Er besitzt dreihundertmal mehr Land als wir. Und kauft zusätzlich die Oliven vieler Dutzend Bauern auf, dort, wo er sitzt.«

»Sie haben einen Drohbrief an der Tür gehabt ...«

»Aber das war doch Nonsens – oder ... Meinen Sie, das war ernst gemeint?«

»Wir wissen es nicht, Signore Garaviglia. Wir wissen nur, dass Sie jetzt hier liegen. Wir müssen alle Möglichkeiten in Betracht ziehen. Und wenn Sie nicht gerade in Mailand einem Drogendealer noch zehntausend Euro schulden oder hinterrücks jemand mit dessen Frau betrogen haben, liegt der Grund dafür vermutlich in der näheren Umgebung, meinen Sie nicht?«

»Sie sind ja reizend, Signora.«

»Danke. Wenn Ihnen etwas einfällt, sagen Sie es dem Carabiniere vor der Tür. Wir kommen dann.«

»Das war es schon?« Davide war überrascht.

»Sie wissen nicht, was passiert ist, und Sie wissen nicht, wer Ihnen nach dem Leben trachtet – was soll ich Sie noch fragen?«

Der junge Mann sah hilfesuchend zu Luca.

»Werd schnell gesund«, sagte der Commissario verbindlich. »Sara wartet auf dich, damit ihr die Ernte machen könnt. Und wir finden inzwischen den Täter, einverstanden?«

»Danke, Commissario.«

16

»Wissen Sie, worüber ich wirklich froh bin? Dass ich nicht immer zu allen Menschen so verdammt freundlich sein muss wie Sie. Ich reise irgendwohin, nehme alles auseinander, und dann bin ich wieder weg. Sie können nie verbrannte Erde hinterlassen, weil Sie ja abends immer wieder in Ihr Städtchen müssen.«

»Sie können sich nicht mal vorstellen, dass es genau das ist, was mir daran gefällt, oder?«

»Schwer, Luca, ehrlich gesagt wirklich nur schwer.«

»Na, ich freue mich darauf, mit Ihnen jetzt mal zu jemandem zu fahren, an dem mir tatsächlich gar nichts liegt. Dann kann ich die Vice-Questora mal in wilder Manier erleben, ohne ständig zusammenzuzucken.«

»Du vergisst immer wieder das *Du*.«

»Ich pack es eben nicht, wenn *du* so bissig bist. Das ist einfach eine andere Person.«

»Hm, na gut. Also, dann fahren wir jetzt zu Ugento? Musst du nicht langsam die Esel füttern?«

Luca grinste sie an, als sie den Wagen anließ. Das Steuer gehörte wieder ihr. »Emma hat heute nur fünf Stunden. Sie fährt nach der Schule hinauf auf den Berg und macht das dann zusammen mit ihrer Freundin.«

»Na dann, Feuer frei!«

Aurora ließ die Räder durchdrehen und hetzte den Lancia den Berg hinab, hinaus aus Siena und dann immer weiter südlich auf die Bergstraßen. Bald erreichten sie die Region von Grosseto, an der Küstenlinie bekannt als Maremma. Hier wandten sie sich eher südöstlich, passierten Montalcino und fuhren an der wunderschönen Abtei Sant'Antimo vorbei, die aus Travertin errichtet war und inmitten dieser recht kargen Landschaft besonders eindrucksvoll auf die Macht der Kirche hinwies. Denn hier, so weit südlich von Siena, war die Schönheit der Zypressenalleen nicht mehr so allgegenwärtig, hier war das Land, das vor allem landwirtschaftlich genutzt wurde, weitestgehend flach und seine Stichstraßen gerade. Felder wechselten sich ab mit großen und penibel abgesteckten Olivenalleen.

Eine ganze Weile hatten sie beide geschwiegen, nun sagte Luca leise:

»Es passt doch alles gar nicht zusammen. Wegen des Gewehrs habe ich gedacht, es sei irgendeine alte Geschichte, die hinter alldem steckt – aber nun ist es eine Pistole?« Er kratzte sich am Kopf. »Wer schießt denn auf einen Bauern mit einer Pistole?«

»Kopfgeldjäger? Ein Killer?«

»Genau. Es ist so unwahrscheinlich, wie es klingt. Und es ergibt keinen Sinn.«

»Außer es geht um etwas ganz Großes.«

»Sie wollen mir einreden, es geht um die …«

Das M-Wort nahm kein Polizist in Italien ohne Grund in den Mund – das war auch gar nicht nötig. Es schwebte auch unausgesprochen in aller Eindeutigkeit durch den dahinrasenden Wagen.

»Ich bin in Italien bisher nicht viel weiter südlich gekommen als hierher. Und ich habe dennoch selbst in Südtirol mehr Mafiaverbrechen gesehen, als ich jemals für möglich gehalten hätte.«

»Na, dann sind wir hier ja auf dem richtigen Weg«, sagte Luca und zeigte auf den Ortsanzeiger am Straßenrand. Fünfzig Kilometer weiter würden sie Viterbo erreichen, die Stadt, die schon im Latium lag und damit deutlich näher an Rom als an Florenz. Kaum ein Bewohner der Toskana überquerte die Grenze ins Lazio gerne – schließlich fuhr man damit in den südlichen Teil Italiens, den sie *Mezzogiorno* nannten und der im Norden als der arme und übersubventionierte Teil des Landes gerne von oben herab betrachtet wurde. Weit führte ihr Weg sie aber nicht hinein: Das überdimensionale Werbeschild mit der Aufschrift *Toscolio* wies mit großem Pfeil nach rechts, obwohl die riesige Fabrik ohnehin unübersehbar war. Es war eine Halle von gewaltigem Ausmaß, sicher zwanzig Meter hoch und hundert oder hundertfünfzig Meter lang und fensterlos. Daran grenzte ein Flachbau, der eine einzige große Fensterfront hatte. Das Logo mit dem Namen der Firma prangte auf dem Gebäude, das Logo, das auch auf den Ölflaschen im Supermarkt klebte, ein Löwe mit einer Olive in der Pranke – es waren die Flaschen, die in den unteren Regalen standen, niedrigpreisig, niedrig im Ansehen, das Öl für den kleinen Mann. Aurora reihte sich in die Schlange von drei Lkws ein, die an einer Schranke darauf warteten, eingelassen zu werden. Nach wenigen Minuten hatte sie der Wärter mit einem Blick auf den Ausweis der Vice-Questora durchgewinkt, und sie hielt vor dem Flachbau mit der Aufschrift *Ufficio*.

Sie marschierten schnurstracks hinein, die Metalltür schwang auf, und sie standen in einem großen Büro, in dem der Zigarettenrauch in der Luft hing, als befände man sich noch in den achtziger Jahren. Die junge Frau am Telefon hielt die Zigarette zwischen zwei rot lackierten Fingern und sah nur kurz auf, während sie in gebrochenem Italienisch in den Hörer sprach. Luca spürte, wie Aurora immer unruhiger wurde, sie konnte sich nur mühsam beherrschen. Endlich legte die Frau auf. Die Vice-Questora zog ihren Ausweis und die Marke aus der Brieftasche.

»Polizia di Stato. Wir besuchen Signore Ugento.«

»Mit welchem Anliegen?«

»Das sagen wir ihm gerne selbst.«

»*Un attimo.*«

Sie wählte eine kurze Nummer, dann sagte sie leise: »Komm mal.«

Es dauerte noch etwa eine Minute, dann kam ein großer, schlanker Mann in einem grauen Tweedsakko nach vorne in das Büro. Er strahlte große Ungeduld aus und wollte gerade unbeherrscht losfauchen, doch dann sah er die Vice-Questora und verstand offenbar intuitiv, dass sie eine Amtsperson war. Seine Miene wurde ausdruckslos, und doch spürte Luca bei ihm ein Gefühl von Beklommenheit. Obwohl es immer schwierig auseinanderzuhalten war, was denn nun wirkliche Sorge vor Entdeckung war und was nur der normale Respekt vor der Polizei.

»Vice-Questora Mair aus Florenz, mein Kollege Commissario Luca. Signore Ugento?«

»*Sì?*«

»Wir würden gern mit Ihnen sprechen.«

»Hier?«

Aurora warf einen Seitenblick auf die Frau am Schreibtisch, die interessiert jedes Wort aufnahm.

»Vielleicht woanders?«

»Ja, kommen Sie. Aber … es ist viel Betrieb.«

Er ging voran, und Luca versuchte ihn einzuschätzen. Dieser Salvatore Ugento war ein stattlicher Mann, groß und sportlich, sein Haar war grau, fast weiß, und doch schien er noch nicht sehr alt zu sein, vielleicht Ende vierzig, Anfang fünfzig. In seinen schlaksigen Bewegungen und in seiner Gestalt lag eine gewisse Nachlässigkeit, so als wisse er genau um seine Wirkung – und seinen Status – und als sei er sich sicher, nicht mehr nachhelfen zu müssen, etwa mit einer teuren Uhr oder einem besonders eleganten Anzug, um seinen Auftritt zu betonen. Dieser Mann war mit einem Status geboren und hatte Geld, er konnte sich diese Nachlässigkeit leisten – und auch dieses Tweedjackett mit dem kleinen Flicken auf dem Ärmel.

Salvatore Ugento führte sie aus dem Büro durch eine Tür in eine Richtung, in der es statt immer ruhiger immer lauter wurde. Sie durchschritten einen langen Gang, und dann fanden sich die beiden Polizisten in einer riesigen Halle wieder, der Halle, die sie von draußen gesehen hatten.

Es war ohrenbetäubend laut, riesige Maschinen arbeiteten, unzählige Männer und Frauen liefen hin und her, und im Hintergrund rüttelte und rührte es. Der Geruch, der in der Luft lag, war erdig und markant – es war keine Frage, was hier produziert wurde, die Halle war getränkt vom scharfen Geruch der Oliven. Nicht unangenehm, überhaupt nicht, nur in dieser Konzentration sehr ungewohnt.

»So, hier wird uns wirklich niemand hören, also, was möchten Sie?«

Er schien wirklich überrascht zu sein, dass sie hier waren, dachte Luca. Er seinerseits war überrascht davon, wie viel in dieser Halle los war, weil es auf den kleinen Olivenhöfen in Montegiardino zu dieser Jahreszeit noch ziemlich ruhig zuging. Ugento schien seinen Blick auf die riesigen Kisten voller hellgrüner Oliven zu bemerken, die eben von einem kleinen Mann mit sonnengegerbter Haut vorbeigeschoben wurde.

»Noch gar keine Erntezeit, denken Sie, oder, Commissario?«

»Zumindest nicht hier in der Toskana«, antwortete Luca.

»Da haben Sie ganz recht«, sagte Ugento und wies den Weg zu einer großen Maschine. »Aber die Kunden warten nicht, und wir haben so große Absatzmengen in den Supermärkten hierzulande, außerdem in Deutschland, in Österreich und in Skandinavien, das können wir nicht alles mit der Produktion des letzten Winters bedienen, dafür bräuchten wir etliche Hallen mehr. Wir müssen beinahe das ganze Jahr produzieren, um unsere Nachfrage zu befriedigen. Deshalb kaufen wir auch ganzjährig Oliven ein, immer dort, wo sie gerade zur Reife gelangen. Diese hier, die nun Ende August reif sind, stammen aus Nordafrika.« Er griff sich eine Handvoll aus einer Kiste und gab jeweils eine davon der Vice-Questora und Luca. Der Commissario roch an ihr und biss hinein. Er verzog das Gesicht, weil sie ziemlich säuerlich und ansonsten erstaunlich aromafrei schmeckte. Ugento nickte wissend. »Ja, die stammen aus dem südlichen Marokko. Ich weiß nicht, welche Baumsorte sie dort haben, aber es muss eine sein, die mit erstaunlich wenig Wasser auskommt. Das Ergebnis ist leider, dass sie auch genauso wenig Aroma haben, kein Vergleich zur hiesigen Ernte.«

»Sie sind stolz auf schlechte Qualität?«, fragte die Vice-Questora. Der Produzent öffnete seine Hände, als ergäbe er sich.

»Was soll ich sagen, Signora? Ich bin bloß ehrlich. Ich kann nur das herstellen, was der Markt bezahlt – und wenn ich zu dieser Jahreszeit Oliven brauche, dann kommen die eben aus Marokko. Im Übrigen: In Deutschland hauen die Leute Motoröl in ihren Daimler, das vierzig Euro pro Liter kostet – aber beim Olivenöl, das ihren Bauch schmiert, rümpfen sie die Nase, wenn es über fünf Euro pro Liter kostet. Was soll man dazu sagen? Meinen Sie, dass ich da natives kalt gepresstes Öl aus San Gimignano anbieten kann? Vergessen Sie es.« Er machte eine Pause und warf die restlichen Oliven in seiner Hand wieder in die Kiste. »Nehmen Sie es mir nicht übel. Ich hoffe ja, dass sich das irgendwann ändert, diese Geiz-ist-geil-Mentalität. So langsam bewegt sich was, auch in den großen Importländern – aber noch ist das günstige Öl gefragt, weil ja auch nicht jeder so viel verdient wie Sie beide.«

»Ich lache, wenn ich mal Zeit dazu habe, Signore Ugento«, sagte die Vice-Questora trocken.

Luca war in Sorge, dass seine Kollegin den Olivenproduzenten zu sehr in die Zange nahm; gleichzeitig konnte er sich gar nicht recht auf das Gespräch konzentrieren, weil seine Aufmerksamkeit von der Hektik und Arbeitsamkeit in der Halle gefesselt war. Er konnte sich nicht erinnern, dem Produktionsprozess solch gewaltiger Mengen von Olivenöl jemals so nah gewesen zu sein.

Dort links war eine riesige Schütte, auf die zwei kräftige Männer gerade eine Kiste voller Oliven wuchteten, die sicher hundert Kilo schwer war. Zehntausende grüne Früchte prallten auf das Rollband und wurden mit großem Lärm durchgerüttelt. Luca kannte das, es war die Massenproduktionsvariante der einfachsten bäuerlichen Arbeit, bei der es galt, die Oliven von großen Zweigen und allerhand Blättern zu befreien, ohne sich dabei die Hände schmutzig zu machen. Einige Meter weiter rasten die Oliven durch aufgesprühtes Wasser, die Waschung von Schmutz und Staub, und dann fielen all die Früchte in einen riesigen Bottich, der sich unter lautem Kreischen schloss.

»Wir mahlen nicht mehr mit Mühlsteinen wie früher, sondern mit metallischen Pressen«, erklärte Ugento, der Lucas Blick gefolgt war.

»Die Kerne bleiben drin?«, fragte die Vice-Questora.

»Sie kommen nicht aus einer Olivenölregion, oder, Signora?«

»Nein, aus einer Spinatknödelregion«, antwortete Lucas Kollegin.

»Oh, das Alto Adige. Auch schön. Aber ja doch, Signora, Olivenöl wird immer mit den Kernen gepresst! Wenn ich noch Leute anstelle, die wie bei Kirschen die Kerne entfernen, dann bin ich pleite, bevor die erste Flasche gefüllt ist. So wie jeder traditionelle Bauer. Dort geht es übrigens weiter, kommen Sie, wir arbeiten hier im Schichtbetrieb, alle Gewerke gleichzeitig.«

Er führte sie zu einer riesigen Maschine und hob den Deckel an. Hier wurde der Geruch nach Oliven noch konzentrierter, und die beiden Polizisten sahen auch, warum: Eine hellgrüne Masse aus zermahlenen Oliven, eine fast trockene Maische, wurde von großen Knetwerken durchgemalmt, der Brei wurde immer zarter und schließlich in eine andere große Maschine geleitet.

»Die Zentrifuge«, sagte Ugento. »Die können wir leider nicht öffnen, weil hier die Flüssigkeit von der festen Maische getrennt wird. Es muss alles ganz schnell gehen, kommt nur ein bisschen Sauerstoff ans Öl oder dauert alles zu lange, dann oxidiert es – und schmeckt so ranzig, dass selbst die Schweden es nicht mehr essen wollen.« Ugento lachte ein beißendes Lachen. »Nur noch kaltes Wasser dazu, und dann haben wir es schon fast. Nun dauert es in diesen Tanks dort nur noch einige Wochen, dann haben sich die Trübstoffe abgesetzt, und wir können abfüllen. Dort hinten füllen wir derzeit die Öle ab, die wir vor drei Monaten aus Oliven gepresst haben, die wir aus …«, er überlegte, »… ich glaube, irgendwo auf dem Balkan gekauft haben.«

»Dort, wo die Vogelmörder leben?«

»Nun haben wir aber alle Klischees beisammen, nicht wahr, Signora?«

»Ich habe es letztens erst wieder gelesen, wie viele Millionen Vögel sterben, weil die Bauern von riesigen Hainen ihre Oliven mit dem Sauger ernten, der dann gleich noch Hunderte Finken, Stare und Drosseln mit einsaugt und sie einen Kopf kürzer macht, ist es nicht so?«

»Lebensmittelproduktion im größeren Stil ist für Tiere nie gut, Signora. So ist es eben, und jeder weiß das.«

»Die Bauern in Montegiardino schaffen es aber ohne Tierquälerei, und das wissen Sie, Signore Ugento. Ist das der Grund, warum Sie sich für die Höfe dort interessieren?«

Der Blick des Produzenten veränderte sich, seine Augen wurden schmaler, und er trat ein paar Zentimeter zurück.

»Sie kommen wegen Montegiardino. Ja, das ist interessant.«

»Was meinen Sie damit, Signore?«

»Nein, ehrlich gesagt meine ich, dass Sie jetzt dran sind. Ich habe Ihnen meine Tür geöffnet und Ihnen alles gezeigt, ohne ein Blatt vor den Mund zu nehmen. Wenn Sie mir die Guardia di Finanza schicken wollen, sehr gerne – die Arbeiter aus Rumänien sind alle angemeldet. Also, was wollen Sie von mir?«

Die Art, wie Ugento sprach, hatte sich verändert, und zwar fundamental. Es schien, als sei er nun zutiefst auf der Hut.

»Sie wollen mindestens einen der drei Höfe in Montegiardino kaufen. Also: Was wollen Sie damit?«

»Ich glaube, ich verstehe nicht recht, Signora. Also, natürlich suchen wir immer gute Gelegenheiten, Höfe für unser Öl zu kaufen. Preisgünstige Höfe, versteht sich, weil sie zu unseren Margen produzieren müssen. Nobelolivenöl können wir nicht herstellen, also brauchen wir auch keine Biooliven. Aber ja, mehr Flächen sind immer gut, insbesondere wenn sie aus einem guten Anbaugebiet stammen, das uns ein Siegel gibt, mit dem wir die Flaschen teurer verkaufen können.«

»Sie meinen, ein DOP-Siegel, wie die Goris in Montegiardino es haben?«

»Ich kenne diesen Namen nur vom Hörensagen. Aber ja, ein DOP-Siegel ist wie eine Freikarte für hohe Preise.«

»Erklären Sie uns das.«

»Ein Öl, das dieses *Denominazione di Origine Protetta*-Siegel trägt, wurde aus hiesigen regionalen Oliven produziert, und jeder Produktionsschritt, von der Ernte bis zur Abfüllung, erfolgte auch in der Region. Das ist ein Qualitätsmerkmal. Es gibt dann diesen hübschen gelb-roten Aufkleber für die geschützte Ursprungsbezeichnung. Die Deutschen zum Beispiel, die lieben Siegel. Für so ein Öl zahlen die auch schon mal zehn oder zwölf Euro pro halben Liter. Dann lohnt es sich.«

»Und so ein Hof fehlt Ihnen also noch für Ihre Firma?«

Ugento sah zwischen den beiden Polizisten hin und her.

»Was soll das? Ja, es stimmt, so einen Hof habe ich nicht. Aber ich habe auch nicht wirklich versucht, einen zu kriegen.«

»Was heißt denn das schon wieder? Wir haben die Aussage einer Familie in Montegiardino, dass Sie dort waren, um ihren Hof zu kaufen. Sie wurden eindeutig wiedererkannt.«

»Sie …«, Ugento schüttelte den Kopf, »… Sie verstehen das nicht. Ich verstehe es selber ja nicht. Ich war auf einer Sitzung im Ausschuss der Ölproduzenten, das ist dort wie beim Friseur. Da wird mit Gerüchten nur so um sich geschlagen. Irgendwer hat erzählt, es gebe einen DOP-Hof, der aufgegeben werden sollte, dort, in Montegiardino. Ich habe mir, als ich wieder hier war, das Register angesehen und festgestellt, dass es ja sowieso nur zwei aktive Höfe gab, geführt von je einer Familie. Weil der alte Signore Pellegrini, den ich seit vielen Jahren kannte, nach seinem Schlaganfall nicht mehr gearbeitet hat. Da habe ich gedacht, ich seh mir das mal an.«

»Wer hat Ihnen von dem Verkauf erzählt?«

»Wie gesagt: Das ist auf diesen Sitzungen wie beim Friseur. Eine einzige große Gerüchteküche, aber wenig Belastbares. Ich erinnere mich nicht.«

»Na, so ein Zufall.«

»Wie bitte?«

»Sie wissen es nicht so genau, brauchen den Hof eigentlich auch nicht, weil er qualitativ zu hochwertig ist, aber fahren trotzdem mal hin.«

»Ich hatte eben Interesse.«

»Nachdem Sie vorher einen Brief geschickt haben?«

»Einen Brief?«

»Einen Brief, in dem Sie darum gebeten haben, dass die Familie ihren Hof verkauft.«

»Das ist doch …«

»Was ist das? Humbug?« Luca hatte nun übernommen, nachdem er Ugentos Unverfrorenheit anfangs ganz unterhaltsam gefunden hatte, nun aber zunehmend genervt war.

»Ich habe keinen Brief geschrieben.«

»Sie vielleicht nicht. Aber ein kleiner Mann aus Kalabrien?«

»Ein …« Ugentos Gesicht wurde rot, aber er war nur kurz laut geworden, um die Maschinen zu übertönen – es war, als wende er viel körperliche Energie auf, um die Kontrolle über sich zu behalten. »Hören Sie, das ist reiner Schwachsinn. Ich habe gehört, was in Montegiardino passiert ist. Die Schüsse. Aber ich habe nichts damit zu tun. Ich bin kein … Ich werde es nicht aussprechen. Wenn Sie was in der Tasche haben gegen mich, dann kommen Sie wieder, aber dann habe ich einen Anwalt da, der Sie alt aussehen lassen wird. Und jetzt gehen Sie.«

»Sie wissen nicht, wer geschossen hat? Nicht nur auf die Goris, sondern auch auf Davide Garaviglia, der ein aufstrebendes Olivenölunternehmen führt, so kreativ, wie es Ihres nie sein könnte?« Aurora Mair ätzte schon wieder mit Worten.

»Nein, ich weiß es nicht. Gehen Sie.«

»Was hat die Familie denn gesagt, als Sie dort vorstellig wurden, um den Hof zu kaufen?«

»Es war alles nur ein Missverständnis. Aber … Ich werde nicht weiter mit Ihnen reden. Gehen Sie.«

»Das werden wir«, sagte Luca. »Ach ja, und weil Sie Signore Pellegrini erwähnten, den alten Olivenölbauern: Ihm geht es besser, er wird demnächst aufwachen. Mal sehen, was er für spannende Geschichten zu erzählen hat.«

Luca drehte sich um, Aurora folgte ihm, und dann gingen sie beide hinaus, und der Commissario pfiff leise vor sich hin, bis sie im Auto die Türen hinter sich schlossen.

»Ein Wespennest«, murmelte Aurora.

»Eines voller Olivenöl«, fügte Luca hinzu.

17

»So«, sagte die Vice-Questora mit einem Blick auf die Uhr des Campanile. »Kurz nach fünf. Wie stehen denn zu dieser Stunde die Chancen, dass der schwerhörige Hotelbesitzer ein Zimmer für mich hat?«

»Deutlich besser als gestern Nacht«, sagte Luca mit einem Grinsen.

»Na, dann werde ich jetzt mal heimisch in Montegiardino, zumindest für eine Nacht.«

»Du glaubst, morgen haben wir den Fall gelöst?«

»Mal nicht den Teufel an die Wand. Hast du noch etwas vor?«

»Ich muss zur Ärztin, ich hatte es ihr versprochen.«

»Ah, die mysteriöse Dottoressa. Na, dann viel Vergnügen, Commissario. Und *buona serata*. Ich werde mich dann wohl oder übel ganz allein auf die Terrasse der Bar setzen und etwas essen, von allen verlassen und vom Wirt vielleicht gar nicht erst bedient.« Sie hatte den Monolog mit vollem Ernst gehalten, aber nun, als sie Lucas besorgtes Gesicht sah, konnte sie nicht mehr an sich halten und prustete los. »Ich werde es mir sehr schön machen, Commissario, keine Sorge. Ich hab genug alte Akten mit, die ich lesen kann. Los, fahren Sie.«

»*Buona notte*, Vice-Quest... Aurora.«

Sie winkte ihm zu, dann verschwand sie in der kleinen Gasse, in der sich die *Albergo Poggoreale* befand, die zu dieser Jahreszeit stets gut gebucht war. Luca hoffte, sie würde ein Zimmer bekommen. Er setzte sich wieder hinter das Steuer und fuhr ein Stück aus dem Ort hinaus und zu dem gedrungenen gelben Haus, an dessen Zaun ein Schild auf die Praxis verwies.

Dottoressa Chiara Chigi stand da und *Medico di base*. Am Morgen war der Parkplatz voller Wagen, die Rentner aus der Umgebung kamen mit dem Auto, während jene aus Montegiardino den Türbereich der Praxis mit ihren Elektrowägelchen, Rollatoren und Gehhilfen vollstellten. Luca hatte das immer nur im Vorbeigehen gesehen – die Dottoressa hatte recht, er war jahrelang nicht mehr aus gesundheitlichen Gründen bei ihr gewesen. Wenn er es sich recht überlegte, noch nie.

Der Eingangsbereich des Hauses war gleichzeitig das Wartezimmer, die Dottoressa hatte das ganze Ensemble von ihrem Vorgänger gekauft und alle Einrichtungsgegenstände so belassen: Die Bewohner des Städtchens hätten es ihr nie verziehen, wenn sie die alten Holzstühle weggeworfen hätte oder die Abbildungen des menschlichen Körpers aus den sechziger Jahren. So konnte man an den Wänden immer noch genau erfahren, wie der Mittelohrknochen auf Latein hieß und warum das Knie besonders anfällig war für Sportverletzungen, und wer es noch genauer wissen wollte, konnte zu dem menschlichen Skelett gehen, das statt einer Grünpflanze neben dem Fenster stand. Es war wie eine Zeitreise in einen Arztfilm aus der Zeit, als Andreotti noch Premierminister von Italien war.

Auf dem einzigen besetzten Stuhl im Warteraum saß die ältere Signora Giusti, eine Witwe, die auf dem Monte Torrini wohnte. Die Sprechstundenhilfe las hinter ihrem Tresen eine Frauenzeitung. In einer halben Stunde würde die Praxis schließen, und wie es schien, hatte die Dottoressa schon fast alle Patienten abgearbeitet.

»Na, das sieht ja nach einem pünktlichen Feierabend aus, liebe Regina«, sagte Luca. Sofort ließ die Frau ihre Zeitschrift fallen.

»Oh, Commissario, so viel Glanz in unserer Hütte. Haben Sie ein Gebrechen? Sie sind doch noch so jung ...« Sie strahlte ihn über ihre Brillenränder fragend an.

»Nein, mir geht es bestens. Ich müsste die Dottoressa sehen, sie hat mich heute Vormittag angerufen.«

»Natürlich, ich werde es ihr gleich sagen, wenn Signore Aleardi hinauskommt. Er ist schon eine Dreiviertelstunde drin.« Sie sagte es mit genervtem Gesichtsausdruck. »Ich glaube, er kommt nur zum Plaudern her.«

»Ach, Regina, wenn wir einmal so alt sind, dann wollen wir sicher auch jemanden zum Plaudern.«

»Also, wenn ich fünf Jahre jünger wär, würde ich Ihnen ja anbieten, mit mir zu plaudern, für immer. Andererseits: Frauen leben ja eh länger, da würde es mit uns beiden perfekt passen.«

»Ich denke drüber nach, Regina, einverstanden?«

»Gut. Und sagen Sie dem Bürgermeister, wenn er eine neue Bürokraft braucht, ich bin bereit. Wissen Sie«, sie begann zu flüstern, »ich fühle mich hier manchmal etwas unterfordert.«

»Ich sag's ihm. Aber dort können Sie nur tippen, hier können Sie sogar Blut abnehmen. Das ist doch was.«

Luca wusste, dass die Art, wie Regina Angelotti Spritzen setzte und Blut abnahm, in ganz Montegiardino berüchtigt war. Die Dottoressa war dazu übergegangen, wenigstens die Kinder der

Stadt selber zu impfen. Emma hatte Luca vor zwei Jahren befohlen, es ihr ans Herz zu legen, nachdem Regina sie bei einer Masernimpfung fast massakriert hatte.

Die Tür zum Sprechzimmer ging knarzend auf, und Signore Aleardi trat so gut gelaunt und lebhaft hinaus, dass Luca ganz überrascht war. Die Dottoressa war wohl tatsächlich ein Jungbrunnen für ihn.

»*Buona serata*«, flötete er, »nächste Woche Dienstag sehen wir uns wieder.«

Regina sah ihm genervt nach. »Signora Giusti, Sie sind dran, gehen Sie rein.« Zu Luca sagte sie: »Sie braucht nur ein neues Rezept für die Rheumamedikamente. Geht ganz schnell.«

Und tatsächlich kam die alte Dame nach zwei Minuten wieder aus dem Sprechzimmer und ließ die Tür offen, in der Sekunden später die Dottoressa erschien.

»Danke, Regina, Sie können gehen, es wird etwas länger dauern.«

»Na, das will ich wohl glauben. Aber nichts tun, was ich nicht auch tun würde, klar, Commissario?«

»Da können Sie in der Tat unbesorgt sein.«

Mit einem gar nicht unbesorgten Blick zurück verließ Regina Aleotti die Praxis, und die Dottoressa sah ihr lächelnd nach. »Ich könnte sie nicht mal rausschmeißen, wenn ich wirklich wollte. Ihre Kündigungsfrist ist mittlerweile so lang, die reicht noch zwei Jahre in die Rente hinein.«

»Ich glaube, Sie würden sie vermissen. Sie ist auf ihre ganz besondere Art unverzichtbar.«

»Ich fürchte, Sie haben recht, Commissario. Also, Feierabend für heute. Gott sei Dank nicht viel los, irgendwas liegt hier in Montegiardino in der Luft. Die Leute werden nie wirklich krank – sie kommen einfach nur zum Reden her.«

»Tja, es ist eines der Städtchen mit der höchsten Lebenserwartung im ganzen Land.«

»Es sei denn, es geschieht ein Verbrechen.«

»Sie machen mich immer neugieriger.«

»Kommen Sie, hier ist es so ungemütlich, gehen wir hinein zu mir.«

Sie führte ihn durchs Sprechzimmer, das genau wie das Wartezimmer noch in dem Einrichtungsstil gehalten war, den Luca aus seiner Kindheit kannte. Die Tür in der Wand führte in den Wohnbereich der Ärztin, und als Luca eintrat, blieb er überrascht stehen. Er war nie hier gewesen, als der alte Dottore noch in dieser Wohnung gelebt hatte, aber mit einem Blick war dem Commissario klar, dass die Inneneinrichtung das Werk der Dottoressa war.

Da stand ein alter gusseiserner Ofen, in dem ein Feuer brannte, zwei Meter davon entfernt ein Sessel, auf dem ein aufgeschlagenes Buch lag, als sei die Ärztin zwischen all den Patienten immer wieder in diesem Raum und würde sich eine Pause am knisternden Kamin gönnen – aber ja: Es musste so sein. Denn auf dem Beistelltischchen neben dem Sessel stand eine Glaskanne mit Tee, die immer noch dampfte. Es war ein überaus klassisch eingerichtetes Zimmer mit modernen Akzenten: Da waren blaue und türkise portugiesische Azulejo-Kacheln an den Wänden, die dem Raum eine südliche Anmutung gaben; vor den großen Fenstern hingen rot karierte Stores, und es gab ein großes Sofa auf Löwenbeinen vor einem hohen weißen Bücherregal. Ein Stilmix, wie ihn nur jemand wagen konnte, der sich auskannte und der wirklich guten Geschmack hatte – und doch wirkte es überhaupt nicht aufgesetzt oder so, als sollten hier vor allem Besucher beeindruckt werden. Es war für sie, nur für sie – und so unbefangen, wie sie sich durch den Raum bewegte, dachte Luca, fragte sie sich keine Sekunde, was er über ihr Wohnzimmer dachte. Und er fühlte sich hier sofort wohl.

»Setzen Sie sich, Commissario, ich hole, was ich gefunden habe.«

Luca legte das Buch beiseite und setzte sich auf den Sessel, den sie ihm angeboten hatte. Chiara Chigi ging zu einem alten Sekretär, der genau vor dem Fenster stand, das hinaus in einen wilden Garten blickte. Da waren Kräuter in einem Beet, Rosmarin, Thymian, Basilikum, überspannt von einem Holzgestell, das mit wildem Wein bepflanzt war. Es war das pure Idyll, mitten in der Stadt.

»Hier«, sagte sie und setzte sich ganz unbefangen zu ihm auf die Lehne, dann beugte sie sich zu ihm, sodass er ihr Parfum nicht mehr aus der Nase bekam, sie roch gut und warm und vertraut und nur ein klein wenig nach Arztpraxis, während er gleichzeitig furchtbar aufgeregt war. Er konnte sich zuerst gar nicht auf das Papier konzentrieren, das sie ihm hinhielt.

»Ich weiß nicht, warum das untergegangen ist. Es lag in der Patientenakte von Renzo Pellegrini. Hier, sehen Sie, das war die letzte Standarduntersuchung, ein Routinecheck. Sein Blutdruck war wunderbar, so als habe er täglich einen halben Liter Olivenöl zu sich genommen, das Herz arbeitete wie bei einem Dreißigjährigen, keinerlei Arterienverkalkungen, die Blutwerte waren auch tipptopp, Das Belastungs-EKG hatte ein Arzt in Siena gemacht und hergeschickt, alles gut, besser als gut.« Sie blätterte in der Akte. »Und hier folgt der Bericht, der erstellt wurde, nachdem Pellegrini aus dem Krankenhaus entlassen worden war in die häusliche Pflege. Die Ärzte in Siena gingen von einem schweren Schlaganfall aus, und so haben sie ihn auch behandelt. Dottore Alberti hat die Diagnose übernommen und den Patienten medikamentös eingestellt, und er hat das gut gemacht, denn Renzo

Pellegrini lebt bis heute ohne größere Organschäden, ohne körperliche Einschränkungen. Obwohl er schon so lange liegt, funktioniert sein Körper einwandfrei, das gibt es gar nicht so oft.«

»Aber was ist nun das Überraschende?«

»Dottore Alberti war als Erster am Patienten an dem Morgen, als er gefunden wurde.« Sie blätterte wieder ein Stück zurück und entnahm der Akte einen verrutschten kleinen gelben Zettel, der eng beschrieben war, in der gleichen Handschrift wie der Rest der Akte, hier aber sah es zackiger aus, verwischter, als habe es schnell gehen müssen. Sie reichte Luca den Zettel, der zuerst Schwierigkeiten hatte, ihn zu entziffern. Es konnte aber auch an Chiara Chigis Oberarm liegen, der warm seine Schulter berührte. Im Kamin brach das glühende Ende eines Holzscheits mit einem Knistern auf den Boden.

»*Auffinden des Patienten Renzo Pellegrini*«, las Luca laut, »*um 7.42 Uhr im Morgengrauen auf seinem Anwesen. Der Patient lag auf dem Bauch, er war lang ausgestreckt, und seine Körpertemperatur war weit abgesunken, ergab die äußere Betrachtung (blaue Haut). Atmung vorhanden, aber schwach, Puls ebenso. Temperatur mit Hand gemessen, ergab Verdacht auf Unterkühlung bei akuter Lebensgefahr. Vor Umlagerung: Sichtprüfung ergibt Wunde am Hinterkopf, kreisrund und offen, Blutung durch Kälte gestoppt, Blutverlust immens, Schädeldecke in Mitleidenschaft. Umlagerung, Patient bewusstlos, Augen geschlossen, Verständigung der Rettungsleitstelle Siena, schicken Rettungswagen, vorerst Verzicht auf Reanimation, weil Vitalitätszeichen erkennbar. Allerdings keine Reaktionen, tiefe Bewusstlosigkeit. Neben Patient liegt großer Stein, Aufschlag bei Sturz möglich bis wahrscheinlich. Rettungswagen erreicht uns nach 25 Minuten. Renzo Pellegrini ins KKH Siena gebracht. Ende des Einsatzes 8.10 Uhr.*«

Luca las die entscheidenden Zeilen noch mal, dann wiederholte er stumm einzelne Worte und blickte schließlich hinauf zu der Dottoressa, die ihn, auf der Sessellehne sitzend, interessiert ansah.

»Sie sehen es, oder, Commissario?«

»Er liegt auf dem Bauch, die Wunde ist am Hinterkopf, und Dottore Alberti geht trotzdem davon aus, dass er auf den Stein gefallen ist?«

»Das ist die erste Merkwürdigkeit. Nun nehmen wir mal an, es ist wirklich ein Schlaganfall. Das passiert ja nicht urplötzlich, da spüren Sie vorher, dass sich in Ihnen etwas verändert. Vielleicht war es ein ganz besonders heftiger. Aber Sie stürzen eigentlich nicht geradewegs nach vorne, sondern Sie sacken weg, zur Seite, nach hinten, aber nicht mitten auf den Bauch. Und was tun Sie noch, wenn Sie Angst haben? Angst um Ihr Leben? Wenn Sie merken, dass Ihnen alles entgleitet? Dass Sie nicht mehr wissen, wer Sie sind?«

Luca überlegte eine Weile.

»Ich schütze mich? Ich mache mich ganz klein?«

»Sie sind ein Mann der Kripo. Richtig. Sie rollen sich zusammen. Sie liegen nicht lang ausgestreckt auf dem Bauch. Es ist …«

»… als sei Renzo Pellegrini niedergeschlagen worden.«

»Ganz genau. Mit dem Stein, den hinterher aber niemand auf Blutspuren untersucht hat. Oder mit etwas anderem. Jedenfalls muss es mit den Rettungssanitätern vor Ort so hektisch gewesen sein, dass Alberti seinen Zweifel, wenn er denn einen hatte, nicht weitergegeben hat. In der Akte der Ärzte von Siena steht nichts mehr zu der Wunde am Kopf, jedenfalls nichts Mysteriöses. Sie haben sie verbunden und heilen lassen – fertig.«

»Und die Notiz hier?«

»Die lag zerknittert am Boden der Akte. Als sei sie verrutscht. Aber wenn Sie das meinen: Ich glaube nicht, dass Alberti da irgendwas vertuschen wollte. Es wirkt eher wie eine Kette unglücklicher Zufälle.«

»Die aber über Jahre ein höchstwahrscheinliches Verbrechen verdeckte. Verdammt noch mal.«

»Der arme Renzo Pellegrini. Jemand wollte, dass er nie wieder aufsteht.«

»Ich kann das gar nicht glauben. Aber Sie haben recht, es spricht einfach zu viel dafür.«

»Was machen Sie jetzt? Ich würde Ihnen ja etwas kochen – aber ich war nicht auf Besuch eingestellt, ich habe gar nichts hier.«

Luca sah auf die Uhr.

»Hören Sie, ich muss eh nach oben – aber ich würde das Gespräch gerne fortsetzen. Kommen Sie doch mit hinauf, Emma würde sich wahnsinnig freuen. Und dann koche ich was, und wir können weiter über die Ermittlungen sprechen.«

Die Dottoressa lächelte ihn an. »Na gut, dann will ich mal nicht nein sagen.«

18

»Und? Wie war dein Tag in der Schule, Emma?«

»Gut«, sagte Lucas Tochter und strahlte. »Sag mal, Chiara ...«

»Ja?«

»Wenn ich Ärztin werden will, in welchem Fach muss ich denn dann besonders gut aufpassen?«

»Hm«, sagte die Dottoressa und schien wirklich zu überlegen. »Na, ich denke, Biologie und Italienisch, später kannst du dann Latein dazuwählen, aber bis dahin dauert's ja noch. Und Mathematik ist nicht ganz unwichtig, zum Beispiel wenn's um die richtige Dosierung von Medikamenten geht.«

»Mathematik? Echt?« Emma schien enttäuscht. »Und wenn ich Tierärztin werde?«

»Da brauchst du noch mehr Mathe«, sagte die Dottoressa lachend. »Weil du immer privat abrechnest und dich nicht verrechnen darfst, sonst wirst du arm, obwohl du arbeitest.«

»Na gut, ich überlege noch mal, was ich werden will. Kannst du mir das Buch vorlesen?«

»Klar, los, wir gehen nach draußen.« Die Dottoressa ging voran, und Emma folgte ihr rennend zur Hängematte, die zwischen den beiden Platanen hing.

Luca sah ihnen nach und wurde von einem Gefühl von Zärtlichkeit erfasst. Er öffnete den Kühlschrank und nahm eine unetikettierte Flasche heraus, dann goss er Tommasos letztjährigen Weißwein in zwei Gläser, klemmte sich außerdem eine Flasche Eistee unter den Arm und brachte alles nach draußen.

»Hier, damit du gut zuhören kannst«, sagte er und reichte Emma den Eistee und der Dottoressa das Glas mit dem Wein. Durch die Kälte war es ganz beschlagen, kleine Tropfen rannen daran herunter.

»*Allora, cincin*«, sagte er, und sie stießen an.

»Wirklich, die beste Bewirtung«, sagte die Ärztin lächelnd, strich sich durch ihre roten Locken und nahm einen Schluck. »Tommaso?«

»*È buono, no?*«, fragte Luca nickend.

»Sehr gut«, entgegnete sie. »Und nun ab mit Ihnen. Die Frauen haben Hunger. Los, wir lesen weiter.«

Emma warf sich halb auf ihren Schoß, und die Dottoressa begann mit ihrer leisen Stimme die Geschichte des verschwundenen Mädchens Mathilda vorzutragen.

Luca hingegen ging nach drinnen, schraubte die Gasflasche auf und schaltete den Herd an. Dann setzte er einen großen Topf mit Wasser auf die größte Flamme und holte anschließend den wilden Knoblauch aus der Etagere, die auf der Arbeitsplatte stand. Er pellte eine ganze Knolle ab und fummelte die einzelnen Zehen heraus, dann legte er sie auf ein Holzbrett und schlug mit der flachen Hand darauf. Die Zehen öffneten sich, ihre grünen Keime kamen zum Vorschein, und sofort strömte ihm der feine und leicht scharfe Geruch in die Nase. Herrlich. Seine Vorfreude wuchs.

Er nahm eine gusseiserne Pfanne und öffnete die Flasche Superpower-Olio, die er vor drei Wochen auf dem Markt gekauft hatte. Es war der erste Jahrgang des Öls, und Luca hatte schon nach der ersten Probe auf einer Burrata mit Tomatensalat verstanden, warum die Bürger von Montegiardino den Garaviglias die Bude einrannten. Die Qualität war unglaublich. Er war immer noch ein wenig überrascht, wie grün und klar das Öl war, das nun aus der runden Flasche in die Pfanne rann. Es war von einem wirklich satten Grün, nicht so hell wie viele andere native Öle und erst recht nicht von dem dunklen Gelbgrün wie die gemischten Öle, die in manchen sparsamen Restaurants auf dem Tisch standen. Luca goss reichlich von dem Öl in die Pfanne, sodass der Boden einen guten halben Zentimeter bedeckt war. Dann schnitt er den Knoblauch in grobe Scheiben und gab sie hinein, nicht ohne sie noch mal leicht anzudrücken. Schließlich schnitt er noch zwei kleine rote Peperoni, die er im Garten selbst zog; er hatte dort vier Peperonipflanzen stehen, die Früchte von mittlerer Schärfe trugen, ganz entsprechend Emmas und seiner Vorliebe – während er es sehr pikant mochte, liebte sie das Gericht eher etwas milder, so war es der perfekte Kompromiss. Auch die Peperoni gab er hinzu, setzte dann die Pfanne bei kleiner Flamme auf den Herd und gönnte sich einen großen Schluck von dem kalten und sehr fruchtigen Weißwein.

Jetzt hieß es abwarten und den Knoblauch beobachten, er durfte auf keinen Fall zu heiß werden, genau wie das Öl, dessen puren und kräftigen Geruch er in der Nase hatte. Ansonsten würde es genau dieses Aroma einbüßen. Als das Wasser siedete, gab er die Nudeln hinzu und rührte sie, nachdem sie etwas nachgegeben hatten, nur einmal um, dann hackte er die glatte Petersilie, die auch aus seinem Garten stammte und die zu verschonen er den Eseln mühsam beigebracht hatte.

Dann nahm er das geblümte Tablett, stellte drei Teller von dem hübschen Service seiner Mutter darauf, bei dem einige Ecken abgeschlagen waren, genau wie die Reibe mit einem großzügigen Stück von dem Parmigiano Reggiano, den er vorher vom großen Laib abgeschnitten hatte. Alles zusammen brachte er nach draußen.

»Vier Minuten!«, rief er. Zustimmendes Geraune von der Hängematte. Luca musste lächeln. Auch er selbst spürte großen Hunger. Diese langen Arbeitstage ohne eine Pause bei Fabio und Francesco waren einfach nicht sein Ding.

In der großen Küche sah er, wie die Pasta sich im kochenden Wasser bewegte, das Knoblauch-Chili-Gemisch verschmolz mit dem warmen Öl. Er nahm eine Nudel aus dem Topf und probierte sie, grinste, zählte ganz langsam von zehn herunter, und dann goss er die Spaghetti über der weißen Granitspüle ab, sodass der heiße Dampf das Zimmer erfüllte. Sofort gab er die Nudeln mit einem Rest des Kochwassers in die Pfanne, dass es zischte, und erhöhte die Temperatur. Mit einer Gabel mischte er alles durch, um anschließend die Petersilie unterzuheben. Dann stellte er das Gas ab und trug die schwere Pfanne gleich nach draußen. Die Hängematte war leer – Emma und die Dottoressa saßen schon am Tisch, seine Tochter hatte bereits das Besteck in der Hand und sah ihn mit erwartungsvollem Blick an.

»*Finalmente*«, sagte sie.

»Noch schneller ging es wirklich nicht«, antwortete Luca.

Emma wollte eben mit der Gabel in die Pfanne langen, doch dann hielt sie inne und sah die Dottoressa an, die neben ihr saß. »Du bist der Gast. Du nimmst zuerst.«

»Aber du hast so einen Hunger.«

»Na komm schon …«

Also füllte die Dottoressa lachend als Erste ihren Teller. Ein jeder von ihnen rieb Parmesankäse über seine *Spaghetti aglio e olio e peperoncino*, und schließlich gab Luca noch frisch gemahlenen schwarzen Pfeffer darüber.

»*Buon appetito*«, murmelte die Dottoressa, und dann war Ruhe. Nur das hungrige Schmatzen war noch zu vernehmen. Es war das erste Mal, dass Luca sein Leibgericht mit dem Öl der Garaviglias zubereitete, deshalb konnte er gar nicht anders, als vor Glück aufzustöhnen, während die Aromen in seinem Mund explodierten. Es war perfekt, einfach perfekt. Das einfachste Gericht der italienischen Küche – und zugleich das diffizilste, weil es auf so wenige Zutaten reduziert war, dass bei jeder alles stimmen musste: die Garzeit der Pasta, der Reifegrad des Knoblauchs, die Qualität des Öls.

Doch dieses hier, dieses Olivengold, das die Nudeln sanft umschloss, kam der Perfektion so nahe wie kaum ein Öl zuvor, befand Luca, weil es sich durch die leichte Wärme sogar noch mehr geöffnet hatte mit seinem Aroma von milder Schärfe, dieser nussigen Bitterkeit und dem puren Geschmack der vollreifen Früchte. Es harmonierte ideal mit der Schärfe der Peperoni und der Sämigkeit des alten Parmesans, und Luca wusste nicht, wann er sich zum letzten Mal so vollkommen gefühlt hatte.

»*Incredibile*«, murmelte die Dottoressa. Ja, es war wirklich unglaublich. Sein Blick ruhte einen Moment zu lange auf ihr, sodass sie es bemerkte. Ihre hellgrünen Augen funkelten ihn belustigt an, und er trank schnell einen Schluck Weißwein, um abzulenken. Herrje, wie gerne er sie so ansah! Dass sie nun wirklich und wahrhaftig hier an seinem Tisch saß, auch das hätte er an diesem Morgen noch nicht für möglich gehalten.

»Papa hat mir schon beigebracht, wie das geht«, sagte Emma, »und meine Spaghetti mit Sardellen und Kapern sind auch megagut. Komm doch bald mal wieder, dann koche ich dir die, ja, Chiara?«

Die Dottoressa sah Emma zärtlich an. »Bei so einer lieben Einladung, wie soll ich denn da nein sagen? Na klar komme ich. Und dann üben wir Mathe.«

»Wirklich?« Emma sah sie enttäuscht an.

»Na, oder du bringst mir diese Pasta hier bei. Das können wir auch machen.«

»Ja, das ist besser«, antwortete Lucas Tochter lachend und aß schnell weiter.

Vor ihnen senkte sich die Sonne langsam aufs Tal herab und strahlte ihnen mitten ins Gesicht. Tommasos Wein schimmerte in ihren Gläsern. Ein wunderschöner Moment.

»Was machen Sie jetzt mit dem, was wir herausgefunden haben?«, fragte die Dottoressa, als sie nebeneinander auf zwei Stühlen, die Weingläser in den Händen, am Rande der Terrasse saßen und hinunter ins Tal sahen. Luca beobachtete, wie Emma Matteo, den eitlen Esel, bürstete, der dabei so glücklich mit den Augen rollte, als könnte er gar nicht genug bekommen.

»Dottore Alberti können wir ja leider nicht mehr fragen«, antwortete der Commissario, der die Todesanzeige des allseits beliebten Arztes in *La Nazione* vor zwei Jahren beauftragt hatte – der Bürgermeister hatte ihn darum gebeten. »Und mein Vorgänger als Stadtpolizist ist irgendwo zu seiner Familie nach Molise gezogen. Er ist ziemlich schwerhörig – als wir das letzte Mal telefoniert haben, war das eher wie in einer schlechten Komödie. Ich hab mir alte Akten mit hinaufgebracht, die werde ich mir ansehen, wenn Emma im Bett ist. Aber ehrlich gesagt glaube ich nicht, dass das sehr ergiebig sein wird. Also müssen wir wohl oder übel warten, bis Renzo richtig aufwacht. Und beten …«

»… dass er sich überhaupt an etwas erinnert.«

»Er war so lange weg – ich weiß nicht, meinen Sie, es ist realistisch, dass er noch irgendeine Erinnerung an damals hat? Davide wusste heute Mittag ja nicht mal mehr, was gestern war.«

»Ja, das Unterbewusstsein verdrängt Situationen, die schwer auszuhalten sind. Und nach so einem Schuss … oder Schlag, wenn es denn wirklich ein Schlag war bei Renzo Pellegrini … wer weiß. Aber wenn er nach all den Jahren wieder zu sich kommt, dann ist es ohnehin ein Wunder – und dann können wir doch einfach noch auf das nächste Wunder hoffen.«

»Ich bete, dass Sie recht haben, Dottoressa.«

»Aber …«, sie nahm einen Schluck und schien Emma zu betrachten, die sich nun dem braven Sergio zuwandte, »… es ist doch schon mehr als merkwürdig, oder? Diese Verletzung, ich … Es ist doch eigentlich unvorstellbar, dass all das von heute mit Renzo zusammenhängt – andererseits …«

»Ich weiß«, sagte Luca nickend, »mir fehlen seit zwei Tagen auch ständig die Worte.«

»Ohne abschätzig klingen zu wollen: Sie regeln manchmal den Verkehr, kommen bei Ruhestörungen oder entlaufenen Lämmern und passen darauf auf, dass Martinelli keinen Unsinn redet – und ich passe alten Damen die Stützstrümpfe an. Und auf einmal müssen wir Schussverletzungen behandeln und Täter suchen – klar, ich hab mir bestimmt mal mehr Aufregung gewünscht für mein Leben hier, aber so war das nun wirklich nicht gemeint. Natürlich fehlen uns da manchmal die Worte.«

»Finden Sie Ihr Leben etwa langweilig, Dottoressa?«

Sie stellte ihr leeres Glas ab, dann betrachtete sie Lucas Gesicht im tiefstehenden Sonnenlicht und sagte leise: »Nur manchmal etwas einsam.« Bevor er irgendwie reagieren konnte, stand sie auf und berührte ihn sanft an der Schulter. »*Buona notte*, Commissario. Danke für die Pasta, sie war denkwürdig.«

Luca erhob sich, und dann standen sie plötzlich ganz nah voreinander, ihre Gesichter berührten sich fast – ihre roten Locken schimmerten im Licht der Abendsonne, und ihre Augen waren so nah, so grün, ihr leichtes Lächeln, ihr Parfum, jenes vom gestrigen Morgen auf dem Markt, stieg ihm in die Nase. Da rief Emma von der Wiese: »Fertig, Papa!« Und der Augenblick war vorbei.

»Also, schlafen Sie gut.«

»Sie auch, Dottoressa.«

»*Ciao*, Emma. Bis bald.«

»*Grazie*, Chiara. Fahr vorsichtig, ja?«

Die Dottoressa nickte, und Luca sah ihr nach, als sie durch den Garten zu ihrem Auto ging, einstieg, sich noch einmal zu ihm drehte und ein Winken andeutete und dann losfuhr, den Hügel hinab.

19

Er war so müde, dass es ihm schwerfiel, die Augen offen zu halten. Der Weißwein, die Hitze, der lange Tag mit den vielen Begegnungen und all den offenen Fragen – alles zusammen hatte Luca geschafft. Er hatte Emma noch in den Schlaf gekuschelt, sie hatte Mühe gehabt einzuschlafen. Auch ihr machten die Schüsse zu schaffen, vermutlich weil sie seine Anspannung fühlte, dachte der Commissario – und genau deshalb hatte er sich ausgiebig Zeit genommen.

Nun aber blätterte er langsam durch die drei Akten mit Notizen aus jenem Monat, Oktober 2012.

Commissario Santoro, sein Vorgänger, war ein penibler Mann gewesen, der einen sehr engen Kontakt zu seinen Bürgern pflegte und auch ungewöhnliche Vorgänge in Montegiardino haargenau aufschrieb. Damals war die Autostrada noch nicht bis auf zehn Kilometer an die Stadt herangebaut gewesen, sodass alles noch abgeschiedener gewesen war.

So ging Luca Seite für Seite die handgeschriebenen Notizen

durch, überblickte die vergilbten Durchschläge von allerhand Verkehrsbußen und den Bericht über eine aus dem Ruder gelaufene Rinderversteigerung auf dem Monte Torrini, bei der sich zwei Züchter nicht hatten einigen können und es tatsächlich zu einem Faustkampf gekommen war, den erst Santoros beherztes Eingreifen hatte stoppen können.

Luca musste lachen, weil der Commissario die Prügelei so detailliert und emotionslos beschrieben hatte. Er legte die Akte weg und schlug die zweite auf. Auf der ersten Seite stand ein Bericht über einen Wasserrohrbruch in der Unterstadt, der die Piazza überspült hatte. Seite zwei hatte mit den Folgen einer kleinen Flut zu tun, zahlreiche Markthändler hatten gegen Umsatzeinbußen protestiert, weil der Markt wegen des Schlamms für eine Woche gesperrt werden sollte. Was war das nur für ein kurioses Städtchen, über das er jetzt wachte. Auf Seite drei ... Luca stutzte. Er las die kurze Notiz. Erst still, dann mit leiser Stimme, um sie sich durch den Kopf gehen zu lassen. Dann knickte er die Seite um und schob die Akte zur Seite, nahm wieder die erste zur Hand und blätterte in den Verwarnungen für Verkehrsverstöße. Ja genau, dort war ihm diese Sache schon einmal aufgefallen. Ein Verstoß gegen das absolute Halteverbot an Markttagen. Santoro hatte notiert:

6.55 Uhr. Wollte Abschleppwagen rufen wegen illegal abgestelltem Pkw, Marke BMW 320, Kennzeichen aus der Region Kalabrien, VV A 31290. Fahrer kam hinzu, bat mich, Vorgang abzubrechen. Bußgeld von 45 Euro direkt bar bezahlt. Mann Mitte, Ende vierzig, schlank, sportlich, Glatze, lange Narbe auf dem Kopf. Fuhr weg, deshalb keine Halterabfrage.

Keine Halterabfrage. Luca lächelte wieder. Das sah Santoro ähnlich und hätte auch ihm passieren können. Solche Dinge regelte man vor Ort – und Reisende ließ man unbehelligt, wenn sie sich nicht allzu merkwürdig verhielten. Immerhin hatte er eine Personenbeschreibung hinterlassen.

Luca nahm sich wieder die aufgeblätterte Seite aus der zweiten Akte vor und las, was Fabio zu Protokoll gegeben hatte. *Wir hatten an zwei Tagen nacheinander einen Gast, der stundenlang auf der Terrasse saß und alles beobachtet hat. Jeweils am späten Nachmittag ist er aufgestanden und weggefahren. Mann mit Glatze, Ende vierzig, schlank.*

Wenn Santoro einen Verdacht gehabt hatte – denn immerhin gab es ja diese Notiz –, dann hatte er ihn nicht dazugesetzt. Verdammt. Der Mann kam nicht von hier, also war es möglich, dass er sich mit den Markttagen nicht auskannte. *VV* auf dem Kennzeichen stand für Vibo Valentia, ein Städtchen in Kalabrien, in der Stiefelspitze Italiens, unweit von Reggio Calabria. Wer hier herrschte, wusste Luca. Jeder in Italien wusste das. Sein Herz schlug laut, seine Müdigkeit war wie weggeblasen.

Er ging hinüber zu seinem alten Rechner, der immerhin an die Fahndungsdateien der italienischen Polizei angeschlossen war – Martinelli hatte ihm die Einrichtung irgendwann bezahlt. Er gab das Kennzeichen ein. Es war ein altes, auf dem die Region noch vermerkt war. Neue Fahrzeuge bekamen durchnummerierte, die bei *AA* anfingen. Also war das Auto schon sehr alt.

Sein Herz machte eine kurze Pause vor Aufregung, als der Bildschirm die aktive Suche anzeigte. Dann kam die Anzeige: *Fahrzeug abgemeldet, Januar 2013.*

Kurz nach Pellegrinis Anfall. Wenn dieses Wort dafür noch stimmte. Luca war sich nicht mehr sicher.

Er blätterte durch die Dateien. Die Daten der Abmeldung waren gelöscht worden. Fünf Jahre nach Abmeldung war das erlaubt, so waren die Bestimmungen. *Merda.* Dafür gab es aber noch die Bußgeldbescheide, die auf dieses Auto liefen. Er blätterte durch. Die Strafe aus Montegiardino war nicht vermerkt, sie war bar bezahlt worden. Aber da! Luca sah genauer hin: Drei Tage später gab es einen Geschwindigkeitsverstoß und unmittelbar danach, zwölf Minuten später, einen Ampelverstoß. Der Commissario checkte die Orte. Beides war in Siena gewesen, eine halbe Stunde von hier entfernt. Die Zeiten: 0.31 Uhr und 0.43 Uhr. In der Nacht, in der Renzo Pellegrini etwas zugestoßen war. Hektisch öffnete er die Dateianhänge. Es gab Fotos. Es gab tatsächlich Fotos des Fahrers: ein Mann, Ende vierzig, Glatze, er konnte auf dem Bild sogar die Narbe sehen, die einmal schräg über den Kopf lief, von hinten nach vorne.

Nein, das konnte kein Zufall sein. Ausgeschlossen. Luca stand auf und ging zu seinem Telefon.

Er musste es versuchen, auch wenn es Wahnsinn war. Acht Jahre später würde es doch keine Fortsetzung geben. Oder? Er sah auf die Uhr. Kurz vor Mitternacht. Aber egal, es musste sein. Der Mann war eh eine Nachteule, schon von Berufs wegen. Er wählte die Handynummer von Capitano Stranieri. Nach endlosem Klingeln meldete sich die bekannte Stimme des stolzen Soldaten, Luca hörte Motorengeräusche im Hintergrund.

»Commissario, was gibt es? Keine neuen Schüsse, bitte …«

»Nein, keine Sorge. Ich hab nur etwas gefunden, das ich spannend finde. Aber darf ich fragen, was Sie machen um diese Uhrzeit? Was ist denn da los im Hintergrund?«

»Haben Sie vergessen, dass Sie zwei Straßensperren für die Ortsausgänge von Montegiardino angefragt haben, Commissario? Meinen Sie, ich lasse meine jungen Kollegen die Nacht durcharbeiten und geh ins warme Bettchen? Da kennen Sie mich aber schlecht.«

»Sie sind wirklich ein Vorbild für Ihre Untergebenen, Capitano.«

»Kein Honig ums Maul, Commissario, laden Sie mich lieber mal wieder auf diesen vorzüglichen Roten ein, den wir letztes Jahr getrunken haben. Also, was gibt es?«

»Hören Sie, es hört sich sicher verrückt an, aber ich bin auf etwas gestoßen, besser gesagt auf jemanden, der damals in der Stadt unterwegs war, als Renzo Pellegrini fast gestorben wäre. Es ist ein Mann, der heute Mitte, Ende fünfzig sein muss, er ist schlank und sportlich und hat eine Glatze. Und er trägt eine sehr sichtbare Narbe einmal quer über den Kopf.«

»Und diesen Mann suchen wir?«

»Ich habe keinerlei Grund zu der Annahme, dass er aufgrund der aktuellen Ermittlungen verdächtig wäre, nein. Aber ich würde Sie bitten, die Augen offen zu halten. Außerdem wäre es gut, wenn Sie bei Renzo, ich meine, Renzo Pellegrini …«

Er wollte eben eine Nachtwache für das Haus des alten Olivenbauern anfordern, da zuckte er zusammen, weil er das Anklopfzeichen in der Leitung vernahm. Um diese Uhrzeit? Er bekam Gänsehaut und sah rasch aufs Display: *Dr. Chigi.*

»Commissario? Sind Sie noch dran?«

»Moment, Capitano, ich ruf Sie zurück, ja?«

»Alles klar.«

Luca legte auf und nahm den anderen Anruf an.

»Dottoressa …« Doch sie unterbrach ihn sofort, ihre Stimme ein Zittern, ihr Tonfall völlig aufgelöst, mit flatterndem Atem.

»Kommen Sie, Luca, kommen Sie schnell. Renzo … Er ist …«

Luca hoffte so sehr, dass sie *aufgewacht* sagen würde, aber weil sie so anders klang als vorhin, fühlte er den Kloß im Hals schon, bevor er ihre Worte hörte.

»… er ist tot.«

»Wie ist das möglich?«, rief Luca und wusste sofort, dass er zu laut gewesen war – die arme Emma! Leiser sagte er: »Ich komme sofort.« Er ging schnell ins Kinderzimmer. Sie war nicht aufgewacht. Ihr Atem ging ruhig, und sie lächelte leicht. Der Abend mit der Dottoressa hatte ihr gutgetan. Gott sei Dank.

Er stellte die beiden Esel aus Stoff einander dicht gegenüber vor das Bett – sollte sie aufwachen, war das ihr gemeinsames Zeichen, dass er noch mal weggemusst hatte. So geriet Emma nicht in Panik. Dann rannte er zu seinem Wagen, startete und wählte noch im Losfahren die Nummer der Vice-Questora. Verschlafen nahm sie nach einer Weile ab.

»Ja?«

»Kommen Sie zum Olivenhain. Das letzte Haus in der Sackgasse. Jetzt sofort, es gibt einen Toten.«

Aurora legte direkt auf. Die Stille begleitete Luca während der Fahrt. Auf der Weide war keiner der Esel zu sehen, was dem Commissario das letzte bisschen Trost versagte auf diesem Weg in die Berge.

20

Der Unterschied war nicht sichtbar – aber Luca hatte den tiefen Glauben von Kindesbeinen an beigebracht bekommen, und er hätte es auch jetzt wieder schwören können: Wenn das Leben ging, wenn die Seele in den Himmel flog, dann veränderte das die Situation im Raum des Gestorbenen; es war immer, als läge da nur noch eine schöne, weil arglose Hülle, als hätte der Geist alle Vitalität aus den vier Wänden mit sich genommen.

Renzo Pellegrinis Kopf lag auf dem oberen Teil des Bettes wie vorhin, als sie ihn verlassen hatten. Nur die Augen waren geschlossen, wahrscheinlich hatte die Schwester sie zugedrückt. Die Dottoressa war einige Minuten vor ihm eingetroffen, sie hatte den Tod schon festgestellt und stand nun neben dem Bett, als wartete sie auf die Reaktion des Commissario – ihr Blick ging zwischen ihm und dem Gegenstand hin und her, der neben dem Bett auf dem Boden lag: das Kissen, das vorhin noch unter Renzo Pellegrinis Kopf gelegen hatte.

»Die Leichenstarre ist erst im Anfangsstadium«, sagte die Dottoressa leise und mit gesenktem Blick. »Ich würde sagen, er ist erst seit weniger als einer Stunde tot.«

»Wo ist die Schwester?«, fragte Luca leise.

»Sie ist draußen vor dem Haus. Hat sich übergeben. Sie ist außer sich.«

»Ich muss sie sehen. Jetzt gleich.«

Er berührte die Hand des Olivenbauern, die nicht mehr warm war, er spürte die Adern, in denen das Blut zum Stillstand gekommen war, er spürte auch die Schwielen und die Falten, die von der harten Arbeit zeugten. Es war die Hand, die er als Kind gedrückt hatte, die Hand, die das Öl gepresst hatte, das Lucas Eltern vor vielen, vielen Jahren zum Kochen benutzt hatten. Der Commissario bekreuzigte sich und sah hinaus zum Fenster. Er spürte die Traurigkeit. Und die Wut.

Die Dottoressa führte ihn hinaus. »Soll ich den Leichenwagen schon rufen?«, fragte sie.

»Nein, vielen Dank. Das ist in dieser Sache nicht nötig. Die Gerichtsmedizin wird ihn mitnehmen, ich nehme an, sie werden ihn in Siena untersuchen, wenn nicht sogar in Florenz.«

»Wäre ich doch bloß hiergeblieben«, sagte sie, als sie die Treppe hinuntergingen.

Luca konnte nicht anders, weil seine Wut ihm die Beherrschung geraubt hatte. Er ergriff ihre Hand, so schnell, dass sie sie nicht mehr wegziehen konnte, und drehte sich noch auf einer der oberen Stufen zu ihr.

»Machen Sie das nicht, Dottoressa, das dürfen Sie nicht tun. Wie hätten Sie das kommen sehen sollen? Sie haben seit Tagen alles dafür getan, dass der Mann aufwacht. Und nun hat das jemand verhindert, der genau das nicht wollte. Sie dürfen sich nicht die Schuld daran geben. Nur der, der das getan hat, ist schuldig. Verstehen Sie mich?«

Chiara Chigi sah ihn an und nickte. Luca drückte ihre Hand, dann ließ er sie los. Die Dottoressa trat vor ihm in die Dunkelheit, und er folgte ihr, sie gingen in Richtung des Wimmerns, das von der Westseite des Hauses zu ihnen drang. Da saß die Schwester von gestern auf dem nackten Fußboden, ihre Hornbrille lag neben ihr, sie hielt eine glimmende Zigarette in der linken Hand und konnte, versunken in ihrer Verzweiflung, doch nicht rauchen. Chiara Chigi kniete sich neben sie, Luca auf die andere Seite, dann nahm die Dottoressa die Krankenschwester in den Arm. Nun brachen alle Dämme, und die Frau wurde von einem Weinkrampf geschüttelt und konnte erst nach Minuten wieder Worte fassen.

»Ich war nur ganz kurz draußen«, sagte sie. »Abends ... abends, wenn er ganz ruhig daliegt und schläft, da gehe ich manchmal nach hier draußen ...«, sie wies weinend auf die Zigarette in ihrer Hand, ihre Augen waren voller Schuldgefühle, als sie Luca von unten herauf ansah. »Da drinnen im Haus ist es so stickig, ich bin hier um die Ecke gegangen, und dann habe ich ganz in Ruhe meine Zigarette geraucht und eine SMS an meine Tochter geschrieben. Ich bin erst aufgeschreckt, als ich die Tür habe zuknallen hören – ich lasse sie immer angelehnt, wenn ich draußen bin. Aber es war ganz windstill, also habe ich mir sofort Sorgen gemacht. Ich habe aufgeschlossen, meine Finger haben gezittert, und dann bin ich hinauf, und da lag er, aber er war nicht zu sehen, weil sein Gesicht bedeckt war mit diesem fürchterlichen Kissen, und als ich das weggenommen habe, da hatte er die Augen offen und war ...«

Die Dottoressa zog die Frau an sich, weil sie wieder so heftig zu weinen begonnen hatte, dass Luca sich ermahnen musste, um sie nicht auch vor lauter Mitleid in den Arm zu nehmen. Aber er musste sich jetzt beeilen, hier zählte jede Minute.

»Wann war das? Haben Sie Dottoressa Chigi sofort angerufen?«

Die Frau nickte. »Ja, sofort. Es ist alles höchstens zwanzig Minuten her, eher weniger.«

Er überschlug den Zeitablauf. Der Fund der Leiche. Der Griff zum Telefon. Eine Minute. Anruf bei der Dottoressa. Noch eine Minute. Der Anruf der Dottoressa bei ihm. Dann sein Gang ins Kinderzimmer, die Fahrt hierhinauf. Sieben Minuten. Der Weg ins Haus, die Feststellung des Todes, dann der Weg hinaus. Machte alles in allem vierzehn bis sechzehn Minuten. Wenig Zeit. Aber viel für einen Täter, der auf der Flucht war, entweder weg von hier oder in irgendeines der Häuser unten in der Stadt.

Luca griff wieder nach seinem Handy und wählte erneut die Nummer von Stranieri, während er die beiden Fischaugenlichter den Berg hinauffahren sah.

»Commissario? Wo waren wir?« Die Stimme des Carabiniere klang so entspannt wie vorhin.

»Neue Lage, Capitano. Wir haben einen Toten. Renzo Pellegrini. Er wurde ermordet. Erstickt, um genau zu sein.«

»*Dio mio*«, sagte Stranieri gequält. »Das darf doch nicht wahr sein.«

»Höchste Alarmbereitschaft«, fuhr Luca fort »Rufen Sie alle Kräfte, die Sie auftreiben können. Die Vice-Questora wird sicher Beamte aus Florenz nachziehen.«

»Alles klar, Commissario. Ich rufe gleich ...«, er stockte, und Luca lauschte auf die Geräusche im Telefon.

Was macht denn der da?, hörte er Stranieri fragen, *Giulio, Vorsicht*, dann hörte Luca das Quietschen von Bremsen, gleich darauf heulte ein Motor auf, es gab einen Schrei, dann wieder die Stimme des Capitano, nun weiter entfernt: *Carabinieri, halten Sie an!* Luca presste sich das Handy ans Ohr, als ein Schuss knallte, dann noch einer, Glas splitterte, die Dottoressa und die Krankenschwester sahen ängstlich zu ihm herauf, die Geräusche mussten bis zu ihnen gedrungen sein. *Stehen bleiben!*, rief Stranieri noch einmal, dann hörte Luca, wie der Motor immer lauter wurde, offenbar raste er jetzt an den Beamten vorbei, *In die Wagen, Giulio, alles okay?*, es raschelte in der Leitung, Stranieri war wieder ganz nah, er hatte den Hörer offenbar wieder am Ohr, Luca war außer sich vor Sorge, doch dann sagte der Capitano: »Commissario, hier sind alle in Ordnung, mein junger Kollege konnte gerade noch wegspringen, wir verfolgen einen Pkw Marke Jeep mit neuem Kennzeichen aus Reggio di Calabria, Mann passt auf die Beschreibung, ist bewaffnet. Wir kriegen den Scheißkerl, Commissario.«

»Passen Sie auf sich auf.«

Doch Stranieri hatte schon aufgelegt.

Als Luca das Telefon wegsteckte, sah er die drei Frauen nebeneinanderstehen und besorgt zu ihm schauen: die Dottoressa, die Krankenschwester und Aurora Mair.

»Noch haben wir unseren Mann nicht«, sagte Luca leise, »aber wenn ich Stranieri nicht falsch einschätze, dann ist er sehr, sehr wütend – und das ist für keinen Täter gut.«

Dann, nach einem weiteren Blick auf die Uhr, sagte er: »Dottoressa?«

»Hmm?«

»Haben Sie schon jemand anders von Pellegrinis Tod informiert?«

»Nein, ich habe direkt Sie angerufen.«

Luca nickte und wandte sich an die Vice-Questora. »Können Sie den Leichenwagen aus der Gerichtsmedizin sofort abbestellen? Er soll umdrehen und sich Montegiardino nicht nähern. Ich will absolute Funkstille. Wir brauchen hier einen Krankenwagen, einen ganz normalen von der Misericordia di Siena. Mehr nicht.«

»Ich verstehe kein Wort, Commissario, aber *d'accordo*, ich gebe es gleich durch.«

Als er aufgelegt hatte, wählte Luca noch eine Nummer, der letzte Anruf in dieser Nacht. Es klingelte beinahe eine Minute, dann meldete sich eine müde Stimme.

»Pater Vincenzo, können Sie bitte kommen? Sie müssen einen Segen sprechen.«

»Jetzt? Es ist mitten in der Nacht.«

»Leider geht es nicht anders.«

»Ich bin auf dem Weg, Commissario.«

21

»Tod durch Ersticken, ohne Zweifel. Die Totenstarre schreitet immer weiter voran. Er wird vor fast einer Stunde getötet worden sein.«

Die Dottoressa hatte sich über den Leichnam gebeugt und erhob sich nun wieder, nachdem der Priester vor zwei Minuten blass und wortkarg wieder verschwunden war.

»Ich danke Ihnen, ich weiß, das gehört nicht zu Ihren üblichen Einsätzen«, sagte die Vice-Questora und reichte der Dottoressa freundlich die Hand.

»Vielleicht können sie in der Gerichtsmedizin ja herausfinden, woran Renzo nach seinem Anfall genau gelitten hat«, erwiderte Chiara Chigi.

»Oder nach dem Überfall auf ihn«, fügte Luca hinzu.

Die Männer von der Ambulanz aus Siena legten Renzo Pellegrini vorsichtig auf die Trage und bedeckten ihn mit einem Tuch. Ihnen war die ganze Angelegenheit sichtlich unangenehm, nicht weil der Mann tot war – normale Ambulanzfahrer sahen sicherlich mehr Leichen als ein Chefarzt im Krankenhaus –, sondern weil sie nicht so recht verstanden, warum sie die Arbeit der Gerichtsmediziner machen mussten, dabei von zwei Polizisten beobachtet wurden und gleich mit dem Toten anderthalb Stunden bis Florenz fahren sollten. Was zu tun war, hatte Luca genau erklärt:

»Fahren Sie mit Blaulicht in Richtung Siena, als würden Sie ins Ospedale fahren. Ich will, dass Sie die Sirene mitten in Montegiardino anstellen – Sie müssen richtig Lärm machen. Erst weit hinter der Stadt biegen Sie ab und fahren nach Florenz. Ich möchte kein Gerede in Siena haben, keine Gerüchte von irgendeiner Krankenschwestercousine von irgendwem. In Florenz bringen Sie den Toten in die Gerichtsmedizin der Questura. Die Vice-Questora wird ihre Anweisungen dort hinterlegen, damit man Sie erwartet. Und …«, Luca sah sie finster an, »… kein Wort zu niemandem. Das hier sind Ermittlungen in einem Mordfall, und wenn mir irgendetwas zu Ohren kommt, ein Gerücht oder dergleichen, dann weiß ich, wer der Verursacher ist – und dann gibt's richtig Ärger.«

»Ist klar, Chef«, sagte der Ältere der beiden.

»Fahren Sie den Wagen näher an die Tür, damit der Weg draußen möglichst kurz ist.«

Die Sanitäter nickten und trugen Renzo Pellegrini vorsichtig nach unten. Das war der stille Abschied des Olivenbauern, der sein Haus nun mehr als acht Jahre nicht verlassen hatte.

»Ich muss jetzt hier raus«, sagte Luca und ging voran. Die Wut ließ sich nicht mehr verstecken – Wut gepaart mit Trauer, ein Gefühl, das er so nie mehr hatte fühlen wollen.

Auf dem dunklen Hof zündete er sich eine Zigarette an und blies den Rauch in Richtung der stummen Schatten, die von den knorrigen Bäumen in die Nacht gezeichnet wurden. Er ging ums

Haus herum, wollte niemanden sehen und niemanden sprechen. Er wollte nur um Renzo trauern und über das Versagen. *Sein* Versagen. Er hatte gespürt, dass hier etwas nicht stimmte. Dass alles mit allem zusammenhing. Und dass es kein Problem war, das ausschließlich von außen kam.

Er sog hastig den Rauch ein und spürte, wie ihm übel wurde. Der Anblick des Toten hatte sich tief in ihm eingebrannt. Er brauchte einen Schnaps, dringend, er wollte all das vergessen. Sein Telefon brummte in seiner Hosentasche, und er wusste im selben Moment, dass es einen guten Grund dafür gab, dass er in dieser Nacht nicht mehr ins Bett kommen würde. Doch er empfand keine Euphorie darüber, er wollte es nur hinter sich bringen.

»Ja, Capitano?«, fragte er leise. »Geht es Ihnen gut?«

»Ja, alle gesund. Wir haben ihn. Es ist der Mann, die Narbe kann niemanden täuschen. Ich würde ihn zu uns in die Station bringen.«

»Nein. Bringen Sie ihn zu mir. Ich warte in einer halben Stunde, Sie wissen schon, wo.«

22

»Ist das okay? Kommen Sie klar?«

»Ja, ist schon gut. Ich … ich fahr einfach nach Hause und lege mich ins Bett, es ist …«

Sie war blass, und ihre Augen waren so gerötet, dass Luca nicht aufgeben wollte.

»Das war eine harte Nacht. Sie sollten jetzt nicht allein sein. Aber ich muss zu der Vernehmung. Hören Sie, Dottoressa, ich fahre Sie jetzt zu mir. Wenn Emma aufwacht, und ich bin nicht da, dann fühlt sie sich allein. Und Sie sollten jetzt auch nicht allein sein. Schlafen Sie einfach bei uns. Ich … ich koche morgen auch Caffè für Sie.«

Im Kopf der Ärztin schienen Für und Wider miteinander zu ringen, doch dann erschien ein leises Lächeln auf ihrem Gesicht.

»Das ist sehr freundlich, aber ich fahre besser nach Hause.«

Luca nickte. »In Ordnung. Aber wissen Sie was, Dottoressa? Sogar ich würde nach so einer Nacht nicht allein schlafen, sondern mich zu Emma ins Bett kuscheln.«

Sie gab ihm die Hand. »Ich danke Ihnen, Commissario. Doch es ist wirklich nicht nötig, den Schlaf Ihrer Tochter meinetwegen zu stören. Machen Sie den Kerl fertig. Tun Sie es für Renzo. *Buona notte*, Luca.«

Sie wandte sich um und ging zu ihrem Wagen, stieg ein und fuhr davon in die Dunkelheit, während die Vice-Questora neben den Commissario trat.

»Sie mögen sie, oder?«

Luca ignorierte die Frage und sagte leise:

»Fahren wir. Ich will diesen Mistkerl endlich zu Gesicht kriegen.«

Zehn Minuten später rollten sie in das verschlafene Montegiardino.

»Was ist?«, fragte die Vice-Questora, als Luca auf einmal kurz auflachte.

»Ich habe nur daran gedacht«, sagte er und wies mit dem Finger auf das Ortsschild, »dass die fehlenden vier Buchstaben vor zwei Tagen noch mein größtes Problem waren. Und jetzt …«

»*Monte dino* ist hübsch«, sagte Aurora lächelnd. »Obwohl Montecatastrofe noch besser passen würde.«

Die Straßen waren leer und verlassen. Der einzige Wagen weit und breit gehörte Capitano Stranieri. Mit laufendem Motor wartete er schwarz und bedrohlich vor dem Rathaus. Die Rundumleuchte auf dem Dach glänzte im Licht des Mondes.

Die Vice-Questora und Luca stiegen aus und gingen auf den Wagen zu, sie sahen die Umrisse des Mannes auf dem Rücksitz.

Als Stranieri aus dem Auto kletterte, sagte Luca: »Wie haben Sie ihn gekriegt, Sie Teufelskerl?«

»Wenn ich ein Auto lenke, Commissario, dann bin ich schnell. Und im Gegensatz zu diesem Mistkerl kenne ich die Straßen hier. Kurz vor San Gusmè ist doch diese scharfe Kurve, die fast kein

Ende nimmt. Da habe ich ihn in die Enge gedrängt und nicht wieder rausgelassen. Der Straßengraben war gütig zu ihm, außer einer kleinen Platzwunde hat er nichts abbekommen.«

»Haben Sie einen Arzt gerufen?«, fragte Aurora.

»Das ist Ihr Ernst, oder, Signora? Machen Sie es selbst. Mein Akku ist leer.« Stranieris Miene war ausdruckslos.

»Können Sie mir einen Gefallen tun?«

»Noch einen, Commissario?«

»Nur einen kleinen. Rufen Sie den Krankenwagen aus Siena. Er soll in einer Stunde wieder durch die Stadt fahren, in Richtung von Pellegrinis Haus. Dort soll er halten, und dann kann er nach zehn Minuten wieder abfahren. Aber postieren Sie dann einen Ihrer Männer dort vorm Eingang, bis ich Sie weiter informiere. Okay?«

»Mache ich, Commissario.«

»Aber Sie machen es nicht selbst, nicht wahr? Das könnte ich mit meinem Gewissen nicht mehr vereinbaren.«

»Jetzt ist auch mal gut. Sonst lässt sich Signora Stranieri auf den letzten Metern doch noch scheiden.«

»*Buona notte*, Capitano.«

»Selber. Wenn Sie mit ihm fertig sind.«

Stranieri gab dem uniformierten Kollegen im Auto ein Zeichen, der junge Mann stieg aus und öffnete die hintere Tür. Luca baute sich neben dem kleinen Mann auf, der aus dem Wagen krabbelte.

»Ich bin verletzt, ich brauche einen Arzt. Ich werde Sie alle verklagen, Sie Verbrecher!«

Als er sprach, erschrak Luca. Die Stimme des Mannes war unerwartet hoch und irgendwie tonlos. So als würde sie nicht oft benutzt.

»Sie können gleich einen Arzt sehen. Die Praxis macht in …«,

Luca sah auf die Uhr, »… sieben Stunden auf. Bis dahin werden wir uns gut um Sie kümmern – vielleicht kommt ja noch eine Verletzung hinzu. Also los, mitkommen!«

Er zog den kleinen Mann mit sich, und erst im Gehen fiel sein Blick auf die Narbe auf dessen Kopf. Sie war zum Fürchten. In jedem Fall zeugte sie von einer schlimmen Verletzung – einem Autounfall vielleicht, bei dem der Mann gegen eine Windschutzscheibe geflogen war, die sehr zu seinem Leidwesen nur teilweise zerbrochen war – oder aber, und das war bei seinem Gestus wahrscheinlicher: von einer Messerstecherei, die er gegen einen zwei Köpfe größeren Mann sehr wahrscheinlich nicht gewonnen hatte – oder aber der andere war nicht mehr am Leben. Man konnte nie wissen.

Sie stiegen die Treppe hinauf. Das war sein Heimspiel, auch wenn er diesen Weg üblicherweise nicht mit Mordverdächtigen zu deren Vernehmung ging. Aber er war der Einzige, der jemals hier gewesen war, auch die Vice-Questora kannte seine Stube unterm Dach ja nicht.

Luca öffnete die kleine Tür, niemand hier im Rathaus schloss sein Büro ab. Es war ein schmaler Raum im Dacherker, die Schrägen waren nichts für Basketballer, aber die dunkelbraunen Holzbalken unter den weißen Wänden waren echte Hingucker. Das Fenster ging auf den Marktplatz hinaus, doch der Raum lag viel zu hoch, als dass er von außen einzusehen war. Er setzte den Verdächtigen auf den Besucherstuhl vor dem großen hölzernen Schreibtisch, den sein Vorgänger vor fünfzig Jahren auf vollkommen unerklärliche Weise hier hereingeschafft hatte: Weder Tür noch Fenster gaben diese Größe her, und Luca hatte schon gemutmaßt, sie hätten das Rathaus um diesen Schreibtisch herumgebaut.

Die Hitze des Tages stand noch in dem kleinen Raum; Luca

war so lange nicht mehr hier gewesen und hatte jedenfalls nicht daran gedacht, ein Fenster zu öffnen. Das tat er jetzt, und die kalte Nachtluft drang herein, vor einer Flucht des kleinen Mannes brauchte er sich in der dritten Etage nicht zu fürchten.

Luca wies auf den Stuhl hinter seinem Schreibtisch, Aurora verstand und setzte sich dorthin. Er selbst blieb auf der Schreibtischkante sitzen.

»Gut, wir können einen DNA-Test machen, dann dauert es ewig, und wir sitzen hier rum. Wir können Ihnen auch Fingerabdrücke abnehmen, aber das macht immer so einen Dreck, und es dauert noch länger. Ehrlich gesagt will ich aber irgendwann ins Bett. Also sagen Sie uns einfach Ihren Namen, dann können wir uns den ganzen Klimbim sparen.«

Der namenlose Mann mit dem dunklen Teint und der unreinen Haut kratzte sich am Kopf, dabei strich er immer wieder über seine Narbe, es sah obszön aus.

»Ich habe Zeit«, war alles, was er nach einer Weile sagte.

Luca nickte und räusperte sich. »Gut, dann eben auf die harte Tour. Die Carabinieri freuen sich schon, Sie richtig ranzunehmen.«

Der Mann zuckte mit den Schultern. »Sehe ich aus, als würde ich mich fürchten?«

»Für einen Profi haben Sie sich jedenfalls recht dämlich angestellt. In einen Straßengraben zu fahren, meine Güte, das hätte ja mein Sohn besser gemacht. Und der ist acht.«

Aurora neben ihm verzog keine Miene.

»Also, Signore, wie war das, den Moment zu sehen, als das Leben aus Renzo Pellegrinis Augen verschwand?«

Der kleine Mann kratzte sich wieder, und ein teuflisches Grinsen erschien auf seinem Gesicht.

»So hieß der Mann also?«

Luca hatte schon viele solcher Verhöre geführt, früher, in einem anderen Leben, das lange her zu sein schien. Doch immer wieder erschrak er über die Kaltblütigkeit, mit der Menschenschlächter ihre Taten erklärten. Dass dieser Mann einer jenes Kalibers war, daran hatte der Commissario keinen Zweifel gehegt.

»Ja«, sagte er leise, »Renzo Pellegrini, ein Mann, der allein im kleinen Finger mehr Ehre hatte als Sie im ganzen Körper. Der Mann, bei dem ich als Kind mein Olivenöl gekauft habe. Davon werden Sie nicht mehr viel abbekommen, im Knast wird nur mit Margarine gebraten.«

»Nicht in dem Knast, in den ich kommen werde.«

Luca stand auf und trat ganz nah an den Mann heran.

»Passen Sie auf, Sie Knilch. Ich mochte diesen Pellegrini sehr gerne. Sie reden jetzt mit mir, oder ich poliere Ihnen die Fresse. Ich weiß, dass Sie ein beschissener Killer sind, und ich werde, wenn der Tag begonnen hat, wissen, wie Sie heißen und wo Sie wohnen und wo Ihre Frau wohnt und – wenn Sie welche haben, Gott bewahre – Ihre Kinder. Und ich werde denen allen das Leben zur Hölle machen – oder meine Kollegen im Süden übernehmen das, denn ich könnte schwören, dass so ein Mistkerl wie Sie aus dem Süden kommt. Also, reden Sie, wer hat Sie geschickt, um meinen Freund Renzo umzubringen, in dem Moment, als er eigentlich gerade von den Toten auferstehen wollte?«

Erst wirkte es so, als würde der Mann den Monolog ungerührt hinnehmen und nicht an sich heranlassen, aber irgendwas war da in seinem Gesicht. Auch die Vice-Questora schien das zu bemerken, dachte Luca, sie setzte sich aufrechter in ihren Stuhl und sagte leise:

»Das wird eine verdammt harte Zeit im Gefängnis. Und ich werde dafür sorgen, dass Sie die nicht im Süden absitzen, in Ucciardone womöglich, wo Ihr Chef die Wärter schmiert, sondern hier. Oder sogar im Norden. San Vittore vielleicht, in Mailand, da hassen die Wärter Ihresgleichen so sehr, da werden die zwanzig Jahre sicher eine Erfahrung, die Sie nie vergessen werden. Und bevor Sie das möglicherweise erwägen, ich bin keine Provinzschnecke, ich bin die Vice-Questora der Polizei von Florenz. Also Mann, reden Sie!«

Und genauso leise sagte dieser kleine Mann, dessen Narbe in den letzten Minuten ganz weiß geworden war, während der Rest seines Gesichts eine ungute Farbe annahm: »Ugento. Er hat mich geschickt. Salvatore Ugento.«

23

»Ich weiß, wie lange Sie schon auf den Beinen sind, Capitano – können Sie den Mistkerl trotzdem noch in die Station bringen und eine Abfrage machen? Mit allem Pipapo? Dafür verspreche ich, dass ich Sie morgen nicht anrufe.«

»Versprechen Sie nichts, was Sie nicht halten können, Commissario. Und: mit dem größten Vergnügen. Ich mache das persönlich. So kann ich mich bei Ihnen bedanken für die erste Verfolgungsjagd seit langem. Also, kommen Sie, Signore.« Capitano Stranieri drückte den Kopf des Mannes in den Fond des Streifenwagens.

»*Buona notte*, Commissario.«

Er stellte das Blaulicht an und raste aus dem Zentrum davon, Sekunden später waren nur noch die flimmernden Schatten zu sehen.

»Wollen Sie ins Bett?«, fragte Luca, als sie alleine auf dem dunklen Platz standen. Hinter der steinernen Mauer war leise der Fluss zu hören, der über die Steine rauschte.

»Eigentlich nicht, Commissario.«

»Es hat nichts mehr offen. Aber ich weiß, wo wir einen Wein herbekommen. Ich brauche jedenfalls noch ein Glas.«

»Ja, das täte jetzt gut.«

»Na dann. Warten Sie hier.«

Er betrat das Rathaus, nahm den Schlüssel an seinem Bund, den er am seltensten benutzte, und schloss die Kammer auf, die sich unter der Treppe befand. In einer Krisenzeit vor zweihundert Jahren hatten die Ratsherren hier angeblich Vorräte gesammelt, Öl, Salz, Trockenfleisch, falls der Ort durch eine Belagerung von der Außenwelt abgeschnitten würde. Eine Belagerung drohte heute nicht mehr, aber Bürgermeister Martinelli hatte die Tradition aufrechterhalten – allerdings ausschließlich mit Rotwein und Grappa aus Montegiardino. Dutzende Flaschen lagerten in einem großen Regal in dem kühlen Raum. Wenn hoher Besuch in die Stadt kam, dann holte Luca eine oder mehrere Flaschen für das vor Ort servierte Mittagessen, und in Sonderfällen wie heute Nacht hatte Martinelli auch nichts dagegen, wenn sich der Commissario bediente. Unten im Regal standen Gläser, dort lag auch der Korkenzieher bereit, mit dem er jetzt die Flasche öffnete. Es war ein Roter von 2012, ein sehr guter Jahrgang von Tommasos Weinberg. Luca roch an der Flasche und goss den Wein dann in die beiden Gläser. Draußen reichte er der Vice-Questora eines davon.

»Sie sind eine einzige große Wundertüte, Commissario.«

»Setzen wir uns dorthin?«

Sie gingen gemeinsam zu der Bank in der Mitte des Platzes und setzten sich; von dort hatten sie einen wunderschönen Ausblick über die Piazza, auf den Kirchturm und auf die Anhöhe jenseits des Flusses, auf der die großen Zypressen in den Himmel ragten.

»Ich bleibe jetzt beim Du, auch wenn du immer noch hin- und herschwankst. Okay?«

Luca nickte.

»Du willst den Mord an dem alten Bauern also geheim halten.«

»Hm.«

»Warum? Wir haben unseren Mann.«

»Aber etwas stimmt hier doch nicht, oder?«

»Er ist ein Killer – das siehst du, und ich sehe das auch. Er hat außerdem auf Signora Gori geschossen und auf Davide Garaviglia. Was würde denn sonst Sinn ergeben?«

»Es ist zu glatt, zu geradlinig. Er fällt uns an diesem Tag so schnell ins Auge – aber gestern nicht. Warum also heute?«

Er hob sein Glas und hielt es gegen das Mondlicht, dann nahm er einen Schluck. Sie saßen still nebeneinander, bis Luca sich entschied, es zu versuchen. »Aber nun ist ja langsam auch gut für heute. Wir können das morgen noch lange genug durchkauen. Darf ich dich was fragen?«

»Hmm …«

»Als du da standest, gestern in der Bar, da …«

»Da dachtest du, du hättest eine Erscheinung …«

»Passiert dir das öfter?«

Sie trank einen Schluck Wein und zog die rechte Augenbraue hoch.

»Was meinst du denn, was ich jeden Tag erlebe! Kollegen, die mich zum ersten Mal sehen und wahlweise ein wissendes Lächeln aufsetzen oder vor Angst im Boden versinken, weil ich als skrupellose Emanze gelte – ich weiß das doch alles.«

»Und nun hast du dir einen harten Panzer umgelegt, den du als Schutz verwendest, und niemand kann dir mehr was.«

»Fühlt es sich so an? Auch für dich?«

Luca spürte, dass seine Worte sie berührt hatten. Er hätte sie gerne zurückgenommen. »Nein, ich weiß auch nicht. Es ist, als wärst du ein Erdbeben. Du kommst hier an und hast nach zehn Minuten die halbe Stadt gegen dich. Das war schon beeindruckend. Und auf der anderen Seite kannst du ganz eindrucksvolle Verhöre führen, du hast eine Menschenkenntnis, wie ich sie bisher selten erlebt habe.«

»Welche Geschichte kennst du?«

Luca spürte ihren bohrenden Blick auf sich, sie schien plötzlich hellwach, und damit war er es auch. Hellwach und auf der Hut.

»Ich weiß, was die Kollegen hier auf dem Land erzählen. Und was *La Nazione* nach deiner Ankunft geschrieben hat.«

»Und das wäre?«

»Dass du aus Bozen versetzt wurdest, weil etwas vorgefallen war, und dass du direkt, ohne jemals in der Toskana gearbeitet zu haben, Vice-Questora wurdest. Damit hast du hier viele wichtige Leute verdrängt und übergangen, und das nehmen dir noch mehr Leute übel. Und als Frau in dieser konservativen Region hast du es ohnehin schwer – obwohl deine Art es den Menschen auch nicht einfacher macht, dich zu mögen.«

Sie schnaufte einmal laut auf.

»So schlimm?«, fragte Luca besorgt.

»Wenigstens bist du ehrlich. Andere Männer drucksen immer nur herum, weil sie mich kennengelernt haben und mich nicht verletzen wollen oder weil sie irgendwas anderes in mir sehen oder von mir wollen – du weißt schon. Aber: ja. Das ist die Geschichte, die über mich erzählt wird. Weißt du noch, wie die Überschrift in *La Nazione* war? *Der Problemfall aus dem Norden.* Der Problemfall. Als wäre ich dieser Bär, auf den sie irgendwann Jagd gemacht haben, weil er Schafe riss. Na ja, vielleicht hat es sich ja für die alten Säcke in der Questura wirklich so angefühlt.

Ich muss ihnen vorgekommen sein wie eine karrieristische Tante, die über Leichen geht.«

»Aber so war es nicht, oder?«

»Der Innenminister hatte keine andere Wahl, sonst hätte ich das selbst gewählte System der alten Männer gesprengt, und zumindest im Polizeiapparat des Nordens wäre kein Stein auf dem anderen geblieben.«

»Was ist passiert?«

»Ich bin wie du ein Kleinstadtkind, ich habe das ja schon erzählt. Das Alto Adige ist meine Heimat, und ich hätte nicht gedacht, dass ich einmal von dort wegmüsste, aus beruflichen Gründen, als Strafversetzung, so kommt es mir jedenfalls immer noch vor – ich bekomme eine Strafe ... und es ist so – unfair. Ich war wirklich glücklich dort oben, es ist zwar Italien, aber ...«

»Aber es ist auch ein wenig deutsch, weil es so geordnet ist, weil die Dinge funktionieren, weil es neben all der Leichtigkeit auch eine Struktur hat, genau wie du.«

Sie nickte. »Das hast du schön gesagt. Ja, es entspricht mir dort. Das habe ich schnell gemerkt, als ich auf der Polizeischule in Rom war. Dieser Süden ...«, sie warf theatralisch die Augen gen Himmel und musste selber darüber lachen. »Ich bin dann zurück nach Südtirol und habe in Bozen die komplette Laufbahn durchgearbeitet. Ich war Streifenpolizistin auf dem Dorf, habe in Meran den Verkehr geregelt und bin dann ziemlich schnell zur Kriminalbrigade gewechselt. Erst habe ich mich mit Drogenschmuggel befasst, und dann kam die Flüchtlingsproblematik, durch den Menschenschmuggel über den Brenner war unsere Region in aller Munde. Ich bin dann sogar zum Brenner gezogen und habe das Kommissariat in Brennero geleitet, zusammen mit den Kollegen der Guardia di Finanza. Anscheinend habe

229

ich mich dort nicht so schlecht angestellt. Denn als ich zurück nach Bozen ging, wurde ich erst leitende Commissaria und anschließend ...«, sie griff zum Glas, als würde ihre Geschichte nun ihren Höhepunkt finden, der – Luca hatte keinen Zweifel daran – wohl ein tragischer Höhepunkt gewesen war. »Ich sollte Vice-Questora werden«, fuhr sie fort, »für das gesamte Alto Adige. Mein Quästor war ein alter und hoch angesehener Mann, Signore Vicardi, er war weit über sechzig, zehn Jahre lang hatte er mich gefördert, wo es nur ging, ich habe ihm alles zu verdanken. Er hatte mich als seine Nachfolgerin vorgeschlagen, aber die Leute in Rom wollten keine Frau, vielleicht wollten sie ihm auch nicht die Wahl überlassen. Also kam ein Mann aus Mailand, ein Karrieremann, ein kleiner, gruseliger Intrigant, er sollte die Behörde leiten, und ich sollte seine Stellvertreterin sein. Es ging nicht mal zwei Monate gut.« Sie konnte Luca nicht mehr ansehen, als würde allein die Erinnerung daran sie verrückt machen, sie war blass geworden, und ihre Stimme überschlug sich, als wollte sie sich selbst überholen, als könnte das Gesagte rückwirkend irgendwie getilgt werden. »Er hieß dell'Fontis, aber er bestand darauf: *Nennen Sie mich doch Giulio*«, sie äffte eine hohe Stimme nach, »so hat er sich vorgestellt bei unserer ersten Besprechung, ich fand ihn schrecklich. Ich weiß nicht, was ihm vorschwebte, was zwischen uns passieren würde – na ja, ehrlich gesagt, jetzt weiß ich es doch, aber ich hätte es niemals für möglich gehalten.«

Sie machte eine Pause und wollte eben wieder ansetzen, als die Glocke der Kirchturmuhr schlug. Das tiefe Geräusch hallte über den leeren Platz, und sie nahmen die vier Gongschläge in sich auf, als gehörten sie zur Dramaturgie des Stücks, das sie hier aufführten – für die Vice-Questora schienen sie eine willkommene Pause zu sein, für Luca waren sie der Auftakt zur tragischen Wendung.

»Anfangs waren es nur zarte Annäherungsversuche, die ich irgendwie hingenommen habe, eine sanfte Berührung am Arm, eine ungeschickt vorgetragene Bemerkung, verdammt, wir sind immer noch in Italien, und der Kerl war so klein, der stieß manchmal eben einfach so gegen mich. Es war, was wir Frauen eben mitmachen, dafür war ich Vice-Questora. Aber eines Abends hatten wir Überstunden zu machen, und er bat mich, als schon alle weg waren, in sein Büro. Die Rede, die er dann hielt, während er hinter seinem Schreibtisch aufstand und begann, um mich herumzulaufen, werde ich nie vergessen: Er spüre da diese besondere Verbindung zwischen uns, und er könne sie nicht länger ignorieren, das sei ein Wink des Schicksals, und er sei ja frisch geschieden, und deshalb glaube er, dass es uns beiden guttun würde, wenn wir unsere Verbindung nicht nur beruflich pflegen würden. Ich fuhr von meinem Stuhl auf und sagte, dass ich das nicht mal dann wolle, wenn er der letzte Mann auf der Welt sei. Ich sei nicht interessiert an einer Verbindung, erst recht nicht mit ihm, sondern ich wolle einen guten Job machen, darum habe mich Vicardi an diese Stelle gesetzt. Auf einmal stand er dicht neben mir, seine Hand lag ...«, sie holte tief Luft, »... lag auf meiner Brust, und er sagte: *Ich will, dass das was wird mit uns. Ich bin verliebt in dich, und ich begehre dich. Und ich kann mir sehr leicht einen neuen Vice-Questore suchen.* Ich bin nicht mal aufgestanden. Ich habe ihm einfach mit einem Schlag die Nase gebrochen. Es ging so schnell, ich wusste hinterher selbst nicht, wie ich so zielgenau treffen konnte – im Training gelingt das nie. Das Blut spritzte, und er lag nach einer Sekunde am Boden. Giulio dell'Fontis krümmte sich zu meinen Füßen. Ich bin ohne ein Wort hinausgegangen. Am nächsten Tag bin ich in meinem Büro erschienen, als ob nichts gewesen wäre. Eine Stunde später standen der Präfekt und ein Gesandter des Innenministers in meinem Büro.«

»Nein!«

»Sie wollten, dass ich mein Amt aufgebe. Der Questore hatte ausgesagt, dass wir eine Meinungsverschiedenheit gehabt hätten, in deren Folge ich ihn angegriffen hätte. Ich habe die Geschichte erzählt, die dann bis nach Rom ging. Meine Drohung war eindeutig: Wenn sie mich feuern, dann starte ich eine italienische Me-too-Debatte. Die Lösung des Innenministers war Florenz. Die Stelle des Vice-Questore war hier gerade ausgeschrieben, und allerhand Männer machten sich Hoffnungen. Das kam dem Minister gerade recht, und er hat mich auf die Stelle gehoben. Das Witzigste an der ganzen Geschichte war: Dell'Fontis war noch nicht geschieden, er hatte mich angelogen. Aber seine Frau glaubte ihm sein ganzes Märchen nicht – und jetzt *ist* er geschieden. Es war eine sehr teure Scheidung.«

»Aber warum hast du das nicht öffentlich gemacht? Er ist doch immer noch Questore, oder?«

Sie stand auf und stützte die Arme auf die Bank, ihr Gesicht war rot.

»Glaubst du das wirklich? Dass mir das geholfen hätte? Auf *armes Opfer* zu machen? Hier in Italien, wo sie im Radio immer noch Werbekampagnen machen, damit man seine Ehefrau nicht schlägt? Hier ist das Patriarchat immer noch die Macht im Land. Obwohl er erwiesenermaßen ein Sexist ist und Bunga-Bunga feiert, lachen doch alle nur über Berlusconi. Und ich kenne sogar viele Männer, die sich wünschen, an seiner Stelle zu sein. Also mit Haaren, meine ich. Aber wenn ich das öffentlich gemacht hätte, meinst du, ich wäre dann in der Polizia di Stato noch irgendwas geworden? Sie hätten mir eine Kemenate in Rom zugewiesen, da hätte ich dann Frauenbeauftragte werden können oder sonst was. Aber ich will ermitteln. Und mir war klar, dass ich sie damit in der Hand habe. Dass sie mir was geben müssen und dennoch Angst haben, weil ich ein permanentes Risiko bin. Und damit sie das akzeptieren, muss ich jetzt richtig gut sein und mich beweisen. Das tue ich. Jeden Tag, verdammt noch mal. Und irgendwann werde ich nach Bozen zurückgehen und diesen Mistkerl aus dem Amt treiben.«

»Das ist …«, Luca wusste nicht so recht, wie er reagieren sollte, seine Nackenhaare sträubten sich angesichts ihrer Wut, und dennoch war er sich sicher, dass sie eines nicht wollte: sein Mitleid. »Das ist dermaßen ungerecht – und es tut mir sehr leid«, sagte er. »Aber ein Nasenbruch mit einem Schlag – das ist wie ein Sechser im Lotto.«

»Ich denke, bei ihm würde mir das noch mal gelingen«, sagte sie lachend. »So, und nun hab ich dir meins erzählt, jetzt erzählst du mir deins.« Sie setzte sich wieder neben ihn, näher jetzt.

»Was denn?«

»Du machst den Anschein, als wärst du schon dein ganzes Leben lang hier. Aber das stimmt doch nicht.«

»Wie kommst du darauf?«

»Du führst Verhöre wie ein harter Kripomann, du schätzt Verdächtige ein, du hast Erfahrung, die Carabinieri haben riesigen Respekt vor dir. Und doch tust du so, als wärst du eigentlich nicht viel mehr als ein Dorfpolizist. Warum?«

Luca schloss die Augen und sog die kalte Luft ein.

»Vielleicht ist das so, weil ich das andere vergessen wollte.«

»Das andere?«

»Ich bin erst einige Jahre wieder hier.«

»Aber du bist aus Montegiardino?«

»Ja.« Er öffnete die Augen wieder und sah sie an. »Deshalb bin ich ja quasi der Dorfpolizist hier, deshalb akzeptieren mich die Leute. Ich bin hier geboren, so wie mein Vater hier geboren wurde – und sein Vater. Meine Mutter übrigens auch.«

»Aber du hast auch woanders als Polizist gearbeitet?«

Er lächelte sie sanft an. »Du willst meine Geschichte hören – dann überlass mir aber bitte das Tempo, in dem ich sie erzähle, ja?«

Aurora trank einen Schluck von ihrem Wein, dann verschloss sie mit den Fingern ihren Mund und warf den Schlüssel weg.

»Ich hatte eine sehr schöne Kindheit hier im Dorf – damals *war* es noch ein Dorf. Sieh dich um, wie könnte es nicht herrlich gewesen sein? In einem Winter habe ich meinen ersten Schnee gesehen, ich war vier oder so und bin dann von dem Berg an unserem Hof mit dem Schlitten heruntergefahren. Bloß dumm, dass der einzige Baum weit und breit genau in meinem Weg stand. Das war mein erster ernster Krankenhausbesuch.«

Aurora musste lachen.

»Meine Mutter hat bei der Gemeinde gearbeitet, mein Vater hat den Hof geführt. Er war Schmied – aber wir hatten auch einige Tiere, mit denen wir uns hauptsächlich selbst versorgt haben. Hühner und Kühe, auch ein paar Ziegen, wir haben tollen Ziegenkäse gemacht. Na ja, ich wusste aber immer schon, was ich mal machen will. Ich war mir sicher, dass ich Polizist werden möchte, bei den Büchern waren es immer Detektivgeschichten, die ich wieder und wieder gespannt gelesen habe, ich wollte immer, dass Menschen anderen nichts Böses antun, dieses Gerechtigkeitsding, meine Mutter hat immer den Kopf geschüttelt, wenn ich wieder mit einer Schmarre nach Hause kam, weil ich einen kleinen Jungen vor den großen Schülern beschützen wollte. Na ja, und anders als normalerweise bei Kindern ist dieser Wunsch bei mir nicht wieder weggegangen. Erst recht nicht, als mir klar geworden war, dass ich niemals für den AC Florenz spielen würde.«

»Wieso? Du spielst doch immer noch Fußball, oder?«

»Ja, aber das Probetraining beim AC habe ich versaut. Ich habe mit sechs dort vorgespielt. Aber irgendwie war ich so aufgeregt, dass ich alles verbaselt habe. Ich war Torwart und habe so viele Dinger reingekriegt und den Ball aus der Hand rutschen lassen und hab mich auch sonst so dämlich angestellt, dass die gar nicht anders konnten, als mir eine Dauerkarte zu schenken und zu sagen: *Danke, aber vielleicht probierst du mal Schach.* So schlecht wie an dem Tag hab ich nie wieder gespielt.«

»Also Polizist.«

»Genau. Ich war mit siebzehn auf der Polizeischule in Livorno. Aber ich bin immer wieder hergereist, an den Wochenenden. Ich war mir sicher, dass ich unbedingt in Montegiardino arbeiten wollte.«

»Das war also wirklich dein Traumjob: Dorfpolizist.«

»Das kannst du nicht verstehen, oder? Aber genau das ist es doch: die Probleme der Menschen in meinem Umfeld ernst nehmen und sie sofort angehen, um sie zu beheben. Damit gar nicht erst schlimmere Dinge geschehen. Die Menschen begleiten, ihnen helfen. Und wirklich ein verlässlicher Ansprechpartner sein, dem die Bürger vertrauen. Ja, genau dafür bin ich Polizist geworden.«

»Aber dann bist du *doch* einen anderen Weg gegangen.«

»Ja, und das war ein großer Fehler.«

Er senkte den Blick und überlegte, wie viel er erzählen wollte. Er redete eigentlich nicht darüber, die Bürger von Montegiardino wussten und respektierten das. Sie fragten nicht nach.

»Aber es war die Eitelkeit und auch die Abenteuerlust. Mein Ausbilder auf der Polizeischule hat mich für verrückt erklärt, als ich mit zweiundzwanzig Jahren als Hilfspolizist von Commissario Santoro anfangen wollte. *Du bist zu gut*, hat er gesagt. Und ich habe ihm das geglaubt, mehr noch, ich habe auf einmal von meiner Berufung geträumt, die richtig großen Verbrechen aufzuklären. Als ich meinen Eltern erzählte, dass ich weggehen würde, waren sie zwar traurig, natürlich, aber sie haben es verstanden und mich ziehen lassen.«

»Wo bist du dann hin?«

»Ich war erst in Rom. Ich habe bei der Polizia di Stato angefangen, erst in einer Einsatzhundertschaft und dann bei der Kripo. Ich habe mich um kleinere Delikte gekümmert, bis ich in eine Spezialeinheit gegen das organisierte Verbrechen berufen wurde. Das habe ich vier Jahre gemacht und mir dabei … nun ja, sehr viele Feinde geschaffen, wie's aussieht.«

Wieder musste Aurora das M-Wort nicht sagen, aber ihr Gesicht sprach Bände – sie beide wussten, wovon Luca redete.

»Ich habe dann meine Frau kennengelernt, Giulia. Ich …«

Er brach für einen Moment ab und trank einen Schluck.

»Ich habe ihr versprochen, dass ich diese Sachen lasse. Es gab immer wieder Morddrohungen, von vielen Seiten, ich bin in dieser korrupten Stadt einfach zu vielen auf die Füße getreten. Auch anderen Bullen … Aber dann hab ich es wahrgemacht, und wir sind in Giulias Heimat gezogen. Fortan war ich Commissario der Mordkommission der Polizia di Stato in Venedig. Das war wie auf dem Dorf. Unser Leben war perfekt, auch weil Emma nach zwei Jahren auf die Welt kam. Es war … wie ein Zauber.«

Er spürte, wie seine Lippen zu zittern begannen, und er wusste, dass er nicht weiterkonnte. »Du … ich muss jetzt ins Bett. Kann ich ein andermal davon erzählen?«

Sie streckte sich, rückte ein wenig näher an ihn heran und griff nach seiner Hand.

»Es tut mir leid. Ich hätte das nicht verlangen sollen«, sagte sie und hielt seine Finger ganz fest, ihre Hand fühlte sich warm und weich an, ganz anders, als es an der inzwischen deutlich abgekühlten Luft wahrscheinlich war. Sie war kraftvoll in ihrer Berührung und dennoch vorsichtig.

»Ich fühle mich dir sehr nah. Und auch wenn ich nicht verstehen kann, was du da erlebt hast, ich …« Sie schüttelte den Kopf, als schmerzte es sie wirklich, und sah ihm dabei tief in die Augen. »Sorry, ich kann die Worte dafür nicht finden, es tut mir einfach sehr leid, *buona notte*, Luca, *buona notte.*«

Dann ließ sie ihn los, drückte ihm unvermittelt einen Kuss auf die Wange, stand auf und ging davon. Luca blieb auf der Bank sitzen, fummelte sich die vorletzte Zigarette aus der Packung und zündete sie an. Er spürte Aurora noch an seiner Wange, als er Minuten später aufstand und zum Wagen ging.

Doch er konnte noch nicht nach Hause, er musste diesen einen Weg machen, ein letzter Gedanke trieb ihn an, so unwahrscheinlich er auch war.

Venerdì – Freitag

Goliath wider Willen

24

»Papa …« Luca hatte die Augen noch nicht auf, als Emma mit großem Geschrei auf sein Bett hüpfte und sich lachend auf ihn warf. »Du warst ja ewig weg heute Nacht, aber jetzt können wir endlich spielen …«

»Ja«, stöhnte Luca, »ewig weg, das stimmt, Emma, ich bin ja noch so müde …«

Er spürte ihre kleinen Hände in seinem Gesicht und ihren Kuss auf seiner Wange, und da schlug er doch die Augen auf und spürte, wie die Müdigkeit der Freude wich. Er schmiss seine Tochter auf den Rücken und kitzelte sie, bis sie beide vor Lachen auf dem Bett zusammenbrachen.

»Na, wollen wir frühstücken?«

»Ja, aber ganz in Ruhe, okay? Ich hab eine Freistunde heute Morgen, deshalb habe ich dich schlafen lassen. Und ich habe sogar die Esel schon gefüttert.«

»Wow, danke, Emma«, sagte Luca gerührt. »Los, ich mach uns Eier. Ich habe einen Bärenhunger.«

Sie gingen in die große Küche, die Terrassentür stand offen, und sofort wehte die warme Luft herein, die Steine draußen hatten sich schon aufgeheizt. Luca hörte die Grillen zirpen und sah, wie sich die Bäume im Wind wiegten – es war ein herrlicher Morgen.

»*Uovo fritto* oder *strapazzato*?«

»Spiegeleier!«, rief Emma, »und ich will Speck.«

»Kriegst du. Gib mir ein paar Minuten.«

»Dann pack ich schon mal meine Schultasche, ja? Ich muss auch noch eine ganz, ganz kleine Aufgabe für Italienisch machen, also …« Sie sah ihn von unten herauf an.

»Nun geh schon«, sagte Luca lachend, dann griff er zur Pfanne und gab eine kleine Menge Olivenöl hinein. Er mochte es, wenn die Eier ganz langsam heiß wurden und schön flüssig blieben, deshalb briet er auch diese Speise mit grünem Olivenöl, das dabei half. Dann ging er nach draußen, rief den Eseln ein *Buongiorno* zu, das natürlich wieder mal nur Sergio mit einem freundlichen *Iah* erwiderte. Silvio schien wieder irgendwo unterwegs zu sein, und Matteo schlief wohl noch. Er ging hinter das Haus in den kleinen Stall, der schon leer war, weil seine Bewohner bereits auf der Wiese herumliefen und die Körner pickten, die Emma ihnen vorhin hingeworfen hatte. Die sechs Hühner hatten aber auch reichlich Gras zu fressen, was noch besser war – ihre Eier waren ein Gedicht. Gott sei Dank hatte Luca seine Tochter davon abhalten können, auch noch den Hühnern Namen zu geben, die hätte er sich unmöglich auch noch merken können. Nur der Hahn hieß Francesco, weil Emma den alten Star des AS Rom, Francesco Totti, so gern mochte. Luca ahnte allerdings, dass Emma doch heimlich jedes der Hühner beim Namen nannte. Er griff sich lächelnd vier Eier aus dem sauberen Stroh, auf dem die Tiere nachts saßen, sagte im Vorbeigehen *Danke* und ging wieder ins Haus zurück. Dort schlug er die Eier an einer Tasse auf und ließ sie vorsichtig in die Pfanne gleiten – ein zerstörtes Eigelb konnte ihm den ganzen Tag versauen. Er hörte Emma in ihrem Zimmer leise singen und musste schmunzeln: Das machte sie immer, wenn sie über ihren Hausaufgaben saß und nachdenken musste. Deshalb stellte er das Radio nach einem Blick auf die Uhr nur leise an. Die Moderatorin von *Radio 24* übergab gerade an den Nachrichtensprecher. Nur mit halbem Ohr hörte der Commissario die Meldung über die Umbesetzung im Verkehrsministerium in Rom, weil sich der Autobahnbau der Südachse Rom–Neapel schon wieder verzögerte. Dann gab es einen Bericht über den finanziellen Ärger in Griechenland, und schließlich, als Luca schon nicht mehr damit rechnete, sagte der Sprecher:

Und zum Abschluss schauen wir noch nach Montegiardino, in das kleine Städtchen in der südlichen Toskana, das in den letzten Tagen aus seinem Idyll gerissen wurde. Noch immer sucht die Polizei nach dem Täter, der zwei Menschen angeschossen haben soll. In dieser Nacht blieb die Lage ruhig in Montegiardino, aber es gibt Berichte, nach denen es eine Festnahme gegeben haben soll. Wir hoffen, dieses Gerücht heute verifizieren zu können, und werden dann im Verlauf des Tages darauf zurückkommen. Die Hintergründe für die Schüsse sind zur Stunde immer noch unklar, die ermittelnde Polizia di Stato in Florenz hält sich bedeckt. Und nun: das Wetter.

Luca nickte zufrieden. Viele Worte, wenig Neues. Und erst recht kein Wort zu dem, was letzte Nacht passiert war. Seine Taktik ging auf. Nun kam es darauf an, den Fortgang auf den rechten Weg zu bringen. Nach einem kräftigen *colazione*. Er nahm zwei

Teller aus dem Schrank und gab jeweils zwei Spiegeleier darauf. Dann fiel ihm der Speck ein, und er briet ihn schnell mit großer Hitze, bis er sich wellte, dann tupfte er ihn ab und gab ihn noch mal hinein, bis er ganz knusprig war.

»Emma!«, rief er, doch das Mädchen sauste schon um die Ecke und rief: »Bin da!«

Sie setzten sich draußen an den großen Tisch, tranken Tee zu ihren Speckeiern und sprachen kaum, weil sie beide so hungrig waren. Die Morgensonne warf ihr goldenes Licht über die sanfte Landschaft, und es versprach ein schöner Tag zu werden.

»Wirst du den Fall jetzt lösen, Papa? Oder musst du etwa am Wochenende arbeiten? Wir wollten doch eigentlich an den Strand fahren.«

»Hm«, sagte Luca und kratzte gerade das letzte flüssige Eigelb zusammen, das so frisch und kräftig schmeckte, dass er die Eier seiner Hühner aus Tausenden hätte herausschmecken können, »ich hoffe sehr, dass das klappt.«

»Weil du eine Spur hast?«

»Ich habe nur eine Idee, eine echte Spur hab ich noch nicht.«

»Also fahren wir nicht ans Meer?« Emma sah ihn traurig an.

»Ich verspreche dir, dass wir am Wochenende ans Meer fahren. Vielleicht erst Sonntag, aber wir fahren, okay?«

»Gut …«, sagte sie und klang erleichtert. »Sag mal, willst du gleich schon los? Dann rufe ich Emilia an, ob sie mich hier abholen. Ich hab ja noch Zeit.«

»Das wäre gut«, sagte Luca nach einem weiteren Blick auf seine Uhr. Wahrscheinlich trat Aurora bereits unruhig von einem Bein aufs andere. Eigentlich ließ er es sich nicht nehmen, Emma an der Schule abzusetzen, es war ihr festes Ritual – aber einmal würde es schon gehen. »Danke, mein Schatz«, sagte er, stand auf und ging hinein, duschte und zog sich an. Wieder draußen, gab er seiner Tochter einen Kuss und stieg in den Méhari, um rasch und ohne Halt hinunter ins Städtchen zu fahren.

Er hatte sich getäuscht, denn erst in dem Moment, als er vor dem Rathaus die Fahrertür seines Wagens schloss, trat auch die Vice-Questora aus der Albergo, einem alten Bürgerhaus in der kleinen Gasse daneben, in dem sie untergebracht war. Sie trug eine schwarze Bluse und eine Jeans, eine Sonnenbrille bedeckte ihre Augen, aber er konnte sehen, dass sie lächelte, als sie auf ihn zuhielt.

»*Buongiorno*, Vice-Questora …«

»Ich weiß nicht, was sie einem hier ins Trinkwasser tun, aber ich habe schon wieder geschlafen wie ein Baby.«

»Dabei hast du doch gar kein Wasser getrunken.«

»Pass bloß auf. Wenn der Wein mir hier so gute Gefühle macht, dann will ich vielleicht nie wieder von hier weg.« Sie sagte es lachend und schmiegte sich für einen Moment an ihn, er spürte ihre Haare in seinem Nacken, sie trug sie heute offen. Rasch löste sie sich aber wieder von ihm und strahlte ihn an. Diese Geste, die Annäherung, Luca erschrak über all das, mehr noch aber erschrak er über sich selbst. Eigentlich vermied er solche Dinge, erst recht in der Öffentlichkeit der Piazza von Montegiardino, er hasste jede Form von Gerüchten, insbesondere wenn sie sich um ihn drehten.

»Na, dann fangen wir mal an«, sagte die Vice-Questora, ohne seinen verwirrten Blick zu bemerken. »Ich denke, Ugento wird uns einige Fragen beantworten müssen.«

»Meinst du, wir sollten ihn besuchen?«

»Ich habe heute Morgen darüber nachgedacht«, antwortete Aurora. »Und ja, die Zeit der freundlichen Besuche ist vorbei.«

»Dann lassen wir ihn holen?«

»Ich hole ihn persönlich. Mit Kollegen in Uniform. Die Frage ist nur: Wollen wir ihn hier vernehmen oder in meinem Büro in Florenz?«

Luca musste nichts sagen, er ließ nur den Blick über den Marktplatz schweifen.

»Ich dachte mir schon, dass die Esel ja bald Hunger haben. Also gut, ich hole ihn hierher. Und dann will ich noch mal Sara und Davide Garaviglia vernehmen – und die Goris. Vielleicht haben sie unseren Mann ja schon mal bei sich gesehen.«

»Sehr gut, und ich bleibe hier …«

»Und was?«

»Hm?«

»Es klang so, als hättest du etwas vor.«

»Nur eine Idee.«

»Und lässt du mich daran teilhaben?«

»Das mache ich später. Versprochen. Einstweilen bitte ich dich nur, den Tod von Renzo Pellegrini weiter geheim zu halten.«

»Einverstanden. In zwei Stunden bin ich zurück. Bis nachher, Commissario.«

»Bis nachher.«

25

Er ging nicht erst in sein Büro, sondern schlug den direkten Weg in Richtung Marktplatz ein. Es war schon recht spät, und er wollte die Neuigkeit gleich loswerden. Er ging um die Ecke, und schon lag das geschäftige Treiben vor ihm: die bunten Marktstände, das Gewimmel von Menschen mit ihren Tüten und Einkaufsbeuteln, die volle Terrasse vor Fabios und Francescos Bar. Heute war Freitag, da war noch mehr los als an einem Mittwoch. Samstags überließen die Bürger von Montegiardino den Markt nämlich vornehmlich den Tagestouristen aus Florenz, Pisa oder Bologna. Heute aber trafen sie die Vorbereitungen für das Wochenende, kauften die große *Bistecca alla fiorentina*, die sie am Abend auf das Holzkohlefeuer legen würden, den frischen Salat und die riesigen Zucchini oder die gute Flasche Wein, die sie dazu genießen würden.

Luca hätte sich jetzt die Mühe machen und Stand für Stand ablaufen können – aber das Gute in Montegiardino war ja, dass er nur an einen einzigen Ort gehen musste, um eine Neuigkeit unter die Leute zu bringen. Und ihn gelüstete es ohnehin nach einem Caffè.

Also ging er an der vollen Terrasse vorbei und betrat rasch die kleine *Bar Centrale*. Heute musste er nicht rätseln, Francesco war an Markttagen nie im Service – es war dann viel voller, es kamen viel mehr geschwätzige Gäste, und das war nicht seine Sache. Fabio hingegen lehnte an der Bar und unterhielt sich mit zwei Männern von der freiwilligen Feuerwehr, Alberto und Aldo, die beide in der Autowerkstatt südlich des Stadtzentrums arbeiteten.

»… gehört, was passiert ist?«, war, was Luca Fabio gerade noch sagen hörte. Als der Wirt ihn bemerkte, löste er sich sofort vom Tresen – es war, als würde eine Herde zersprengt.

Fabio breitete die Arme aus. »Unser Commissario, na?« Allein seine Begrüßung war schon eine noch nicht gestellte Frage. »Geht's gut? Lange Nacht?«

Luca musste lächeln, er hatte keine andere Wahl, nun kam's drauf an. »Ja, kannst du mir erst mal einen *Doppio* machen, *caro*?«

Fabio nickte und wandte sich der Kaffeemaschine zu, sein Blick blieb aber auf Luca gerichtet. Auch Alberto und Aldo machten dem Wirt ein Zeichen, dass er für sie noch mal nachlegen konnte. Sie standen sogleich dicht neben dem Polizisten.

»Sag mal, was war denn das für ein Lärm die ganze Nacht, wir haben ja kein Auge zugemacht«, sagte einer der beiden Automechaniker. »Ja, die Sirene war ohrenbetäubend«, fügte der andere hinzu. »Was war denn da oben bei Renzo los? Hat sich bei ihm was verändert?«

Luca nahm Fabio die Espressotasse ab. Der wollte ihm vor Aufregung fast Zucker anbieten, aber dann zog er die Hand wieder weg. Der Commissario nahm seinen Espresso immer schwarz, nur mit der perfekten Crema, die der Wirt in die Tasse zauberte.

»Oh Mann, ich kann euch sagen«, fing Luca an, »das war eine Nacht.«

»Was war denn los, mein Lieber?«, fragte Fabio, der es nicht mehr aushielt. »Im Fernsehen haben sie gesagt, ihr hättet jemanden festgenommen.«

»Ja«, entgegnete Luca nickend, »einen Mafioso. Unterste Schublade.«

»Wie bitte? Einen Mafioso? Hier? In Montegiardino?« Alle in der Bar hielten den Atem an.

»Ich hätte das auch nie für möglich gehalten. Aber ja, wir müssen uns auf derlei einstellen.«

Die Tür ging auf, und Luca zuckte zusammen, als er sah, wer eintrat. »Monsignore dell'Angelis«, sagte Fabio und klang fast ein wenig enttäuscht, weil die Erzählung nun eine Pause erfuhr. »Was darf es sein, Hochwürden?«

In seiner Soutane schob der kleine Priester seinen Bauch vor sich her durch den schmalen Gang, er kam auf Luca zu, als sei er nur seinetwegen hier. Unkonzentriert sagte er zu Fabio: »Ich nehme einen kleinen Bianco, *per favore*. Meine Herren, lassen Sie sich von mir nicht stören.« Der Wirt füllte eines der kleinen Gläser und stellte es auf den Tresen. Nun waren acht Augen aufmerksam auf den Commissario gerichtet. Luca versuchte dem Kirchenmann ein Zeichen zu geben, aber was sollte er tun – ihm zuzwinkern? Es war einfach nicht möglich.

»Also, was wollte der Typ denn?«, fragte Fabio.

Luca sah demonstrativ zur Decke und senkte die Stimme, als gälte es ein Geheimnis auszusprechen, das selbst für die Wände der Bar zu geheim war.

»Er wollte Renzo etwas antun.«

»Renzo? Renzo Pellegrini? Aber warum denn, um Himmels willen?«

»Das weiß ich leider auch nicht. Aber er hat versucht ihn umzubringen.«

Luca nahm schnell die Tasse und trank seinen Kaffee, wohl
wissend, dass er gleich nicht mehr dazu kommen würde.

»Oh Gott, das ist ja schrecklich. Oh, entschuldigen Sie, Pater,
ich wollte Gott hier eigentlich nicht ins Spiel bringen.«

»Schon gut, Signore.«

»Wie hat er es denn getan? Und wenn du sagst *versucht* – heißt
das …«

»Ja, es heißt, dass er es nicht geschafft hat. Er wollte ihn ersticken, aber die Krankenschwester kam rechtzeitig zurück und
hat uns sofort alarmiert. Wir haben den Mafioso dann stoppen
können, auf der Straße nach Siena. Renzo wurde trotzdem ins
Krankenhaus gebracht, weil er einen Schock erlitten hatte, er ist
ja gerade dabei aufzuwachen. Aber jetzt müsste er wieder da-
heim sein.«

»Das ist ja unglaublich …«, sagte Alberto und schnaufte synchron mit Aldo erst einmal tief durch; Fabio hatte die Augen weit
aufgerissen und wischte sich über die verschwitzte Stirn, dann
drehte er sich um und goss sich selbst erst mal ein Glas Weißwein ein, »… dann ist ja alles gutgegangen.«

»Ja, so kann man das sagen. Aber so richtig gut ist es natürlich
nicht, wenn hier Leute niedergeschossen werden.«

»Meinst du nicht, das war auch der Kerl?«

»Davon gehen wir aus. Aber ich hoffe natürlich, dass wir mehr
erfahren, wenn Renzo ganz wach ist, vielleicht schon morgen. Er
ist der Schlüssel zu allem, denke ich, er kennt die Hintergründe.«

Luca spürte die bohrenden Blicke des Priesters auf sich. *Halt
noch durch*, dachte der Commissario, *bitte ertrage meine Lügen.*

»Worum mag es dabei gegangen sein?«, fragte Fabio und klang

so in Gedanken versunken, als gelte es das Rätsel um das Bernsteinzimmer zu lösen.

»Wenn ich das wüsste«, sagte Luca. »Aber da es alle drei Olivenbauern der Stadt trifft, vermute ich, dass das Motiv schon im beruflichen Hintergrund zu suchen ist.«

»Oh Mann, ich hoffe, dass du heute was rausbekommst. Werdet ihr den Typen gleich vernehmen?«

Luca nickte. »Ja, das werden wir.«

»Wo ist denn deine neue Kollegin? Ist sie jetzt etwas netter?«

Sein Blick sprach Bände, und Luca rollte mit den Augen. »Na, wer hat uns gesehen?«

»Ach, Agatha war schon früh auf und hat euch durchs Fenster beobachtet. Ihr habt Wein getrunken? In der Nacht?«

Und dann war Agatha, die nimmermüde Seniorin, schnurstracks zu Fabio gegangen, um davon zu berichten. Montegiardino eben.

»Ja, sie ist eine ausgesprochen nette Person und eine sehr fähige Polizistin.«

»Schau an, schau an, unser Commissario. Noch einen Caffè?«

»Später, Fabio. Ich muss los.«

Er legte zwei Euro auf den Tresen und wollte eben losgehen, als Pater dell'Angelis ihn leise ansprach. »Commissario?«

»Hm?«

»Nur auf ein kurzes Wort. Hier drüben am besten.«

Der kleine Mann zog den Polizisten mit sich in die vordere Ecke der Bar.

»Ich habe die ganze Nacht kein Auge zugemacht. Lassen Sie uns reden. Ich darf das eigentlich nicht, aber … Ich weiß auch nicht, es ist eine Grauzone. Also …«

»Wann wollen wir uns treffen?«

»Ich muss mich nun beeilen, kommen Sie nach der Mittagsmesse zu mir in die Kirche. Einverstanden? Es ist wirklich wichtig.«

»Bis nachher, Don Vincenzo.«

Luca löste sich und trat hinaus in das gleißende Licht des Vormittags. Dann fiel sein Blick auf den Markt, und er hielt kurz inne. Das konnte eigentlich nicht sein. Und doch: Da war eine lange Schlange in der Mitte des Marktes, und alle diese Menschen warteten darauf, an dem einen ganz besonderen Stand bedient zu werden. Luca sah sich um und ging auf den Mercato zu. Es herrschte ein Gedränge und Geschiebe, ein Stimmengewirr, ein Geräuschteppich aus Rufen und Bestellungen und Getratsche, der über der Piazza lag und sie mit so viel Leben füllte, dass der Regisseur eines italienischen Klischeefilms seine Freude gehabt hätte. Luca war bis auf wenige Meter an den Stand herangekommen und überrascht, dass es tatsächlich Sara war, die dort hinter dem Holztisch stand und sich mitten in einem Verkaufsgespräch befand. Ihre Augen waren gerötet, und sie sah müde aus, aber sonst war sie das strahlende Wesen, das für ihr Produkt einstand und lächelte wie eh und je.

»Natürlich, dieses Öl ist kalt gepresst, und zwar hier bei uns vor Ort. Sie können alle in Montegiardino fragen, so eine Qualität hat es hier schon seit langem nicht mehr gegeben.«

Der junge Kunde wusste gar nicht, wo er zuerst hinsehen sollte, auf die dargebotene Flasche oder auf die Verkäuferin, so charmant präsentierte Sara ihr Produkt. »Biologisch braucht es gar nicht zu sein, das hier ist besser als biologisch. Und bald bekommen wir auch das DOP-Siegel, dann wird unser Superpower-Olio ziemlich berühmt werden.«

Während die Kirchturmuhr zwölfmal schlug, beobachtete Luca, wie der junge Mann einen Hunderteuroschein über den Tisch reichte und Sara ihm im Gegenzug vier Flaschen Öl gab, die er sichtlich zufrieden von dannen schleppte. Nun war eine alte Dame an der Reihe, und an ihrem Flüstern und Saras Gesichtsausdruck erkannte der Commissario, worum es ging.

»Er kommt bald wieder auf die Beine«, sagte sie leise zu der Frau, »der Ernte steht sicher nichts im Wege, wir beginnen ja erst in anderthalb bis zwei Monaten. Aber vielen Dank für die Nachfrage – was darf es denn sein?« Ihr Blick schweifte ab, als sie die Bestellung zusammensuchte, und sie schien zusammenzuzucken, als sie Luca erblickte. Sara nickte ihm nur kurz zu, doch dann rutschte ihr die Flasche aus der Hand und sauste auf den Boden, wo sie hörbar in tausend Teile zersprang. Sie beugte sich hinunter, und Luca ging um den Markttisch herum, um ihr zu helfen.

»Ist schon gut«, sagte Sara und wischte sich über die Augen, ihre Hand zitterte, »es ist alles ein bisschen viel gerade.«

»Aber warum sind Sie dann hier? Im Moment gibt es doch Wichtigeres, als hier gute Miene zu machen, oder?«

»Es lenkt mich ab, Commissario, außerdem ist die Warteliste für einen Marktstand ewig lang. Wenn wir zwei Wochen nicht kommen, verlieren wir unseren Platz. Deshalb muss ich einfach hier sein.«

Er half ihr, die spitzen Scherben zusammenzusuchen und warf sie vorsichtig in den Müllbeutel neben dem Stand. »Ich fahre nachher noch zu ihm, aber … Es tut so weh, ihn so zu sehen.«

»Sie müssen jetzt machen, was Ihnen guttut, und wenn Ihnen das hier guttut, dann ist das eben so«, sagte Luca. »Aber passen Sie auf, dass die nicht rauskriegen, wer Sie sind.« Er wies auf die Reporter, die noch immer vor Fabios Bar kampierten, auch den ehemaligen Lover der Vice-Questora erkannte er schon von weitem. »Von den Leuten aus Montegiardino wird niemand etwas sagen.«

»*Grazie*, Commissario.«

Luca sah auf die Kirchturmuhr: viertel nach zwölf. Er zuckte mit den Schultern. Eine Pause würde ihm guttun. Er ging die wenigen Schritte bis in den Schatten der Kirche, dann trat er ein, und die friedliche Orgelmusik umhüllte ihn wie eine warme Decke.

26

Als eine halbe Stunde später die letzten Takte der Orgel verklangen, saß Luca ganz versunken in sein Gebet und seine Gedanken. Er war der Einzige, der in der letzten Reihe Platz genommen hatte, und war in dieser Stille völlig eingetaucht in die Ereignisse der vergangenen Tage – und in die heilige Stimmung der Mittagsmesse. Weiter vorne saßen etwa dreißig Gläubige, allesamt die älteren und ältesten Kaliber der Gemeinde, Signore Aleardi hatte wie üblich besonders laut und textsicher mitgeschmettert – nicht der Priester gab den Takt vor, der alte Aleardi war es.

»Der Herr sei mit euch«, sagte dell'Angelis.

»Und mit deinem Geiste«, antwortete die Gemeinde. Dann hob der Priester beide Hände:

»Es segne euch der allmächtige Gott, der Vater, der Sohn und der Heilige Geist.«

»Amen«, schallte es durch das Kirchenschiff.

»Gehet hin in Frieden«, kündigte der Priester der Gemeinde den Auszug an, die antwortete: »Dank sei Gott, dem Herrn.«

Dann scharrte es auf dem alten Steinboden, weil die Gläubigen langsam aufstanden und dem Ausgang zustrebten, sie nickten dem Commissario zu, Aleardi gab ihm sogar die Hand. Luca wartete, bis sie alle die Kirche verlassen hatten, dann stand auch er auf und trat nach vorne zum Priester, der noch dabei war, die Kerzen zu löschen.

Der Commissario kniete nieder, bekreuzigte sich, senkte den Blick und sprach ein kurzes Gebet für den verstorbenen Renzo Pellegrini. Als er wieder aufstand, wartete der Priester schon neben ihm und sagte leise: »Ja, ich habe ihn sehr gemocht.«

Luca war kurz überrascht, aber dell'Angelis sagte: »Sie waren so versunken, ich wusste, Sie sind bei ihm. Eine solche Begegnung«, er machte eine Pause, »lässt einen tagelang nicht los. Ich weiß das, auch wenn ich viele Menschen beim Sterben begleite.«

»Wollen wir uns dorthin setzen?« Luca zeigte auf eine Bank.

»Nein, ich kann das nicht hier mit Ihnen besprechen. Kommen Sie.«

Er führte den Commissario in den rechten Gang, und sie gingen langsam unter den Fensterbildern entlang, an der Wand war der Kreuzweg Jesu dargestellt, außerdem hing dort das Gemälde mit den Engeln und den Heerscharen, das die Kirche seit dreihundert Jahren schmückte, farbenfroh und imposant. Luca blieb mit fragendem Blick stehen, aber der Priester hielt ihm die Tür zum Beichtstuhl weit auf.

»Ich kann Sie dabei nicht ansehen. Ich habe so viele Zweifel, weil ich es nicht früher erzählt habe, aber ich durfte es nicht. Ich bitte Sie, Commissario. Ersparen Sie mir die Scham.«

Luca nickte, trat ein und nahm auf der unbequemen schmalen hölzernen Sitzbank Platz, die denen vorbehalten war, die nach eigener Wahrnehmung Unrecht begangen hatten. Er zog die Tür zu und hörte es auf der anderen Seite des Beichtstuhls knarzen.

Es roch nach dem alten Holz und dem muffigen roten Stoff, mit dem hier alles bespannt war, um die Geräusche zu dämpfen. Wie viele Geheimnisse hier über die letzten Jahrhunderte wohl schon ausgetauscht worden waren, wie viele außereheliche Verhältnisse gebeichtet worden waren, wie viele Misshandlungen, vielleicht sogar Morde – Luca wollte es gar nicht wissen. Der Priester zog auf der anderen Seite den Vorhang weg, sodass Luca Teile seines Gesichts durch das hölzerne Gitter sehen konnte; es genügte, um zu sehen, wie der Mund Don Vincenzos unruhig zuckte.

Der Commissario spürte, wie auch er unruhig wurde, aber er wollte nicht den Anfang machen, nicht hier, das war nicht sein Reich. Nach einer Ewigkeit regte sich der Priester und sagte leise: »Hier haben wir uns getroffen.«

Dann brach er wieder ab, und Luca wurde langsam ungehalten und, ja, wütend.

»Wer ist *wir*?«, fragte er. Und wieder dauerte es lange, bis dell'Angelis antwortete.

»Es war vor mehr als acht Jahren. Ich weiß es noch, es war ein Tag im Hochsommer. Ein sehr warmer Tag, kurz nach Ferragosto. Nach der Abendmesse, ich weiß es noch genau, weil wir zwei Stunden hier drinnen saßen und niemand mehr kam, der Küster hatte die Kirche längst abgeschlossen.«

Luca atmete tief durch, *Ruhig*, mahnte er sich, *ruhig*, es würde nicht mehr lange dauern, der Priester hatte sich entschieden, das Geheimnis preiszugeben, jetzt würde er weiterreden – und nach zwei weiteren langen Minuten geschah es:

»Er stand kurz davor, alles aufzudecken. Er wollte nicht mehr mit der Lüge weiterleben, die sein ganzes Leben begleitet und verhindert hatte, dass er jemals frei und glücklich war – und er hatte sich gefragt, wofür er das getan hatte. Für das Geld, das er nie würde ausgeben können, weil er gar nicht wusste, wofür?«

Eine lange Atempause, der Priester schien sich beruhigen zu müssen, er hatte sehr schnell gesprochen, dabei hatte er noch nicht einmal den Namen genannt, den Namen der Person, um die es hier ging, aber das war auch gar nicht nötig.

»Wissen Sie, Commissario, ich hatte immer das Gefühl, dass etwas nicht stimmte – mit Renzo, meine ich, aber ich habe mir stets eingeredet, dass es nur an seiner Person läge, dass er so verschlossen und fern wäre, weil er distinguiert war, dass er sich nicht in das Gemeindeleben einfügen wollte, weil ihm all das so zuwider war, die Geselligkeit und dieser ganze, nun ja, Lokalstolz, der hier in Montegiardino herrscht. Aber ich lag falsch und richtig zugleich: Er hätte sich gern eingefügt in diesen besonderen Ort – aber er konnte nicht, weil er fürchtete, sein Geheimnis könnte entdeckt werden, und er wollte nicht, weil er fürchtete, dass sie ihn, nachdem sie ihn akzeptiert hatten, eines Tages wieder mit Schimpf und Schande davonjagen würden.«

»Was ist denn nur passiert?«, rief Luca nun, der es nicht mehr aushielt und sich gleich darauf wieder zusammenriss und murmelte: »*Scusi*, Don Vincenzo, *scusi*.«

»Ich habe es doch auch zuerst nicht verstanden, ich …«, Luca sah, wie er hinter seiner Wand den Kopf schüttelte, »… ich dachte, er ist verrückt geworden. Ein so ehrwürdiger Mann wie Renzo.«

Es schabte im Holz, als kratzten die Fingernägel des Priesters darüber, wahrscheinlich rang er immer noch mit sich. »Haben Sie etwas von der Olivenölmafia gehört, Commissario?«

Luca stutzte. Dieser Themenwechsel kam abrupt. Andererseits: Vielleicht war es gar kein Themenwechsel.

»Ehrlich gesagt, Don, ich hab nur mal davon gelesen, aber das ist schon einige Zeit her, und ich kann mich nicht mehr gut erinnern. Aber beruflich habe ich damit noch nicht zu tun gehabt –

ist die nicht viel weiter südlich beheimatet? In Apulien, wenn mich nicht alles täuscht?«

»So ist es, Commissario. Aber auch den Bossen dort geht es natürlich um die höchsten Erlöse – und die erzielt man mit dem besten Olivenöl, dem Ruf nach besten, versteht sich. Und woher stammt das beste Olivenöl Italiens, wenn nicht der ganzen Welt?«

So langsam verstand der Commissario. »Von hier, aus der Toskana?«

»*Esato*, Commissario, *giusto*. Ganz richtig. Hier aus der Toskana. Sind Sie mit der Funktionsweise dieser Mafia vertraut?«

»Wenn ich mich recht erinnere, sind es Ölfälscher. Sie panschen gutes Öl mit solchem von minderwertiger Qualität und verkaufen dieses miese Gepansche als beste Qualität in die Länder, in denen man sich nicht gut damit auskennt, in den Norden also oder gleich nach Amerika.«

»Schön gesagt, Commissario. Genau. Sie nehmen richtig billiges Sonnenblumenöl oder, schlimmer noch, Sojaöl. Und dann schmieren sie da Chlorophyll rein, damit es schön grün wird, fügen ein bisschen Olivenaroma hinzu und verkaufen es an jene, die es sich gierig einverleiben, weil sie denken, damit ihrer Gesundheit etwas Gutes zu tun. Seitdem die Menschen darauf gekommen sind, dass sie allein mit Olivenöl so alt werden wie die Menschen in Montegiardino, sind sie bereit, viel Geld auszugeben für dieses Produkt.«

»Und Sie wollen mir jetzt sagen, dass Renzo Pellegrini bei diesem Betrug mitgemacht hat?«

»Sein ganzer Reichtum kommt daher, so ist es, Commissario. Aber er konnte es nicht aushalten, moralisch, meine ich. Weil er früher ein wirklich respektabler Olivenbauer war – und er hatte vor, nicht seinen Betrug als bleibendes Vermächtnis zu hinterlassen, sondern seinen unbeschadeten Ruf als ehrlicher Olivenbauer. Allein, der Schlaganfall kam ihm dazwischen.«

»Renzo war ein Mitglied der Olivenölmafia? Aber das Öl, das er produziert hat, war doch von allererster Güte, ich erinnere mich noch, wie wir damals Schlange standen, um etwas davon zu bekommen!«

»Ja, so war es, damals, auch ich stand Schlange. Bis die Quelle eines Tages versiegt ist.«

»Ich verstehe wirklich nicht ganz, was Sie meinen, Don Vincenzo.«

»Ich erkläre es Ihnen, Commissario, deswegen sind Sie ja hier. Wissen Sie, ich habe so lange mit mir gekämpft, ob ich es erzählen soll. All die Jahre, in denen er im Koma lag, hätte ich es Ihnen so gern erzählt, Commissario, aber Sie und ich, wir dürfen nicht alles sagen, was wir wissen. Nun, wo er tot ist … nun muss es raus. Diese Mafia, sie hat eben zwei Seiten. Dort unten, da produzieren sie das billigste Öl, das möglich ist, sie strecken es, sie vermischen es. Aber sie brauchen natürlich ein positives Label, ein Siegel, ein Vorzeigeöl, unter dessen Marke sie das billige Öl in den Handel bringen können. Und da kam Renzo ins Spiel.«

»Er hat seine Marke hergegeben, damit das gepanschte Öl vermarktet werden konnte.«

»Genau, Commissario. Und nicht nur das. Er hat auch all sein Öl an die Mafia verkauft, um mit seiner guten Qualität das gepanschte Öl ein wenig besser zu machen. Damit das Geschäft floriert und damit die Marke nicht allzu sehr beschädigt wird. Deshalb hat das Billigöl sogar das DOP-Siegel tragen dürfen, weil in allen Lieferscheinen immer der Name *Pellegrini* stand. Er war der Urheber des Öls, die Herkunft war zweifelsfrei die Toskana – er hat also den Blankoschein für eine der größten Schweinereien in der Lebensmittelbranche ausgestellt.«

»Aber warum hat er das getan?«

»Das hat er mir ganz genau erklärt: Er dachte, er würde es für das Geld machen. Als er damit begann, vor mehr als fünfundzwanzig Jahren, da glaubte er, er würde noch eine Frau finden und eine Familie gründen – Sie erinnern sich vielleicht, das war immer sein Wunsch. Er wollte, dass er seinen künftigen Kindern etwas ansparen, ihnen etwas hinterlassen kann. Aber irgendwie hat es nicht geklappt. Und irgendwann war er so tief in der Maschinerie drin, dass er nicht mehr selbst herausgefunden hat. Ich glaube, er hatte sich an das Geschäft gewöhnt, vielleicht hatte er auch Angst davor, sich loszusagen. Bis er eines Tages, vor acht Jahren, all dessen überdrüssig war, all der Lügen und auch all der Nachfragen, weil sich die Leute hier vor Ort natürlich gewundert haben, dass sie keinen Tropfen Olivenöl mehr von Renzo kaufen konnten. Aber er hatte recht, es war zu gefährlich, sich loszusagen. Das musste er ja am eigenen Leib erfahren. Und nun … hat er es wieder erfahren müssen, diesmal endgültig.«

Luca konnte auf einmal nicht mehr stillsitzen.

»Hören Sie, Don Vincenzo, ich glaube, ich habe jetzt ein Verhör zu führen. Aber … es ist wichtig, dass all das hier unter uns bleibt – und dazu gehört auch, dass Renzo tot ist. Verstehen Sie mich?«

Er sah das schweißnasse Gesicht des Pfarrers durch das hölzerne Gitter schimmern.

»Ich habe in der Bar zuerst nicht verstanden, was Sie vorhaben. Aber jetzt … Sie wollen …«

»… Ja, ich will den Täter anlocken. Ganz richtig. Also, habe ich Ihr Wort?«

»Das haben Sie, Commissario. Ich bete für Renzo, und ich wünsche Ihnen Gottes Segen.«

»Ich danke Ihnen.«

»Ach, Commissario?«

»Hm?«

»Renzo hat mir damals erzählt, dass er seine Gedanken nicht nur mit mir geteilt hat, sondern mit noch jemandem. Ich dachte, sein Schlaganfall wäre Gottes Schicksal, deshalb habe ich nie wieder davon gesprochen, auch um sein Andenken nicht zu beschädigen.«

»Ja, nur dass es eben kein Schlaganfall war.«

27

Als er ins Freie trat und die Wärme spürte, hielt er kurz inne und schloss die Augen. In seinem Kopf drehte sich alles. Er wusste, dass er auf der richtigen Spur war, und dennoch schrie die Stimme in seinem Innern: *Unmöglich. Das kann doch nicht wahr sein.*

In der Ferne sah er die beiden Streifenwagen, die vor dem Rathaus standen, aber er konnte noch nicht, er ging zwar in die Richtung, bog dann aber nach rechts in die *Bar Centrale* ein.

»Du siehst blass aus, *caro*«, sagte Fabio, als er den Espresso vor ihn stellte. »Alles in Ordnung?«

»Hm«, murmelte Luca geistesabwesend und trank den heißen Caffè, dessen Crema so dick war wie der kurze schwarze Kaffee darunter, der ihn augenblicklich belebte. Er widerstand der Versuchung, noch einen mit Vanillecreme gefüllten Bombolone zu kaufen – Luca hätte den Zucker gut gebrauchen können, aber er wollte Aurora nicht länger warten lassen. Er legte die Münzen auf den Tresen, dann ging er die paar Schritte hinüber zum Municipio. In den davorstehenden Polizeiwagen saßen Beamte, aber Aurora war nicht zu sehen.

Ein junger Polizist mit der unvermeidlichen dunkel verspiegelten Pilotenbrille kurbelte das Fenster herunter. »Die Vice-Questora ist mit dem Gefangenen hinaufgegangen.«

»Hinauf?«

»Sie sagte, dort sei der Verhörraum.«

»*Grazie*, Kollege.«

Kopfschüttelnd ging er in das Rathaus. Ja, dort oben war der Verhörraum. *Sein* Verhörraum. Er wollte gerade die Treppe hinauf, da rief die Sekretärin des Bürgermeisters: »Commissario?«

»*Si?*«

»Hier. Post aus Rom.«

Sie gab ihm den wattierten Umschlag, er las den Absender und musste grinsen. Heute, ausgerechnet. Er öffnete das Kuvert und entnahm ihm die vier Buchstaben. Vier? Er zählte noch mal. Nein, es waren nur drei.

G und I und A. Na, sag mal, wie war das denn möglich? Hatten sie wirklich das R vergessen in der Straßenverkehrsbehörde? Luca schüttelte den Kopf – es war das beste Land der Welt und dennoch eine Bananenrepublik. Aber nun hatte er in der Tat Wichtigeres zu tun. Er stieg die Treppe empor und fand in der kleinen Kemenate unter dem Dach Aurora auf seinem Stuhl sitzend vor, ganz so, als sei es ihr Büro und er sei eben als Gast hereingekommen. Salvatore Ugento saß ihr gegenüber und wirkte scheu und zierlich, nur noch ein geschrumpftes Abbild des beeindruckenden Geschäftsmannes vom vergangenen Tag.

»Oh, da ist ja der Commissario«, sagte die Vice-Questora. »Wir haben schon mal angefangen. Signore Ugento wollte mir gerade erläutern, wie es zu alldem gekommen ist. Noch sagt er zwar nichts, er schüttelt nur den Kopf, wenn ich unseren kleinen

Narbenmann mit Killermethoden erwähne, aber wir nähern uns der Sache sicher bald.« Sie sah Luca lächelnd an. »Was der Commissario nämlich noch nicht weiß: Mich hat gerade die Antimafiabehörde in Rom angerufen, weil sie die Anfrage aus Siena erreicht hat. Der Mann, den wir gestern festgenommen haben, ist dort wohlbekannt. Er heißt Giancarlo Rizzo und kommt aus Apulien. In den Neunzigern hat er zahlreiche Jahre im Gefängnis von Neapel verbracht, weil sein Einsatz für die Belange der 'Ndrangheta einige Male zu weit ging. Seit den zweitausender Jahren aber hat er sein Feld ein wenig verlagert und operiert nun für die Schmuggler und Mafiosi in Apulien als Handlanger, allerdings auf Feldern, die nicht so leicht zu einem Zugriff durch unsere Kollegen führen – wie das der Olivenölmafia zum Beispiel. Dort ist ja alles etwas schwerer nachzuweisen. Aber, Signore Ugento, beim Namen Olivenölmafia müssten Sie doch eigentlich hellhörig werden, oder? Olivenöl – das ist doch genau Ihr Feld.«

Der Mann, der auch heute wieder sein liederliches Tweedjackett trug, hielt den Blick gesenkt und schwieg. Luca spürte die stehende Hitze im Raum, die paar Quadratmeter hatten sich im Laufe des Mittags wieder so stark aufgeheizt, dass es kaum auszuhalten war. Er suchte Auroras Blick und zwinkerte ihr zu, und sie verstand. Sie lehnte sich im Stuhl zurück, und Luca ging zu seinem Schreibtisch, zog eine Schublade auf und kramte darin herum. Niemand sprach mehr ein Wort. Nach einigen Minuten stand die Vice-Questora auf, öffnete die Tür, ging hinaus und schloss sie gleich wieder hinter sich. Luca nahm auf dem Stuhl Platz und sah Ugento nicht an. Er blickte auf sein Telefon, dann las er etwas in einer Akte, bis er schließlich nur noch aus dem Dachfenster sah. Ihm war heiß, viel zu heiß, aber er war das hier gewohnt. Als er aufsah, erwischte er Ugento dabei, wie er sehnsüchtig auf das Dachfenster blickte, aber der Commissario dachte nicht daran, es zu öffnen. Dem Olivenölproduzenten lief der Schweiß die Stirn hinab, sein Hemd war triefnass.

Als die Tür wieder aufging, trat Aurora mit einer offensichtlich eiskalten Flasche Wasser in der Hand ein.

»Hm?«, fragte sie und bot sie Luca an, der einen kräftigen Schluck nahm. »*Grazie, carissima.*«

Wieder versanken sie in Schweigen, weitere fünf, sieben, zehn Minuten. Irgendwann räusperte sich Luca. »Wissen Sie, das hier ist nur ein Vorgeschmack. Im Knast, da ist alles viel schlimmer. Ich kenne Männer wie Sie. Sie sind für so etwas hier nicht gemacht. Sie werden reden – hundertprozentig, also lassen Sie es uns einfach abkürzen. Was haben Sie getan? Erzählen Sie uns davon.«

Salvatore Ugento schlug mit der flachen Hand auf Lucas Schreibtisch, sodass sich der Commissario sogleich anspannte und zum Sprung bereit war, doch es folgte nichts, kein Aufstehen, keine Gewalt, vielmehr schien der Olivenölproduzent selbst erschrocken über seinen Schlag, er zitterte auf seinem Stuhl, bleich und grau, als er mit bebender Stimme ausstieß:

»Ich verstehe das doch selbst alles nicht, verdammt, oder doch, ich verstehe es, aber wenn Sie mich jetzt zu etwas zwingen, dann … dann kann es sein, dass die mich fertigmachen.«

Luca ließ ihm keine Sekunde, er kannte diese Furcht, diese totale Angst vor der undurchdringlichen Maschinerie, die das Land schon viel zu lange beherrschte. »Wer sind die, Signore Ugento? Wo sind Sie da hineingeraten?«

»Ich … ich weiß auch nicht. Ich habe mich bei alldem immer rausgehalten. Ich wollte einfach nur mein Öl produzieren, ohne große Ambitionen … Ich wollte ein einfaches Produkt zu einem guten Preis machen, und ich dachte, deshalb lassen mich die Schutzgeldleute in Ruhe ... wenn ich ihnen einfach nicht in die Quere komme. Aber dann habe ich diesen fatalen Fehler gemacht, mir noch Land dazukaufen zu wollen, weil ich dieses Gerücht gehört habe, und seitdem ...«

»Sie wollen uns doch nicht erzählen, dass Sie *nicht* mit der Olivenölmafia zusammenarbeiten«, sagte die Vice-Questora. »Was ist denn *seitdem*?«

»Ich schwöre Ihnen, ich hatte nichts mit denen zu tun, und ich hatte keine Ahnung, was ich auslöse und dass die mich jetzt auf dem Kieker haben.«

»Erzählen Sie weiter.«

»Alles hat angefangen mit diesem Gerücht, von dem ich Ihnen erzählt habe. Die Goris wollten ihren Hof verkaufen. Ich konnte es nicht fassen – weil ich ja wusste, dass sie so gut im Geschäft sind, auf welchem Pfad auch immer.«

Luca wollte eine Frage stellen, aber an der fiebrigen Miene des Salvatore Ugento erkannte er, dass er ihn besser ausreden ließ.

»Nun, ich bin dorthin und habe ihnen ein Angebot gemacht. Sie waren sehr nett, ich war ganz überrascht. Es war ein gutes Gespräch. Wir sind nach einer halben Stunde auseinandergegangen, und ich war total von den Socken, als ich eine Woche später einen Brief erhielt, den ich nicht verstand. Es war ...«

Er wurde immer bleicher. »Da stand, dass sie mein Angebot von einer Viertelmillion ablehnen würden und dass es ja eine Unverschämtheit sei. Ich habe die Welt nicht mehr verstanden, ich habe dort angerufen, aber es hob niemand ab. Ich wollte auch hinfahren, aber ich bin einfach nicht dazu gekommen. Ich wollte mich entschuldigen, ich wollte ... die Sache wiedergutmachen. Ich glaubte, es muss alles ein riesengroßes Missverständnis sein.«

»Wieso? Wie viel haben Sie denn geboten?«

»Ach, konkrete Angebote mache ich gar nicht, wenn ich bei

Verkäufern auf dem Hof stehe. Aber ich habe angedeutet, dass mir schon klar ist, wie hoch der Wert dieses Grundstücks ist, erst recht, wenn auch noch die Olivenhaine von Renzo Pellegrini dazukommen würden, der ja, wie die Rechtslage scheint, ohne Erben ist, weshalb die Nutzungsansprüche auf die Goris übergegangen waren. Ich habe gesagt, dass wir sicher über eine bis anderthalb Millionen Euro reden würden – aber ich wäre auch deutlich höher gegangen. Deshalb habe ich überhaupt nicht verstanden, was hier gespielt wird.«

»Aber Sie haben nie wieder mit den Goris darüber geredet?«

»Ich … Nein, es hat sich einfach nicht ergeben. Ich … hören Sie … ich habe Angst. Denn ich verstehe langsam, in was für ein Wespennest ich da gestochen habe. Aber ich kann es Ihnen nur erzählen, wenn Sie mir fest zusagen, dass ich nicht vor Gericht aussagen muss – denn sonst bin ich ein toter Mann.«

28

»Sollten wir denn wirklich noch warten?«, fragte Aurora Mair, während sie vor Lucas Bauernhaus parkten. »Bist du sicher, dass sie es nicht früher versuchen?«

»Das wagt keiner – am helllichten Tag. Nein, wir haben noch die Zeit …«

»… um die Esel zu füttern. Jaja, ich verstehe.«

»Papa!«, rief Emma, kam aus dem Haus gerannt und flog ihrem Vater vor dem Méhari in die Arme. »Du bist so früh, wir sind noch gar nicht fertig.«

»Fertig? Womit denn?« Luca war überrascht, doch dann sah er Emilia aus dem Haus treten, die einen riesigen Holzlöffel in der Hand hielt. Das konnte nur eines bedeuten. Ihm wurde ganz schwummrig. Als Emma das letzte Mal mit einer Freundin gekocht hatte, war die Küche danach renovierungsbedürftig gewesen.

»Was gibt es denn?«

»Na, hast du sie etwa vergessen?«

»Hm? Wen denn?«

»Komm«, sagte sie und zog ihn mit sich, dabei rief sie im Vorbeigehen: »Hallo, Vice-Questora.«

»*Ciao*, Emma«, entgegnete Lucas Kollegin.

»Hier«, sagte das Mädchen und zog ihn um eine Ecke auf die Südseite des Hauses. »Ich wusste doch, dass du sie in dem Stress ganz vergessen hast, deshalb habe ich sie antrocknen lassen, und nun sind sie perfekt für ein Risotto. Wir kochen gerade die Brühe, und dann geht's weiter.«

Die Steinpilze – Luca schlug sich mit der flachen Hand auf die Stirn –, er hatte Marias Steinpilze wirklich vergessen. Und Emma hatte bereits alles vorbereitet, um damit eine seiner absoluten Lieblingsspeisen zuzubereiten. Er nahm seine Tochter in die Arme und drückte sie ganz fest.

»Habt ihr etwa auch …«

»Parmigiano gekauft? Na klar, was denkst du denn, Papa?«

Er folgte Emma in die Küche. Emilia hatte schon eine Schalotte und eine Knoblauchzehe klein geschnitten, und nun begannen die zwei, beides in dem feinen Olivenöl der Garaviglias anzubraten. Eine Wolke von Düften durchströmte die Küche. Aurora lugte um die Ecke in den Raum, und er sah, wie sie ihm zulächelte. Emma schnitt die Pilze und gab sie in die heiße Pfanne, wo sie unter großem Zischen schon nach Sekunden Röstnoten annahmen. Nach einer Minute nahm sie die Pilze wieder heraus, befreite sie vom Fett und legte sie in ein Tuch in einer Schüssel. Luca war überrascht, wie professionell und gut sortiert die beiden Mädchen arbeiteten.

»Los, raus jetzt«, befahl Emma, »wir rufen, wenn es fertig ist.«

Luca verließ lachend die Küche, griff sich im Hinausgehen zwei Weingläser, stellte sie dann aber wieder ab. Die Nacht konnte noch sehr hektisch werden, er durfte sich von dieser leichten Vorabendstimmung nicht allzu sehr anstecken lassen.

»Keine Müdigkeit, Signora, auf geht's, die Esel warten.« Aurora stand lachend von dem Sessel auf der Terrasse auf, dann folgte sie Luca, der das Gatter öffnete und mit ihr gemeinsam hineinging. Aurora, die sonst so Kühne, hielt sich plötzlich sehr dicht hinter dem Commissario.

»Was meine Esel wirklich nicht tun, ist beißen«, sagte er, und sie stiegen den steinigen Hang hinab, bis auf einem Vorsprung unter einem Holzverschlag drei Heuberge zum Vorschein kamen.

»So viel Futter«, staunte Aurora.

»Ich will hier keine Heuballen rumliegen haben, außerdem ist dieses lockere Heu viel besser für Silvios Magen – und für die anderen natürlich auch. Wir machen das Heu selbst aus unserer Mahd, das heißt: Ein Wochenende alle drei Monate geht komplett dafür drauf, mit der Sense das Gras zu schneiden und dann schnell zu trocknen. Es ist herrlich, danach ist der Kopf so frei, und ich schlafe am Montag im Büro auf dem Schreibtisch ein.«

Es ging so schnell, dass er sich gar nicht wehren konnte, sie kam ihm ganz nah, trat leicht auf die Zehenspitzen, und dann sah er nur noch ihre nahen Augen und ihr ungestümes Lachen, als er ihre Lippen auf seinen spürte. Sie küsste ihn, und er erwiderte es, er spürte ihre weichen Lippen und ihren warmen Atem, und dann löste sie sich so schnell wieder, wie sie sich angeschmiegt hatte, und sagte lachend: »Commissario, ich kann dich echt gut leiden.«

Ohne zu warten, griff sie eine Heugabel und fuhrwerkte einen kleinen Berg auf die danebenstehende Schubkarre, als hätte sie nie etwas anderes getan. Er aber stand immer noch da und betrachtete sie, völlig überrascht und völlig wortlos, und das Lächeln auf seinem Gesicht wollte nicht recht verschwinden. Sie schoben beide je eine Schubkarre den Berg hinauf, Aurora mit skeptischem Blick auf den Untergrund, der hier so karg und steinig war. Luca fing den Blick auf und sagte: »Esel sind Wüstentiere. Wenn die Wiese zu weich ist, werden sie krank. Sie brauchen es so – und Matteo liebt es, hier zu kraxeln.«

Oben standen die drei schon, aufgereiht und laut *Iah* rufend, sie wussten genau, was nun kam. Luca und die Vice-Questora schaufelten ihnen das Heu zu, und sofort machten sie sich hungrig darüber her.

Nach einer Weile trat Aurora ganz mutig an Sergio heran und begann seine Nase zu streicheln, sodass er sich entscheiden musste und mit einem Blick auf das viele restliche Heu erst mal auf die Streicheleinheiten setzte. Er hob den Kopf und ließ sie sein Maul massieren, dabei schien er zu seufzen und schloss die Augen. Seine schwarz-weißen Füße bewegten sich, als würde er mit Aurora auf der Stelle tanzen.

»Er ist so weich«, sagte sie ganz überrascht. »Was für ein schönes Tier.«

»*Cena!*«, kam der Ruf von der Terrasse.

Luca spürte seinen knurrenden Magen. »Super. Nun habt ihr euer Essen, und nun bekommen wir unseres. *Buona serata*, meine Lieben.«

Aurora knuffelte Sergio noch einmal ganz ausgiebig, dann folgte sie dem Commissario zur Terrasse, wo die Kinder den Tisch perfekt für vier Personen gedeckt hatten. Luca war erleichtert, dass Emilia nicht noch ihre Mutter zum Essen eingeladen hatte – dann hätte dieser Abend vielleicht früher als geplant und mit einem Verbrechen geendet.

»Wow, wie toll das aussieht!«, sagte Aurora und griff hungrig nach ihrer Gabel. Emma und Emilia sahen die Vice-Questora freudestrahlend an.

»Und wie toll es riecht!«, fügte Luca hinzu. »Kann ich den Parmigiano haben?«

»Ja doch, Papa, ich weiß: kein Risotto ohne Parmigiano Reggiano.«

»Außer das mit Fisch«, sagten Luca und Emma im Chor und mussten direkt loslachen. Die alte italienische Regel galt natürlich auch in ihrer Familie, nach der sich Parmesan und Fisch oder Meeresfrüchte auf dem Teller ausschlossen.

»*Allora, buon appetito*«, sagte Emma. »Hier … Ihr braucht noch Pfeffer«, und dann reichte sie ihrem stolzen Vater die Pfeffermühle, und er mahlte den groben schwarzen Pfeffer über seinen Teller, und erst dann kostete er den ersten Happen und schloss gleich darauf die Augen, genauso wie es Sergio vorhin getan hatte, als Aurora ihn kraulte. Nun ja, die Pasta der Freundinnen war eben auch eine Streicheleinheit.

»Hammer!«, entfuhr es ihm, und er sah Emma und Emilia an. »Wie habt ihr das denn gemacht?« Er blickte auf die goldbraunen Steinpilze mit ihren scharfen Röstnoten und auf das sämige Arborio-Risotto, in dem der Parmesan dicke Fäden zog.

»Na, mit reichlich Brühe und Wein …«, sagte Emma grinsend. »Du hast ja gesagt, dass der Wein verkocht.«

»Es schmeckt wirklich himmlisch«, bekräftigte Aurora.

»Ist das ein Rezept von dir?«, fragte Luca aus Versehen mit vollem Mund in Emilias Richtung.

»Nein«, sagte die, »es ist aus Emmas Buch.«

Luca spürte, wie ihm vor Rührung die Tränen kamen, denn er sah auch Emmas glückliche und zugleich wehmütige Augen, als sie sagte: »Es ist aus dem Buch mit den Rezepten, das von Mamma geblieben ist. Sie hat es doch als Mädchen von ihrer Mamma bekommen, und nun habe ich es. Und ich werde jetzt ganz viel daraus kochen, hab ich gedacht.«

Luca überlegte nicht lange, sondern stand auf, ging zu seiner Tochter und nahm sie in den Arm. Sie hielten sich kurz, doch dann schüttelte das Mädchen ihn mit einem Seitenblick auf Aurora ab. »Es wird kalt, Pa, los, nun essen wir weiter.«

29

Die Dottoressa bog auf den Hof ein und hupte einmal. Luca und die Vice-Questora standen schon bereit. Als Chiara ausgestiegen war, sagte Emma: »Aber ihr passt auf euch auf, ja?«

»Natürlich, *cara*«, sagte Luca. »Emilia schläft heute hier, und wir gehen jetzt arbeiten – und wir passen auf uns auf. Bis nachher.«

»Danke, dass Sie bei alldem mitmachen, Dottoressa. Ist denn heute alles gut gelaufen?«

»Ich habe es so organisiert, wie Sie es angewiesen haben, Commissario. Die Krankenschwester hat ihre Kollegin um vier Uhr zur Abendschicht abgelöst und ist nun in dem leeren Haus. Ich komme gleich routinemäßig zum Abendbesuch.«

»Sehr gut«, sagte Luca. »Na, dann wollen wir mal.«

»Sie beide fahren mit?« Die Dottoressa sah Luca verwundert an. Er hatte sie noch nicht vollständig ins Bild gesetzt.

»*Esato*, Dottoressa, nur darf niemand wissen, dass wir da oben sind.«

Gesagt, getan. Schon hatte er den Sitz vorgeschoben und war nach hinten auf den Rücksitz gestiegen, um sich dort ganz klein zu machen. Aurora tat es ihm nach und faltete sich hinter Chiara Chigis Fahrersitz fast vollständig zusammen.

Die Dottoressa sah besorgt in den Rückspiegel. »Geht's? Oder soll ich weiter nach vorne rücken?«

»Machen Sie einfach ganz normal, als wenn nichts wäre, ja? Also, los geht's. Sonst müssen Sie mir nachher die Beine abnehmen.«

Sie ließ den Motor an und fuhr von Lucas Grundstück, dann wand sie sich die engen Kurven den Berg hinauf, der Commissario sah es nicht, aber er spürte es sehr wohl in der Bauchgegend. Zudem war da Aurora, keine Handbreit von ihm entfernt, er sah ihr Gesicht und ihre schönen Augen, er spürte ihre Wärme, doch sie ließ sich nichts anmerken, es war, als hätte es die Situation vorhin nicht gegeben, keinen Kuss auf der Weide, sie war wieder wie stets: absolut professionell, ihr Blick wirkte sogar außerordentlich zugeknöpft, so als müsste sie sich ungeheuer konzentrieren.

Am Fahrgefühl in den Kurven erriet Luca immer ungefähr, wo sie sich gerade befanden. Irgendwann, nach vielleicht acht Minuten, war der Kies unter den Rädern zu hören. Die Dottoressa bremste.

»Wir sind da«, flüsterte sie.

»Gut. Steigen Sie aus und gehen Sie hinein. Aber schließen Sie das Auto nicht ab. Wir folgen Ihnen gleich.«

Die Dottoressa tat, wie ihr geheißen, sie öffnete den Kofferraum und nahm ihre Arzttasche heraus, dann ging sie munteren Schrittes ins Haus. Luca nickte Aurora zu. »Eine Minute, dann gehen wir.«

Sie zählten beide die Sekunden, dann kroch Luca, vorsichtig

und ohne aufzustehen, über den Vordersitz zur Fahrertür, die dem Berg abgewandt lag, öffnete sie nur einen Spalt und rollte sich auf den Weg, wobei das Auto als Sichtschutz fungierte. Aurora folgte ihm.

»Eins, zwei, drei«, zählte er leise, dann machten sie beide einen Satz und rannten geduckt bis zur Haustür, die Chiara Chigi nur angelehnt hatte. Sie schlichen hinein, dann schloss Luca leise die Tür. »Geschafft.«

Sie hörten die Dottoressa in der oberen Etage. »Soll einer hier unten bleiben?«

»Ich weiß nicht«, sagte Luca. »Besser, wir bleiben zusammen.«

»Glaubst du, sie sind …«

Luca zuckte mit den Schultern. Aurora nickte. Dann stiegen sie vorsichtig die Treppe hinauf. Die Dottoressa hatte alles gemacht wie besprochen. Sie hatte das Fenster im Schlafzimmer geöffnet und stand an dem Bett, das durch das Fenster nicht zu sehen war, sie selbst war es allerdings schon, und so sprach sie freundlich mit der Person, die eben nicht im Bett lag. Sie fummelte in ihrer Arzttasche herum, als suchte sie etwas, dann sprach sie kurz mit der Krankenschwester, auch das in bester Sicht am Fenster. Luca winkte ihr zu.

»Gut, das reicht, perfekt.«

»Ich hoffe, Sie haben recht mit Ihrer Eingebung, Commissario.«

»Das hoffe ich auch.«

»Was jetzt?« Neben der Dottoressa stand die Schwester, und während die Ärztin so gelassen war, wirkte die Pflegerin absolut aufgelöst, ihre Hände zitterten, und sie sah aus, als hätte sie mehrere Nächte in Folge nicht geschlafen. Wahrscheinlich saß ihr die vergangene Nacht noch in den Knochen, was ja auch mehr als verständlich war.

»Sie, Dottoressa, fahren in zehn Minuten los, als ob nichts gewesen wäre. Fahren Sie hinunter ins Tal und gehen Sie ganz normal in den Feierabend. Ich rufe Sie an, wenn hier etwas geschehen sollte.«

»Aber ich flicke Sie nicht zusammen, Commissario.«

»Das wird hoffentlich nicht nötig sein.«

»Und ich?« Die Schwester war ein Häufchen Elend.

»Sie warten noch, bis es dunkel wird. Und dann machen Sie Ihre übliche Pause. Eine Zigarettenlänge, vielleicht sogar zwei Minuten länger. Dann werden wir sehen.«

»Was ist, wenn mir etwas geschieht?«

»Sie bleiben hier unter dem Fenster. Ihnen geschieht nichts. Wir sehen Sie.«

»Und wir sind bewaffnet«, sagte Aurora, wobei Luca nicht wusste, ob dieser Fakt die Frau nicht vollends verunsicherte.

»Herzlichen Dank, Dottoressa«, sagte der Commissario schließlich. »Ohne Sie hätten wir das nie geschafft.«

»Selbstverständlich«, entgegnete sie, und dann sagte sie: »Viel Glück, Vice-Questora. Und viel Glück … Luca.«

Und dann, bevor er es richtig verstanden hatte, war sie schon weg. Er sah ihr lange nach. Herrgott, was für ein Abend, dachte er. Aber ihm blieb keine Zeit, sich über all das klar zu werden, nicht jetzt. Er trat ans Bett und hielt einen Moment inne, in stillem Gedenken an den Mann, der hier acht Jahre gelegen hatte – wie viel hatte er wohl von seiner Umwelt wahrgenommen?

Luca besah sich das Bettzeug und das Kissen, beides sah anders aus als jenes von gestern – die Schwester hatte es wohl pietätvoll neu bezogen. Er hatte dergleichen nie getan, es immer nur in fadenscheinigen Räubergeschichten gesehen, doch er machte es genau so, er nahm das Kissen und schlug es auf, dann zog er die Bettdecke sehr hoch, dass es aussah, als läge hier ein Kopf verborgen. Er betrachtete sein Werk und blickte zu Aurora, die zufrieden nickte. Sie stellten sich so hinter das offene Fenster, dass sie von drinnen hinaussehen konnten, ohne von draußen gesehen zu werden. Die Sonne stand genau über dem Olivenhain, dessen Bäume lange Abendschatten warfen, es war ein Meer von Grün und Silber, und alles mutete so friedlich an, dass es Luca schwerfiel zu glauben, dass sich diese Stimmung jemals ändern würde. Er hätte sie gern festgehalten – andererseits: Noch lieber wollte er diesen Fall lösen, endlich die Ungewissheit verlassen und seinem Tal am Fluss wieder den Frieden schenken, den es verdiente.

Die Grillen zirpten, als gälte es einen Sängercontest zu gewinnen, und drüben im Tal hörte er einen Traktor seine Runden drehen. In zwei Monaten würden sie hier die Oliven ernten – andererseits: Wer würde das tun?

Er sah kurz hinüber zu Aurora, deren Blick nach draußen ging, ganz in sich versunken, seine Kollegin hing ihren Gedanken nach. So standen sie da und betrachteten die Sonne, die allmählich verschwand; erst stand sie hinter den Bäumen, dann warf sie einen blutroten Halbkreis, der dem Tag Lebewohl sagte, und schließlich war nur noch die kleine Sichel zu sehen, die sich Sekunde für Sekunde und Zentimeter für Zentimeter verabschiedete und das Tageslicht mit sich nahm.

Die Dunkelheit fiel über den Berg, und Luca spürte, wie froh Emma und er sein konnten, stets eine der letzten Familien zu sein, die am Abend den Sonnenuntergang sahen, im Montegiardiner Tal verschwand das Licht immer schon zwanzig Minuten früher.

»Ich könnte morden für eine Zigarette«, sagte er leise.

»Tja, da braucht es einen starken Willen«, sagte Aurora. »Ich habe schon vor Jahren aufgehört.«

Die Krankenschwester räusperte sich hinter ihrem Rücken.

»Ich würde jetzt hinausgehen«, sagte sie mit gesenktem Blick.

»Ja, tun Sie das, Signora. So unauffällig wie möglich. Einfach so, wie Sie es immer getan haben.«

Die Frau mit der Hornbrille nickte und verschwand. Sie hörten die Treppe knarzen, als sie hinunterging. Sofort änderten sie ihre Haltung. Luca verbarg sich hinter dem bodentiefen Vorhang, Aurora ging hinter der Tür in Stellung. Der Commissario spannte sich an, er spürte jeden Muskel in seinem Körper, sein Geist war hellwach. Wie gut, dass er beim Weißwein vorhin enthaltsam geblieben war, andererseits wäre hier das Adrenalin ohnehin hochgekocht.

Er lauschte nach jedem Geräusch, aber da waren nur die Schritte der Krankenschwester auf dem Kies, dann das Knipsen des Feuerzeugs, schließlich das Zischen der glimmenden Zigarette und der leichte Rauchgeruch, der von unten durch das offene Fenster hereinwehte.

Es geschah: nichts.

Die erste Anspannung löste sich und wurde zu Ungeduld; Luca spürte, wie sein Fuß immer wieder auf den Boden tippte, und musste sich anstrengen, das sein zu lassen. Aurora warf ihm einen fragenden Blick zu, einen zweifelnden Blick.

Ja verdammt, dachte er. Was wäre denn, wenn das alles Blödsinn war? Wenn nur der kleine Mafioso mit der Narbe auf dem Kopf blieb, der für alles hier verantwortlich war.

Die Stille vor dem Fenster machte ihn immer unruhiger. Er wollte gerade schon hinaussehen, da hörte er die Schritte. Das leichte Scharren auf dem Kies. Die Tür, die ins Schloss fiel. Das Knarzen der Treppe. Und dann … die Krankenschwester, die in der Tür erschien.

»Und was jetzt?«

»Wir machen weiter wie bisher«, sagte Luca, und zwar so deutlich, dass sich Aurora jeden zweifelnden Einwand verbot, wie es schien. Also stellte sich die Schwester wieder ans Bett, sodass sie von draußen gut zu sehen war, sprach mit der Bettdecke, und Luca sah dabei zu. Sie machte es wirklich gut, es sah täuschend echt aus, befand er, obwohl es eine zumindest unglaubliche und tragische Situation war.

Minuten später setzte sie sich in einen Sessel und seufzte. Sie sah wahnsinnig erschöpft aus.

»Das tut mir alles so leid«, murmelte sie.

Luca fiel beim besten Willen nichts ein, was er hätte erwidern können.

»Bist du sicher?«, fragte Aurora nach einer Weile des Sinnierens, bestimmt war eine halbe Stunde vergangen, vielleicht auch eine ganze, die Minuten schienen dahinzuschmelzen. »Du hast doch bei deiner Recherche vorhin nicht wirklich etwas Belastendes gefunden.«

Es stimmte. Und es stimmte wiederum nicht.

»Es gibt einfach zu viele Wege, als dass sich daraus eine klare Spur ableiten ließe«, antwortete er leise. »Aber das allein finde ich mysteriös. Was sollen all diese Konten, wenn man einen kleinen Betrieb hat. All diese verschlungenen Kanäle. Findest du das nicht merkwürdig?«

Aurora zuckte mit den Schultern. Er sah ihr an, wie sehr sie zweifelte. Wahrscheinlich glaubte sie, hier mit ihm nur ihre Zeit zu vergeuden, die sie für ihre echte Karriere in Florenz deutlich gewinnbringender hätte einsetzen können. Luca sah auf seine Uhr. Kurz vor elf.

»Wollen Sie noch einmal hinaus?«

Die Schwester nickte. »Gut, ja, kann ich machen.«

Er sah ihr nach, hörte wieder die Treppe, die Tür, den Kies, das Feuerzeug.

Doch dann, nach zwanzig, fünfundzwanzig Sekunden, war da wieder das Knirschen des Kieses. Nanu, hatte die Schwester etwas vergessen? Luca stand hinter dem Vorhang und versuchte einen Blick auf die Eingangstür zu erhaschen, Aurora hielt sich hinter der Zimmertür verborgen. Nun knarzte die Treppe, aber es war nicht die Schwester, die Schritte waren langsamer, schwerer, vorsichtiger. Und: Es waren mehr als zwei Füße.

Die Schritte kamen näher und näher, Luca griff zu seiner Waffe und entsicherte sie. Aurora tat es ihm nach. Er hörte ein Zischen, als wenn jemand einem anderen etwas zuraunte. Es war schummrig hier drinnen, nur die kleine Nachttischlampe brannte. Er sah den Lauf der Waffe zuerst ins Zimmer ragen, dann sah er die kräftige Hand und dann schließlich die große Gestalt, die eintrat. Dahinter folgte eine andere Gestalt. Er hörte ihre Stimme: »Mach schon.«

Der Mann ging zum Bett, er sah das Kissen, er überlegte nicht lange, er zielte, hielt das Gewehr direkt ins Kissen.

Luca sah, wie er den Kopf abwandte, dann zischte es einmal, und Daunenfedern stoben in die Luft, aber es war nur ein ganz kleines Loch, und dann geschah alles gleichzeitig: Das Gesicht des Mannes verzog sich in Unglauben, Luca rief: »Polizia, Carlo, leg die Waffe auf den Boden.« Aurora sprang hinter der Tür hervor, und der Commissario blickte zwischen dem Hünen und seiner Frau hin und her, der Frau mit der komplett verbundenen Schulter. Carlo riss das Gewehr hoch und schrie: »Du Hund, was spielt ihr hier?« Schon war Luca bei ihm, er warf sich gegen den Arm des Mannes, der mindestens einen Kopf größer war, er hebelte ihn aus und sah, wie das lange Gewehr in hohem Bogen durchs Zimmer flog. Dann trat er ihn ans Schienbein, suchte gleichzeitig die Hebelwirkung am Arm und schlug mit der Faust in Carlos Bauch, es ging so schnell, dass der sich krümmte und zusammensackte, und Luca war froh, dass er trotz der langen Zeit immer noch die entscheidenden Stellen kannte. Doch Fabrizia war vor Aurora zu der Waffe gerannt: Sie sprang auf den Boden, dann griff sie danach und hielt sie, lud sie durch. Luca sah all das wie in Zeitlupe, Fabrizia rannte los, zur Treppe, kein Blick zurück zu ihrem Gatten, der am Boden lag, Luca rittlings auf ihm, er legte ihm eben die Handschellen an. Also übernahm Aurora, die in letzter Sekunde oben am Treppengeländer schrie: »Halt jetzt, verdammt noch mal!«, und dann rutschte sie wie eine Akrobatin den hölzernen Handlauf bis zu Fabrizia hinab, hakte mit ihrem Fuß in Fabrizias Fuß, und die verlor das Gleichgewicht, versuchte sich noch irgendwie zu halten, aber es misslang, sie fiel einige Stufen, konnte sich schließlich an der Wand stoppen, das Gewehr hielt sie hoch, Luca rannte zu ihnen, er schloss kurz die Augen, in Panik, ein Schuss könnte sich lösen, doch dann standen sie auf einmal alle drei ganz still: er ganz oben an der Treppe, Aurora auf halber Höhe, ungeschützt, mitten im Schussfeld von Fabrizia, und die ganz unten, stöhnend vor Schmerzen, aber den Lauf schnurgerade auf die Polizistin gerichtet.

»Luca, das ist alles anders gelaufen, als es geplant war, aber was soll ich denn jetzt tun? Ich will zu dieser Tür – und glaub mir, ich komm da auch hin.«

»Fabrizia, lass den Scheiß«, sagte Luca, »leg die Waffe weg.«

»Was willst du denn, du Dorfbulle!«, sagte sie, und er hörte die Verachtung in ihrer Stimme, er sah auch die irre Wut in ihren Augen, es war eine völlig neue Tonlage, eine völlig andere Frau, wie sehr hatte sie sich in dieser einen Begegnung verändert, es war, als steckte der Teufel in ihr. »Du schießt doch eh nicht auf mich. Ich bin aus deiner Stadt. Du bist doch so sentimental, du hättest nie gedacht, dass wir … Was soll's. *Ciao*, Luca. Ich muss das jetzt tun.«

Sie zielte auf Aurora, und Luca überlegte keine Sekunde: Er schoss, direkt und ohne Vorwarnung, und seine Kugel schlug direkt über Fabrizias Kopf in die Wand ein, dass der Putz spritzte. Die Frau zuckte zusammen und schloss die Augen, dann öffnete sie sie wieder, kreidebleich – und sah fassungslos auf die Stelle an der Wand über sich, bevor sie zusammensackte und das Gewehr zu Boden fiel. Es dauerte nur zwei Sekunden, dann war Aurora bei ihr, gleich darauf auch Luca.

»Ich kann zwar genau auf dich schießen, aber ich muss nicht.«

Das war alles, was er sagte, als er zu ihr trat. Er hob sie auf die Füße und drückte sie mit dem Bauch an die Wand, als Aurora sagte:

»Fabrizia Gori, ich verhafte Sie wegen des Verdachts auf Anstiftung zur schweren Körperverletzung, Vortäuschung einer Straftat, schweren Betrug in Hunderten Fällen und Steuerhinterziehung. Sie haben das Recht auf einen Anwalt. Da Sie sich einen leisten können, wird Ihnen wohl keiner gestellt werden müssen.«

Sabato - Sonnabend

La notte della verità
—
Die Nacht der Wahrheit

30

»In deinem Büro?«

»Nein, wir machen es hier.«

»Hier?«

Luca nickte. Er führte Carlo die Treppe hinauf, Aurora schob Fabrizia nach oben.

»Los, setzt euch dahin«, sagte der Commissario und wies auf das Bett. »Dort, wo du gerade hingeschossen hast, Carlo. Dort, wo der Mann lag, den ihr auf dem Gewissen habt.«

»Wir haben ihn nicht getötet«, sagte Fabrizia. Ihre Stimme war wieder die alte, so als hätte sie der kurze Moment seit der Festnahme beruhigt und fokussiert.

»Nein, aber ihr habt dafür gesorgt, dass jemand anders es getan hat. Und abgesehen davon hättet ihr es jetzt getan.«

Widerwillig setzte sich das Ehepaar auf Renzo Pellegrinis Bett. Sie waren alle miteinander eine ramponierte Gesellschaft, musste Luca denken, als er die Szene betrachtete: Fabrizia Gori hielt sich nun neben der durchschossenen Schulter auch den Kopf, der beim Sturz etwas abbekommen hatte, während ihr Mann am ganzen Leib Bekanntschaft mit Lucas Fäusten gemacht hatte. Aurora rieb sich immer wieder den schmerzenden Fuß, und auch Luca spürte nach diesen Festnahmen jeden Knochen, mehr noch allerdings das Adrenalin. So richtig begriff er das alles noch nicht, andererseits: Er wusste, dass sie richtiglagen – er wollte es jetzt nur noch verstehen, um es abhaken zu können.

»Ich glaube nicht, dass ihr irgendeine Erklärung parat habt«, sagte Fabrizia mit unverhohlenem Stolz in der Stimme. »Und das wird es euch schwer machen, nicht wahr, Luca?«

»Wissen Sie, Signora Gori«, Aurora trat ans Fenster des Schlafzimmers und sah hinaus, während sie weitersprach, »mein Kollege hier, der ist sehr viel erfahrener, als es seine Position vorsieht, ich glaube, er ist sogar erfahrener als ich. Und er hat an alles gedacht. Deshalb wissen wir längst von Ihrem schönen Grundstück in Gallipoli – und wir wissen, dass all Ihre Bescheidenheit hier in der Toskana einzig dazu diente, Ihre Machenschaften zu verschleiern.«

Die Erwähnung des apulischen Ortsnamens ließ die Goris sichtlich erschauern. Während Fabrizia erblasste, wurde das Gesicht ihres Mannes so rot, als sei vor Scham sein Blut am Überlaufen.

»Ich habe die Anfrage eigentlich nur pro forma gemacht«, sagte Luca ruhig. »Ich wusste ja, wie euer Haus aussieht und wie schlicht ihr lebt. Ich dachte also, ihr lebt nur für das Olivenöl. So wie alle in Montegiardino das über euch denken. Als ich dann die vielen Hektar Land in Apulien gesehen habe und die Widmung als Plantage, da dachte ich: Okay, sie haben noch einen Hain dort unten. Ungewöhnlich, aber nicht unmöglich. Aber dann habe ich mal eine Google-Suche gemacht, habe mir die Satellitenbilder angesehen und die Villa bemerkt, ganz am Rande des Hains, und den riesigen Pool und das alles – und dann habe ich mit den Kollegen dort unten telefoniert. Die Widmung als landwirtschaftlicher Betrieb war Tarnung, dafür muss man den Behörden in Apulien nicht mal viel zahlen, oder?«

Keiner der beiden antwortete.

»Es war der letzte Teil der Suche, quasi der Beleg. Euer Reichtum kommt daher, dass ihr das Geschäft von Renzo übernommen habt. Das schmutzige Geschäft des Mannes, dessen Leben es ins Elend gestürzt hatte. Habt ihr denn gar nichts gelernt angesichts dessen, was ihm passiert ist? Wart ihr dermaßen gierig?«

»Der alte Narr«, fauchte Fabrizia. »Wieso wollte er denn auch aussteigen? Er hatte doch ein gutes Leben, er hatte Geld, er hatte einen guten Ruf – was sollte das denn? Wem wollte er damit etwas beweisen?« Sie stockte, als sei ihr Mund zu trocken, dann fuhr sie fort. »Er hat mir davon erzählt damals, ein einfacher Plausch am Gartenzaun. Es war an einem Abend, er hatte seinen Spaziergang gemacht, wir redeten immer ein wenig, aber an dem Tag war er ganz gerührt, seine Augen waren feucht. Er sagte, er hätte einen riesigen Fehler gemacht, nur weil er reicher und klüger hatte werden wollen als wir alle. Dabei wären wir es, die fehlerfrei und tadellos ihre Arbeit machten. Er hätte auch sagen können: treudoof.« Sie schnaufte, als ärgerte es sie noch heute. »Und dann hat er mir erzählt, woher seine riesigen Einnahmen kamen: Er verkaufe all sein Öl an die Mafia in Apulien, um es in deren Gepansche mischen zu lassen. Er gebe ihnen dafür sein DOP-Siegel, und das treibe den Preis noch mal nach oben. Sein Gewinn sei riesig und die Gefahr für ihn gering. Das würde nie jemand nachweisen können. Aber ihn belaste dieses Geschäft zunehmend. Und sie ließen ihn nicht aussteigen, sie bedrohten ihn. Er meinte es gut mit uns, er sagte, wir sollten aufpassen, denn wenn er ausstiege, würden sie sicher auf uns zugehen. Aber er würde dafür sorgen, dass diesen Leuten das Handwerk gelegt würde.« Fabrizia lachte laut auf. »Ich habe noch am Abend Kontakt aufgenommen, ich kannte ja die Nummer der Fabrik, die auf den Lkws stand, die sein Öl holten. Am nächsten Tag wurde ich zurückgerufen, und dann erzählte ich dem Mann, was Renzo mir gesagt hatte. Er sagte, sie würden sich darum kümmern, und ich fragte, ob wir das Geschäft übernehmen könnten. *Klar, mit Vergnügen*, sagte er. Und das war der Anfang von allem. Als das dann mit Renzo geschah – wir waren doch nicht schuld daran! Die hätten das doch ohnehin gemacht!«

»Und dann habt ihr einfach seinen Hain noch dazugenommen – und euer Geschäft ausgebaut.«

Wieder war da Stolz in ihren Augen, als Fabrizia nickte.

»Wie lief das ab?«

»So einfach wie eine Minestrone zu kochen. Wir haben unser Öl produziert wie immer – und eben nur noch den Ertrag von Renzos Bäumen dazugenommen. Die Lkws von der Firma in Apulien kamen einmal pro Woche und holten unsere Fässer mit den Siegeln ab. Unten haben sie dann die Öle vermischt, mit unserem Logo und dem DOP-Siegel versehen und in alle Länder verkauft, in denen die Leute nachhaltig leben und dafür viel Geld ausgeben wollen – obwohl die meisten keine Ahnung haben, wie echte Qualität schmeckt. Die haben uns sogar Konten eröffnet, wo unsere Gewinne hingeflossen sind. Wir haben davon nur kleine Summen auf unser hiesiges Konto überwiesen. Und wir haben sogar Renzo eine Summe hinterlegt, für seine Pflege.«

»Doch für den Markt *hier* blieb kein Öl übrig?«

»Die haben alles aufgekauft, restlos.«

»Die Menschen in Montegiardino haben sich nie richtig darüber gewundert. Merkwürdig, mir ist das auch nicht früher aufgefallen. Und ihr habt expandiert?«

»Du weißt es doch, Luca, niemand will diese Arbeit machen. Alle Haine standen leer. Es ist wie jede Arbeit im bäuerlichen Bereich. Frühes Aufstehen, draußen schuften sommers wie winters, es ist niemals Feierabend. Die jungen Leute wollen doch lieber im klimatisierten Büro sitzen.«

»Bis sich das änderte und doch junge Leute kamen.«

»Diese Amateure, pah«, schnaubte Fabrizia. »Wir standen kurz davor, auch den Hain der alten Garaviglias zu übernehmen. Und dann kommen die Enkel und machen hier so ein Hipsterzeug.«

»Das drohte euren ganzen Plan zu zerstören.«

»Sara ist helle, sie hat mir viele Fragen gestellt – an wen wir liefern, wie viel wir dafür bekommen, ob wir nicht kooperieren können. Und sie wollten auch expandieren, die leeren Haine der Umgebung aufkaufen. Das konnten wir nicht zulassen.«

»Ihr hattet einen teuflischen Plan. Der damit begann, dass du dich selbst hast anschießen lassen.«

»Wer würde darauf kommen?«, fragte Aurora und klang fassungslos. Carlo sah betroffen zu Boden.

»An dem Abend«, Fabrizia legte liebevoll ihre Hand auf seine, »hast du mich so oft gefragt, wie es mir geht – das tat dir so leid –, aber ja, es ging nicht anders. Und ich dachte nicht, dass es so höllisch schmerzen würde.«

»Ihr Mann muss ein sehr guter Schütze sein.«

»Er ist der beste. Er war immer ein herausragender Jäger. Und die freie Schusslinie vom Kirchturm zur Barterrasse bereitete überhaupt kein Problem.«

»Ich … wollte es nicht tun, aber du hast darauf bestanden. Und wir hatten mächtig Druck von den Männern im Süden.«

»Also haben Sie gezielt und getroffen.«

»Ich konnte nicht hinsehen«, sagte Fabrizia mit schmerzverzerrtem Gesicht. »Deshalb habe ich mich hinter der Zeitung verborgen. Er hat genau die Stelle getroffen, die er treffen sollte. Damit war der Verdacht von uns abgelenkt. Erst mal jedenfalls.«

»Und dann habt ihr ihn klugerweise auf Ugento gelenkt – mit all dem, was ihr vorbereitet habt. Die Drohbriefe, die ihr euch selbst geschickt habt. Und den Garaviglias.«

»Das Gerücht, verkaufen zu wollen, das Sie beim Rat der Produzenten gestreut haben. Und dann kam Ugento auch wirklich zu Besuch.«

»Nur bot er eine viel höhere Summe. Dann habt ihr ihm den Brief geschickt und eine vorgegebene mickrige Summe abgelehnt. Spätestens da wusste er, dass ihr Teil der Mafia seid, und war viel zu eingeschüchtert, um euch direkt ans Messer zu liefern.«

»So hätten Sie Ihren größten Konkurrenten aus dem Weg geräumt.«

»Und es blieben nur noch die Neuankömmlinge.«

»Ich verstehe es immer noch nicht, Luca. Wie haben die das gemacht?«

»Los, gehen wir runter und sehen es uns an.«

31

»Hier lag das Gewehr«, sagte Luca und wies auf die Ackerfurche unter den Olivenbäumen, die sich im Nachtwind sanft hin- und herwiegten. »Du hast es selber gefunden, Carlo. Genial. Warum bin ich nicht darauf gekommen, was für ein großer Zufall das ist? Bei dieser riesigen Fläche.«

»Du warst zu abgelenkt, weil du dich um den Verletzten gekümmert hast.«

»Er sollte nicht nur verletzt sein, oder? Davide Garaviglia sollte sterben.«

Fabrizia und Carlo standen verloren unter einem ihrer Bäume, niemand wagte es, Luca anzusehen.

»Der Schuss war viel früher gefallen, richtig, Carlo? Ihr wusstet, dass Davide immer zur gleichen Zeit in der Abendstunde im Hain arbeitet. Deshalb hattet ihr mich pünktlich um neun herbestellt, um euer kleines Theaterstück vorzuführen, was mindestens ein Drama war, eher eine Tragödie. Dann bist du hinausgegangen, hast mit deinem Gewehr auf Davide gezielt und hinterrücks auf ihn geschossen. Ich war gerade im Haus von Renzo, ich war sicher, es sei eine Fehlzündung gewesen, unten in der Stadt. Aber du hattest keine Zeit, weil ich mich nicht an eure Uhrzeit gehalten hatte, ich war schon früher auf dem Berg, du hattest mich kommen sehen. Deshalb warst du nachlässig. Du hast das Gewehr präpariert und liegen gelassen, aber du bist nicht zu Davide hin, um seinen Tod festzustellen. Was für ein Fehler!« Lucas Stimme wurde drängender. »Nun, ihr musstet mit eurem Plan weiterkommen. Als ich zu euch kam, habt ihr für euer eigenes vollständiges Alibi gesorgt. Wer würde denken, dass ihr es wart, die auf Davide geschossen haben, wo wir doch zusammen in einem Haus waren?«

»Wie ist das Gewehr denn losgegangen? Du hast den Schuss doch zweifelsfrei gehört – und: Ja, ihr wart zusammen.« Aurora sah ihn skeptisch an.

»Nein, Fabrizia war im Bad.«

»Sie hätte doch aber nicht zielen können. Sie war ja zu schwer verletzt.«

»Hat sie auch nicht. Sie hat nur an einem Seil gezogen, das Carlo eine Stunde vorher an dem Abzug der Waffe befestigt hatte. Sie zog, der Schuss ging los. Und dann rannten Carlo und ich nach draußen, ich fand Davide, Carlo fand das Gewehr. Er löste das Seil, und Fabrizia zog es vorsichtig zurück ins Haus. So war es doch, oder?«

Er blickte sie an, doch noch immer regte sich keiner der beiden.

»Es war nicht *eine* Kugel, die in dieser Nacht losging. Sondern zwei. Eine hat die Spurensicherung gefunden – und die zweite, die von dem Gewehr am Boden, die ist hier.«

Luca griff in seine Hosentasche und zog eine Gewehrkugel heraus. »Ich war gestern Nacht hier unterwegs und habe mir die Schussrichtung der Waffe in Erinnerung gerufen. Kommt mit.«

Er ging voraus, und sie streiften durch den Hain, in der Richtung, in die die Waffe gezeigt hatte. Nach dreihundert Metern kamen sie zu den Bäumen von Davides Besitz. »Hier, es ist der erste Baum, der in den Weg kam.«

»Tatsächlich«, sagte Aurora. Ein tiefes Loch war in den Stamm gefräst, wo die Kugel mit ihrer ungeheuren Kraft eingeschlagen war.

»So endet es hier, wo alles begann. Und das Ganze nur wegen ein bisschen Öl.«

»Deswegen musste Renzo Pellegrini dann endgültig sterben. Weil er drohte aufzuwachen und euch nach all den Jahren zu verraten.«

»Aber ihr konntet es nicht selbst machen, weil ihr trotz eures Alibis – und nicht zu Unrecht – befürchtet habt, unter Beobachtung zu stehen. Also habt ihr die Männer im Süden angerufen.«

»Und die haben einen echten Killer geschickt, der den Auftrag erfüllt.«

»Nur hat er sich danach ziemlich dumm angestellt, sodass wir ihn gleich drankriegten, bevor er seine Auftraggeber darüber informieren konnte.«

»Sodass unser kluger Commissario Sie in dem Glauben lassen konnte, Renzo lebe noch. Also gerieten Sie in Panik und wollten es selbst in die Hand nehmen – und das ist der Grund, warum wir uns jetzt gegenüberstehen.«

Fabrizia sah erst Luca an, dann Aurora, schließlich ihren Mann.

»Wenn man erst mal angefangen hat, all das zu tun, wird es von Tag zu Tag leichter. Bis es irgendwann kein Zurück mehr gibt. Und dann sind die unfassbarsten Dinge auf einmal ganz einfach. Ich kann das immer noch nicht glauben.«

Epilogo

Due mesi dopo
–
Zwei Monate später

32

Es war eine Wuselei, ein Meer von Menschen mit Körben in den Händen, prall gefüllt mit hellgrünen Früchten, aber es war auch eine natürliche Ordnung, jeder Handgriff saß, jeder wusste, wo er gebraucht wurde, und jeder hielt sich an die Regeln. Das galt auch, natürlich mit gewissen Einschränkungen, für Emma und ihre drei besten Freundinnen, die gerade quer durch den Olivenhain zogen, fröhlich singend liefen sie hinter ihren drei Eseln her, die zwei riesige Karren zogen, wo die Mädels mit bloßen Händen die Oliven hineinwarfen.

Als Luca seine Tochter vor einem Monat gefragt hatte, ob sie den Garaviglias bei der Ernte helfen wollten, war sie sofort Feuer und Flamme gewesen, und irgendwie war sogleich die fixe Idee aufgekommen, doch auch Sergio, Silvio und Matteo daran zu beteiligen. Davon war Emma nicht mehr abzubringen gewesen. Also waren die drei Esel nun offiziell beglaubigte Lasttiere. Früh am Morgen waren Emma, Emilia und die anderen beiden auf ihnen losgeritten, dem Anwesen der Garaviglias entgegen. Und nun zogen die Tiere schon eine gewaltige Last hinter sich her. Das war ein Fest.

»Sie haben viel Spaß«, sagte auf einmal eine weibliche Stimme hinter dem Commissario.

»Ja, es sieht so aus, als hätten die drei viel Spaß«, antwortete Luca lächelnd.

»Ich meinte eher, alle sieben. Machen Sie sich keine Sorgen um Ihre Esel, Commissario. Die brauchen das ab und zu, dafür sind sie auf der Welt.«

»Wollen wir?«, fragte Luca und wies auf einen der Bäume, die als Nächstes dran waren.

Die Dottoressa nickte. Es war ein eher kleinerer Baum, doch die Zweige bogen sich unter der Last der erntereifen Oliven, die Sara Garaviglia in einer Stunde zu tiefgrünem Öl auspressen würde.

Sie nahmen eine der grünen Planen und legten sie sorgfältig unter den Baum, dann griffen sie nach den langen Stäben, an deren Spitze Harken saßen. Beide hielten ihre Harke in den Baum, drückten den Knopf, und sofort wurde aus dem Stab ein Rüttler, dessen Spitze mit schnellen Bewegungen die Äste schüttelte, sodass ein wahrer Olivenregen begann. »Wow!«, rief Luca und zog den Kopf ein, und die Dottoressa auf der anderen Seite des Baumes musste lachen, auch sie wurde von Hunderten Oliven getroffen, aber es war nicht schmerzhaft, eher ein riesiger Spaß. Sie umrundeten den ganzen Baum, es war eine schwere Arbeit, aber auch eine fröhliche, es dauerte einige Minuten, bis sie die Äste dieses einen Baumes geleert hatten. Plötzlich stand Davide neben Luca, bei dem trommelnden Lärm der fallenden Früchte hatte ihn der Commissario gar nicht kommen gehört. Der junge Mann sah den älteren mit eindringlichem Blick an. Er war schmächtig geworden, noch konnte er nicht wieder arbeiten und war nur zu diesem Erntetag aus der Reha gekommen.

»Ich weiß nicht, wie ich Ihnen danken soll, Commissario«, sagte er, und Luca meinte in feuchte Augen zu sehen. »Ohne Sie und die Bewohner von Montegiardino hätten wir das nie geschafft. Sie retten unsere Ernte – und Sie haben unser Leben gerettet.«

»Es tut mir leid, dass Sie all das durchmachen mussten«, sagte Luca und legte Davide den Arm um die schmalen Schultern. »Aber nun werden Sie ungestört Ihre Arbeit machen können – und hier ein ruhiges Leben leben, so hoffe ich es zumindest. Was wird jetzt aus den Hainen der Goris – und aus denen von Pellegrini?«

»Wir haben Freunde in Mailand, die uns gerne herfolgen würden – sie haben dem Bürgermeister schon ein Angebot gemacht.«

»Warum wollen Sie die nicht kaufen, Signore Garaviglia?«

»Ach, Commissario, die ganze Sache hat uns gelehrt, nicht zu gierig zu werden. Wir wollen unser Öl gut machen – und dafür haben wir genau die richtige Anzahl von Bäumen. Ich will auch weiterhin auf dem Markt stehen und es an die Menschen hier verkaufen. Können Sie das verstehen?«

»Nur allzu gut«, sagte Luca und gab Davide die Hand. »Grüßen Sie Sara von mir, ja?«

»Das machen Sie nachher am besten selbst. Wir geben ein großes Essen am Abend, es gibt Bistecca vom Grill – und die Dottoressa und Sie sind natürlich herzlich eingeladen.«

»Wir kommen sehr gern«, sagte Chiara, »oder, Luca?«

»Natürlich.«

»Schön! Ich habe sogar Karotten besorgt, für Ihre besonderen Erntehelfer.« Davide wies auf die Esel, und Luca musste lachen. »*Grazie.* Bis nachher, Davide.«

»Weiter geht's!«, rief Chiara und bückte sich und griff nach zwei Ecken der Plane, Luca tat es ihr nach. Sie gossen die schwere Last in eine große Kiste, die gleich von Traktoren aufgeladen werden würde.

Als die Kiste voll war, standen sie beide nebeneinander und bewunderten die prallen kleinen Früchte. Luca genoss Chiaras Nähe, ihr Parfum stieg ihm in die Nase. Endlich fasste er sich ein Herz.

»Wissen Sie, Dottoressa ... «

»Nun sag endlich Chiara, ich bitte dich, wir scharwenzeln schon zu lange umeinander herum. Im Übrigen: Ich kann mir gar nicht vorstellen, wie sich das anfühlt, was Emma und dir widerfahren ist – und ich scheue jede schwierige Situation.« Sie drehte sich zu ihm um, nun war ihr Gesicht ganz dicht an seinem, ihre Augen funkelten ihn an. »Aber ich würde, wenn es dir irgendwie möglich ist, gerne mal mit dir zu Abend essen, nur wir beide. Wenn du das nicht willst oder kannst, werde ich kein Wort mehr darüber verlieren. Aber ... ich verbringe einfach gern Zeit mit dir – und ich würde sagen: Seitdem du hier bist, ist dieser Ort noch bunter geworden als ohnehin schon. Danke, Luca.« Sie beugte sich vor und küsste ihn sanft auf die Wange, dann löste sie sich schnell von ihm. »Los, machen wir weiter.«

Luca spürte, wie er rot geworden war, und doch vermochte er es, zu sagen: »Warte ... «

Sie drehte sich um.

»Ich würde sehr gerne mit dir zu Abend essen.«

Sie lächelte ihn an, als sein Handy vibrierte.

»Ich hoffe, kein neuer Mord«, sagte die Dottoressa lächelnd und zog weiter zum nächsten Baum.

Luca griff zum Telefon und las die Nachricht, die seinen Kopf schwirren ließ.

Mein liebster Dorfbulle, zwei Monate sind vergangen, und ich kann unseren Kuss hinterm Stall nicht vergessen. Würd dich gern wiedersehen. Komme sogar in die Pampa dafür. Kuss. A.

Luca schüttelte den Kopf, bevor er seinen Blick über das Tal schweifen ließ – die Stadt lag dort unten so friedlich wie immer, aus den Schornsteinen der alten Häuser drang gekräuselter Rauch, es war Anfang November, da hatten die Bewohner schon die Kaminfeuer entzündet, alles wirkte so idyllisch, und doch hatte der Commissario das Gefühl, als würde sein Leben hier viel aufregender, als er es jemals für möglich gehalten hätte.

Zeitfracht Medien GmbH
Ferdinand-Jühlke-Straße 7
99095 Erfurt, Deutschland
produktsicherheit@kolibri360.de